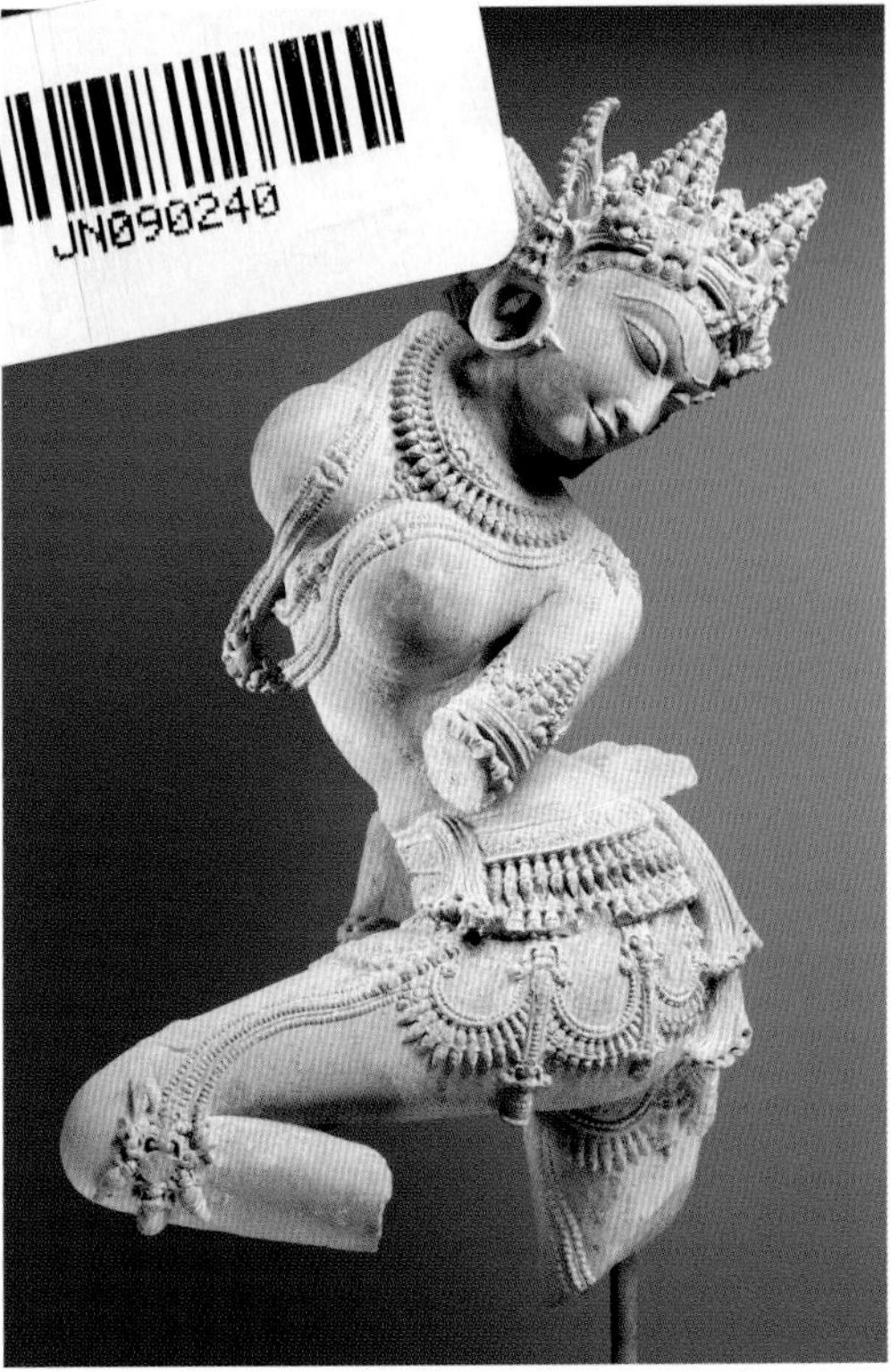

The Metropolitan Museum of Art; Gift of Florence and Herbert Irving, 2015

天空の踊る神チャンデーラ、ウッタルプラデシュ州、12 世紀。

古代インドの宮廷のほとんどで、主要な身体装飾は、衣類よりも宝石と見なされており、身につけている宝石から、その人物が置かれた宮廷内での階級が見てとれた。どのような場面でどのような宝石をつけるか、廷臣の階級によって厳格かつ詳細に定められていた。

クリシュナがサトラジート王からスヤマンタカを捧げられている場面。バーガヴァタ・プラーナ写本、ラージャスタン州、1520-40年頃。

スヤマンタカを盗もうと、クリシュナの義父であるサトラジート王が眠っている間に王子サタダンヴァが殺そうとする。バーガヴァタ・プラーナ写本、ラージャスタン州、1520-40年頃。

バーブルとフマーユーンと廷臣たち。*Late Shah Jahan Album*、1640 年。

ターバン飾りを持つアクバル。*Late Shah Jahan Album*、1640 年。

宝石のついた鏡を持つサリーム王子（ジャハーンギール）。ビチットゥル作、1630 年頃。

ジャハーンギールとアサフ・カーン。*Late Shah Jahan Album*、1640 年。

王子のときのシャー・ジャハーンの肖像。ターバン飾りを持っている。バルチャンド作、1616年頃。

孔雀の玉座にすわるシャー・ジャハーン。1630 年頃。

孔雀の玉座にすわるアウラングゼーブ。1680 年頃。

王の装飾品を見る宝石商たち。パヤグ作、1650 年頃。

Photo: akg/British Library

1720年頃、性交中のムハンマド・シャー・ランギーラ。この有名な絵はおそらく、ムハンマド・シャーが性的不能だという宮廷に広まったうわさを打ち消すために描かれたと思われる。

Wikimedia Commons

ナーディル・シャー。ムハンマド・レザ・イ・ヒンディ作。コ・イ・ヌール、孔雀の玉座とともに、ナーディル・シャーはこの絵師をイランに連れ帰った。イスファハン、1740年頃。

Wikimedia Commons

〈赤い城〉で向き合うムハンマド・シャーとナーディル・シャー。1740年。

アフマド・シャー・ドゥッラーニ。1755年頃。

アフマド・シャー・ドゥッラーニ。1755年頃。

シャー・シュージャ。1830年頃（部分）。

Jon Bower - art and art museums/Alamy Stock Photo

ゾウに乗ってラホールの市場を行くランジート・シング。1830 年頃（部分）。

ランジート・シングの息子マハーラージャ・カラク・シング（1801-40年）。毒により死亡。

カラク・シングの息子のマハーラージャ・ナウ・ニハール・シング（1821-40年）。父親を火葬した日、沐浴《もくよく》の帰りに落ちてきた石のブロックが当たって死亡。

カラク・シングの妻の摂政マハラニ・チャンド・カウラ（1802-42年）。侍女らにレンガで殴打されて死亡。

ランジート・シングの息子のマハーラージャ・シェール・シング（1807-43年）。銃で撃たれて死亡。

マハーラージャ・ドゥリープ・シングが廷臣らとともに椅子に座っている。紙のリトグラフ、1849年。レディ・ヘレン・C・マッケンジー作のオリジナルのスケッチ。

Wikimedia Commons

インド総督のジェイムズ・アンドリュー・ブラウン・ラムジー、ダルハウジー侯爵（1838-49 年は伯爵）。

Courtesy Peter Bance

マハーラージャ・ドゥリープ・シングの後見人のサー・ジョン・スペンサー・ログイン。銅版画、1860 年頃。

Courtesy Peter Bance

第 1 次シク戦争でイギリスに敗北し、マハーラージャ・ドゥリープ・シングを総督サー・ヘンリー・ハーディングに引き渡す。ジョン・タリスとフレデリック・タリスの銅版画、ロンドン、1850 年頃。

ジョージ・リッチモンドによるラニ・ジンダン（1817-63年）の肖像画。1862年、ジンダンがロンドンで死ぬ1年前に描かれた（油彩キャンバス）。

Hulton Archive/Stringer

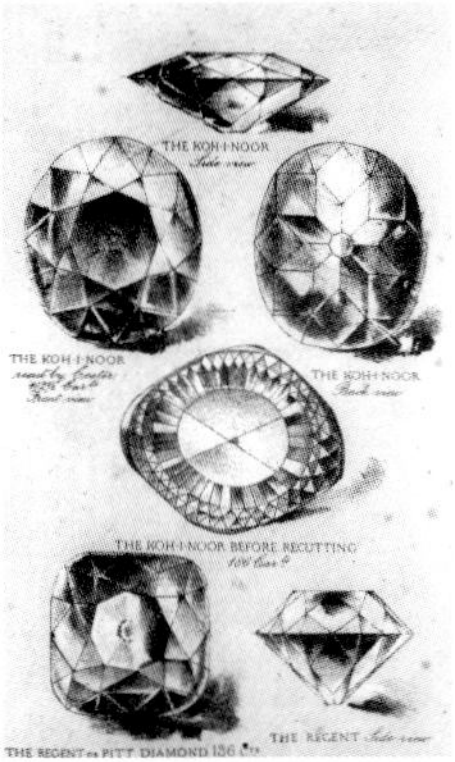

カット前とカット後の異なる方向から見たコ・イ・ヌール。

Anita Anand

安全に保管するよう託されたコ・イ・ヌールを一度なくしたというジョン・ローレンス。

Punch

THE POOR OLD KOH-I-NOOR AGAIN!

1. The Koh-i-noor.
2 2. The Dutch Artists.
3 3 3. The Requisite Machinery.
4. The "Dook" manifesting Great Interest in the Precious Gem.
5 5 5. Eminent Scientific Men watching Proceedings.

1852年の『パンチ』誌の漫画に描かれた、コ・イ・ヌールに最初にカットを施すウェリントン公爵。

Hulton Archive/Stringer

1851年5月1日、万国博覧会の開幕を迎えた水晶宮。ここでコ・イ・ヌールが初めてイギリスの大衆に公開された。

Front page of the *Graphic*, Saturday 5 March 1850

1879年3月、バッキンガム宮殿でのマハーラージャ・ドゥリープ・シング。依然としてヴィクトリア女王に親しげに接してはいるが、女王が自分を扱うやり方に疑問を感じ始めている。『グラフィック』紙の第一面に掲載。

フランツ・クサーヴァー・ヴィンターハルターの描いたマハーラージャ・ドゥリープ・シングの肖像画。この絵のポーズを取っているとき、マハーラージャはコ・イ・ヌールを再び手にする。それが最後となった。

Royal Collection Trust © Her Majesty Queen Elizabeth II, 2017

フランツ・クサーヴァー・ヴィンターハルターが描いたヴィクトリア女王の肖像画（油彩キャンバス、1856年）。女王はあらゆる重要な行事にコ・イ・ヌールをつけるようになる。

Courtesy Peter Bance

ドゥリープ・シング（1865年頃）。イギリスの貴族生活を送っていたが、女王と次第にぶつかっていく。

W.and D.Downey/Stringer

1902年のエドワード7世の戴冠式で、アレクサンドラ王妃の特別にデザインされた王冠の中心的な位置に置かれたコ・イ・ヌール。

Heritage Images/Contributor

メアリー王妃は1911年、夫ジョージ5世の戴冠式にシンプルなデザインの王冠をつけた。コ・イ・ヌールはやはり王冠の中心に置かれた。

創元ライブラリ

コ・イ・ヌール

なぜ英国王室は
そのダイヤモンドの呪いを恐れたのか

ウィリアム・ダルリンプル
アニタ・アナンド
杉田七重◆訳

東京創元社

KOH-I-NOOR
THE HISTORY OF THE WORLD'S MOST
INFAMOUS DIAMOND
by William Dalrymple and Anita Anand

This translation of KOH-I-NOOR:
THE HISTORY OF THE WORLD'S
MOST INFAMOUS DIAMOND
is published by TOKYO SOGENSHA CO., LTD.
by arrangement with Bloomsbury Publishing Plc.
through Tuttle-Mori Agency, Inc., Tokyo

目次

コ・イ・ヌール

——なぜ英国王室はそのダイヤモンドの呪いを恐れたのか

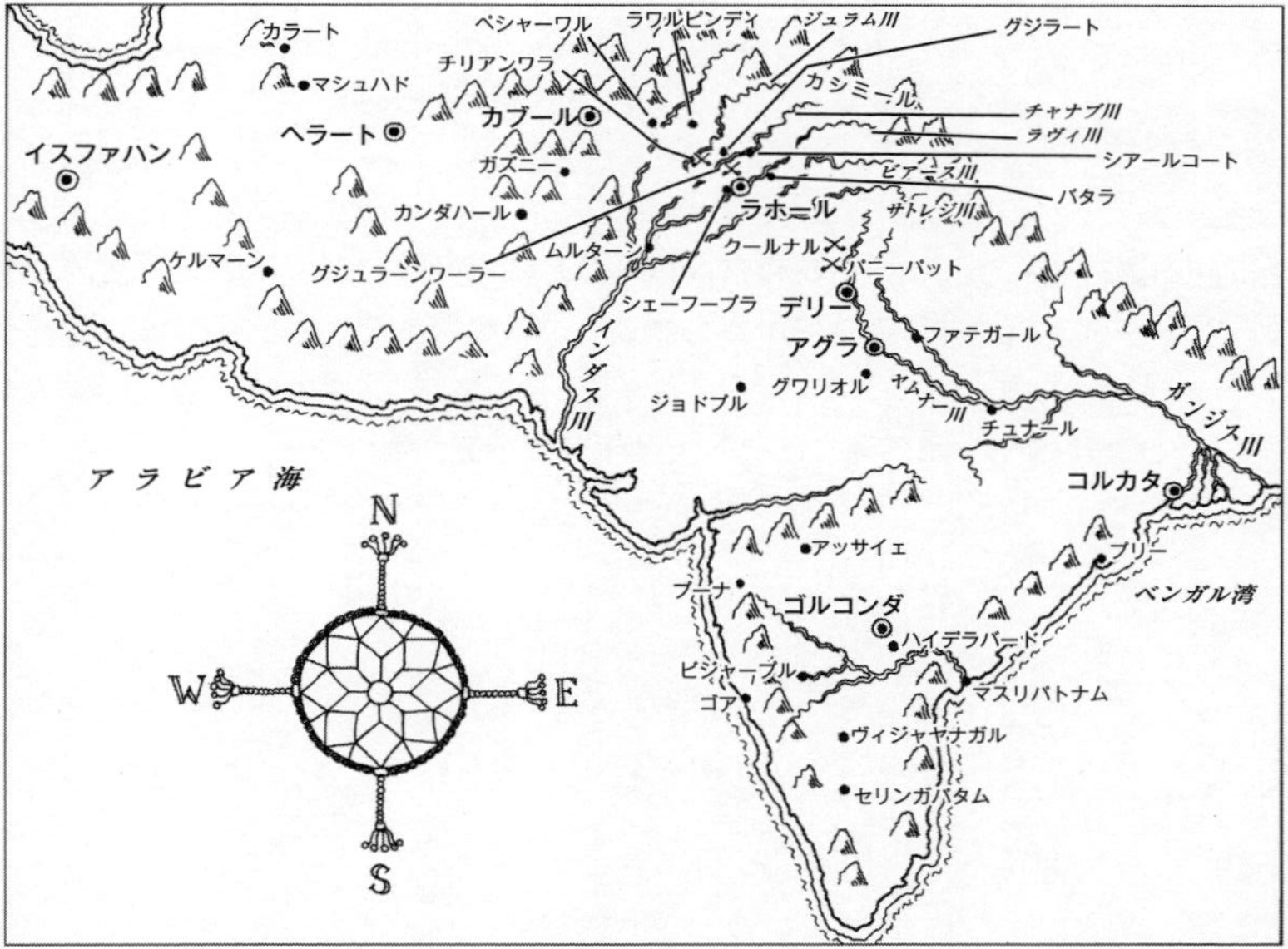

カラート
マシュハド
イスファハン
ヘラート
カブール
ガズニー
カンダハール
ケルマーン
ペシャーワル
チリアンワラ
ラワルピンディ
ジュラム川
グジラート
カシミール
チャナブ川
ラヴィ川
シアールコート
ビアース川
バタラ
ラホール
サトレジ川
クールナル
パニーパット
ムルターン
グジュラーンワーラー
シェーフープラ
デリー
ファテガール
アグラ
グワリオル
ヤムナー川
ジョドプル
インダス川
チュナール
ガンジス川
コルカタ
アラビア海
N
W
E
S
アッサイェ
プーナ
ゴルコンダ
ハイデラバード
ビジャープル
ゴア
マスリパトナム
プリー
ベンガル湾
ヴィジャヤナガル
セリンガパタム

はじめに

一八四九年三月二十九日。名高いラホール城の中央に位置する、鏡張りの壮麗な謁見室《えつけんしつ》シーシュ・マハールに、当年十歳のパンジャブの王ドゥリープ・シングが入ってきた。

少年の父親である元国王ランジート・シングはとうの昔に他界し、母親のラニ・ジンダンは少し前より息子から強制的に引き離され、市外の宮殿に幽閉されている。今彼の周りにいるのは見たことのない男たちばかりだった。赤い上着を着て、羽根飾りのついた帽子をかぶった男たちはみな神妙な面持ちで、何やら聞き慣れない言葉でしゃべっている。恐ろしくてたまらなかったが、幼い国王はなんとか威厳を保ちつつも、過去数か月にわたるイギリスの圧力についに屈した。のちに〝緋色の日〟として思いだすことになるこの日、わずかに残る廷臣が立ち会う公開式典の席で、ドゥリープ・シングは正式な降伏文書にサインし、勝者である〝会社〟から提示された過酷な〝条件〟を呑んだのである。それからまもなくして、城門の上ではためいていたシク王国の国旗は下ろされ、イギリスの国旗が掲揚された。

十歳の国王がサインした文書は、一民間企業である東インド会社に広大な土地をもたらすことになった。それはインド屈指の豊饒《ほうじょう》な土地で、今この瞬間まで、シク教徒がパンジャブに建国した独立王国の領土だった。ドゥリープはそれをすべて失ったわけだが、同時に、パンジャブはもちろんのこと、インド亜大陸全土において間違いなく最も貴重な品をヴィクトリア女王に献上するように仕向けられていた。それがすなわちコ・イ・ヌール、〝光の山〟という別名でも呼ばれたダイヤモンドである。

文書の第三条にはあっさりとこう書かれている――「シャー・シュージャ・ウル・ムルクからランジート・シングの手に渡ったコ・イ・ヌールと呼ばれる宝石は、ラホールの王からイギリスの女王に譲渡するものとする」。ドゥリープ・シングがとうとう文書にサインしたと聞いて、インド総督ダルハウジー卿は鼻高々で、「狙っていたウサギは仕留めた」と書簡で自賛し、その後さらにこんなことも書いている――「コ・イ・ヌールは長い時を経て、インド征服の歴史的象徴となった。それが今、しかるべき休息場所を見つけたのである」。

東インド会社は世界初の多国籍企業で、ロンドンのシティにある小さな事務所を本拠地にわずか三十五人の常勤職員でやりくりしていた事業が、一世紀も経たぬうちに史上最強の権力と軍備を誇る武装法人になっていた。その軍隊は一八〇〇年においてイギリス本国の二倍の規模だった。この会社が、パンジャブの土地とコ・イ・ヌールにかなり昔から目をつけていたのである。

そうして一八三九年にとうとうチャンスが訪れる。ランジート・シングが崩御するや、たちまちパンジャブが無政府状態に陥ったのだ。暴力による権力争いから始まって、毒を用いたことが疑われる暗殺や内戦が勃発し、王国はすっかり疲弊《ひへい》した。そこを狙って二度にわたって英軍が侵攻する。まずは一八四九年一月十三日、チリアンワラで残忍な戦いを繰り広げ、それからまもない二月二十一日にはグジラートで決定的な勝利を決め、東インド会社軍はついにシク教徒の王国を崩壊させた。どちらの戦場も、現在はパキスタンの都市になっている。三月十二日にはシク教徒の全軍が武器を置いた。古参兵は涙に暮れながら、先祖代々伝わってきた剣や火縄銃を巨大な武器の山に加えた。白髪のあごひげを生やした老兵は、おごそかに敬礼し、両手を組みあわせてこういった。「アージ・ランジート・シング・マル・ガーヤ（ついに今日、ランジート・シングが本当に死んだ）」

同じ年の終わり、十二月の寒々しい日に、ドゥリープ・シングの後見人ジョン・スペンサー・ログイン博士から戦利品を正式に受け取るため、ダルハウジー自らがラホールに赴いた。輝く白いダイヤモンドは、ラホールの宝庫トシャカーナのなかで、ランジート・シングがそれ専用につくらせた腕飾りに収まって眠っていた。近代ヨーロッパの完璧な均整美を追求したブリリアントカットに慣れたイギリス人の目には、驚くほど均整がとれておらず、極めて異様に映った。〝光の山〟という名のとおり、その外形は大きな山か、あるいは急傾斜で高くそびえる巨大な氷山に似ている。頂上はドーム形で、その下縁には単純なムガル式のローズカットがぐるりと施《ほどこ》されているが、その下から底部にかけて、わずかだがいびつな部分が残り、馬の鞍《くら》のそりあがった後部か、ヒマラヤの雪冠から下る尾根のように見える。片側はなだらかだが、また別の側はもっと傾斜が急で崖に近い。この異形を補い、より美しく輝かせて見せる方法をログインは見いだした。ダイヤモンドを覗き穴から見せることにし、黒いベルベットの布を背景に、下から光を照射して輝きを増すという手法である。当然のことながらダイヤモンドを賛美したダルハウジーはログインから受け取ると、それを子羊の革でつくった柔らかな巾着《きんちゃく》に収めた。巾着は、妻がこのために特別につくってくれたものだった。彼は「本日コ・イ・ヌールのダイヤモンドを受領」と受取証を書いて、その場に居合わせた者たちから印章を押してもらった。

それから一週間もしないうちに、ダルハウジーはデリーにいる社の若い職員に手紙を書き、このほど手に入れた輝かしい戦利品に関して、ちょっとした調査をしてほしいと頼んだ。手紙を受け取ったテオ・メトカルフェは、東インド会社の職員のなかで、さして勤勉なわけでも、学者肌でもなかった。騒々しくて陽気な男で、犬と馬とパーティをこよなく愛し、デリーに到着して以来、賭博でみるみる借金を重ね、多額の負債を抱えていた。父親の言によれば、仕事で手を抜いて窮地に陥るタイプだったが、こと宝石に関しては嘘偽りのない興味を抱いていた。目立って人好きのする男で、ダルハウジーに気に入られていたこともあって、重要な、いくぶん神経をつかうこの仕事の担当者として、白羽の矢が立てられたのだった。

地球上で最も硬い物質でありながら、コ・イ・ヌールにはすでに根拠のないふわふわした神話の霧がまとわりついており、ダルハウジーとしては、女王に送る前に、しかるべき来歴を固めたかったのである。「コ・イ・ヌールに関して、できるだけ正確で面白い情報を集めて記録すべし」というのがテオに下された指示であり、「デリーにおいて代々の君主の手を渡ってきた経緯と、インド総督の手中に落ちてすぐインド総督府に送られるまで」の歴史を再構成するために、デリーにいる宝石商や廷臣らから話を聞けというのだ。

　例によってテオは、軽い気持ちでこの仕事を引き受けた。だがこの宝石は、ペルシャの侵攻中、優に百十年も前にデリーから持ち去られたものであって、その仕事は生易しいものではなかった。集まった情報は、市場のうわさ話に毛の生えた程度のものだったと本人も認めており――「残念ながら、得られた情報はまったく微々たるもので、中途半端この上ない」と報告書の序文に書いている。それでも、正確さと信憑《しんぴょう》性に欠ける分を脚色で補い、集まった情報を最大限活用して、まことしやかな歴史を綴《つづ》った。

「初めに、デリーの町で最も古くから宝飾に携わっている人間から話を聞いてみた。すると、このダイヤモンドはコ・イ・ヌール鉱床から発掘されたのち、家族から家族へ代々受け継がれてきたものだと言う。マスリパトナムから北西へ歩くこと四日でたどり着くゴダバリ川の川岸にある鉱床で、［魅力的な牛飼いの姿をしたヒンドゥーの神］クリシュナの生きている時代に掘りだされた。クリシュナは五千年の命を長らえたといわれ……」

　テオの報告書は今もインド国立公文書館の金庫に収められており、こんな調子でそのあとも連綿と続く話が、初めて明かされるコ・イ・ヌールの来歴として受けとめられたのである。ダイヤモンドをめぐっての、征服、略奪、横領、強奪の百年にわたる血塗られた歴史が大まかに記されているテオの文章は、以来様々な記事や書籍に繰り返し引用されるようになり、今日《こんにち》でもウィキペディアに記されているそれを誰も疑わない。

　太古の濃密な霧を押し分けてみれば、この偉大なダイヤモンドはそもそも略奪品であり、おそらくは南インドの寺にあった神像の目玉から、トルコ人が盗んだらしい。それからすぐ、テオの報告書はこう続く。「ゴール朝の支配者の手に落ちたのち、［十四世紀の］トゥグルク朝から、サイイド朝、ロディー朝と代々受け継がれ、やがてティムール［ムガル］一族の手に渡り、ムハンマド・シャーの代までそこにとどまった。あのコ・イ・ヌールをターバンにつけていた皇帝である」やがてペルシャの大将軍ナーディル・シャーの侵攻によってムガル帝国が崩壊すると、「ムハンマドとナーディルはターバンを交換し、それによってコ・イ・ヌールは後者の所有となった」。さらにテオは、コ・イ・ヌールという名称はナーディル・シャーによってつけられたものだと続け、彼の死後は、アフガニスタン人の護衛団長、アフマド・カーン・アブダーリの手に渡ったとしている。以来百年近い年月をアフガニスタンで過ごしたのち、一八一三年にランジート・シングが、逃走するアフガニスタンの王から強奪した。

テオが報告書を仕上げてまもなく、コ・イ・ヌールはイギリスに送られた。ヴィクトリア女王は早速それを一八五一年の万国博覧会に貸与した。大英帝国の名高い戦利品をひと目見ようと、水晶宮のなかには長蛇の列ができ、コ・イ・ヌールは金属製のかごに入れた上に特注のガラス金庫に鍵をかけて収められ、人々の前にお目見えした。イギリスのメディアは鳴り物入りで宣伝し、押し寄せる民衆はひきも切らず、たちまちのうちにコ・イ・ヌールは世界一有名なダイヤモンドというだけでなく、インドから略奪した天下一品の戦利品となった。ヴィクトリア朝イギリスは今や世界を支配し、善《よ》し悪《あ》しはともかく、世界中から最も麗《うるわ》しいものを手に入れる力があると示したわけで、それはちょうど二千年前、古代ローマ人が征服地から略奪した骨董品を見せびらかしたのと大差なかった。

ダイヤモンドの名声が高まり、それと同時に、テオが書いた面白いが信憑性に乏しい歴史が流布するにつれて、かつてコ・イ・ヌールと肩を並べたムガルの巨大ダイヤモンドの数々は忘れられていき、〝光の山〟だけが世界最大のダイヤモンドとして君臨するようになる。イギリスに到着したとき、コ・イ・ヌールはわずか一九〇・三カラットで、その姉妹といえるダイヤモンドが、少なくともふたつ存在したことを覚えている歴史学者はわずかしかいない。〝光の海〟と呼ばれたダルヤーイェ・ヌール（一七五―一九五カラット）と、グレート・ムガル・ダイヤモンド（一八九・九カラット）がそれである。現在前者はテヘランにあり、後者はクレムリン宮殿にある、女帝エカチェリーナ二世の笏《しゃく》の一部を構成するオルロフ・ダイヤモンドであると現代の宝石学者の多くが考えている。

実際にコ・イ・ヌールが、他の追随を許さぬ高い名声を勝ち得るようになるのは、十九世紀の初頭にパンジャブのランジート・シングの手に渡ってからだった。彼の治世が終わる頃には、敬虔《けいけん》なヒンドゥー教徒たちが、コ・イ・ヌールはバーガヴァタ・プラーナのクリシュナの逸話に出てくる伝説の宝石、スヤマンタカではないかと考えはじめた。

これだけ名声が高まったのには、ランジート・シングがルビーよりもダイヤモンドを好んだことが大きい。シク教徒もヒンドゥー教徒と同じようにダイヤモンドを好んだが、ムガル人やペルシャ人は鮮やかな色の、カットをしていない大きな宝石を好んだ。実際ムガルの宝庫には、それまでに蒐《しゅうしゅう》集された超弩級《ちょうどきゅう》の宝石コレクションが眠っていたわけで、コ・イ・ヌールは他に数多くある珍しい石のひとつに過ぎなかった。一番のお宝はといえば、ダイヤモンドなどではなく、ムガル人が愛してやまない、バダクシャンの赤い尖晶石や、時代が下ればミャンマーのルビーだったのである。

コ・イ・ヌールの地位が上がってきたのには、十九世紀初頭から半ばにかけてダイヤモンドの価格が急騰したことも大きい。それに続いて、多数の切り子面を持つ、均整のとれたブリリアントカットが発明され、どんなダイヤモンドでも本来備わっているきらきらした輝きを引きだすことができるようになった。ヨーロッパの中流階級やアメリカでダイヤモンドの婚約指輪が流行し、その趣味がついには故郷のインドにも広がっていく。

万国博覧会での反響と、それを受けたメディア報道が広がるなか、コ・イ・ヌールが世界一の座につく物語の最終幕があく。それからまもなく、ヴィクトリア朝時代の人気小説に、インドの巨大な、しばしば呪われたダイヤモンドが、頻繁に登場するようになるのである。たとえばウィルキー・コリンズの『月長石』や、英国の首相ベンジャミン・ディズレーリが書いた『ローセア』といった著作であり、後者ではマハーラージャから手に入れた、巾着に入った未加工のダイヤモンドがストーリーを牽引していく。

つまり、コ・イ・ヌールはヨーロッパへ流れたことで、アジア圏にあるときには考えられなかった世界最高の地位に就いたのだ。今日《こんにち》の観光客は、ロンドン塔に飾られているそれを見て、あまりの小ささに驚くことだろう。同じショーケースのなかにはそれよりずっと大きなカリナン・ダイヤモンドがふたつ飾られている。現在のところコ・イ・ヌールの大きさは世界九十位ほどでしかない。

しかし驚くことに、コ・イ・ヌールはその地位と名声を依然として保持しており、ここに至って再び国際紛争の中心に置かれている。インド政府をはじめとする各機関が返還を求めているのである。だがインドの役人は、長きにわたって霧に包まれてきたコ・イ・ヌールの歴史について、いまだ結論を出せずにいるらしい。二〇一六年の四月、インドの司法次官ランジート・クマルは、インドの最高裁判所において、コ・イ・ヌールは十九世紀半ばにランジート・シングが自由意志によってイギリスに贈ったものであり、「イギリスの支配者に盗まれたのでもなければ、強奪されたのでもない」といっている。これはどう考えても歴史に反する証言だ。何しろ一八四九年には、ランジート・シングは亡くなってすでに十年が経過している。降霊術をつかうか、幽体離脱でもしなければ、贈り物をすることは叶わない。さらに、謎多きダイヤモンドの歴史のなかで、一八四九年にダルハウジーの手に渡ったことだけは動かぬ事実であることを思えば、なおさらこの証言はおかしい。最近ではパキスタン、イラン、アフガニスタン、さらにはタリバンまでが、コ・イ・ヌールの所有権を主張して返還を求めている。

市場のうわさ話をもとにテオが逸話風に記したコ・イ・ヌールの歴史は、書かれてから百七十年あまり経っていながら、過去に一度も再検証されたり、真偽のほどを厳密に調べられたりすることがなかった。それどころか、コ・イ・ヌール以外にも数多くあったムガル帝国の偉大なダイヤモンドはすっかり忘れ去られ、今は専門家のみが知るだけで、ムガル帝国初代皇帝バーブルの回想録『バーブル・ナーマ』や、フランスの宝石商人タヴェルニエの旅行記といった資料に登場するインドの類稀《たぐいまれ》なダイヤモンドは、どれもコ・イ・ヌールのことをいっているのだと思われている。時代が下るにつれて、その謎は深まるばかりで、いよいよ神話的な様相を帯びてきたコ・イ・ヌールの歴史は、今なお分厚い霧に閉ざされている。

そして、その霧を払おうとする者は、みな同じ壁にぶつかることになる。世界で最も有名な宝石でありながら、コ・イ・ヌールに関する明確な手がかりは、テオ・メトカルフェがいうように「非常に少なく、不完全」であり、不可解なほどに謎が多すぎるのである。スルタンやムガル時代の資料のおよそどれをあたってみても、コ・イ・ヌールの名はさっぱり出てこない。インドの歴史にはいつの時代にも、途方もない価値を持つ巨大なダイヤモンドが頻繁に登場し、とりわけムガル帝国が絶頂期に向かった史実のなかには多く散見されるというのにである。その史実のなかにはコ・イ・ヌールのことをいっているものがあるのかもしれないが、細部に関する記述が不十分なために確証はない。

じつのところ、いかなる歴史書をあたっても、コ・イ・ヌールに関する明確な言及は見られず、ペルシャの歴史家ムハンマド・カジム・マーヴィが一七三九年のナーディル・シャーのインド侵攻について記した歴史書のなかに、ようやくその名が見られる。現在のところ、これが最古の確かな言及であると考えていいだろう。この書は一七四〇年代末年、インドからコ・イ・ヌールが奪われて十年が経過した頃に書かれたもので、ペルシャ人、インド人、フランス人、オランダ人が書いた同時代の歴史書が一ダースほどあるなかで、唯一この書のみがコ・イ・ヌールという名前を記している。とはいえその内容は、ナーディル・シャーが略奪した宝飾品の内訳を詳細に列挙するにとどまっているのだが。
これによれば、ムガル帝国のムハンマド・シャー・ランギーラ帝がコ・イ・ヌールをターバンのなかに隠していたところ、ナーディル・シャーがターバンの交換を申し出て巧みに自分のものにしたという、いまだに語り継がれているテオの記した出典不明の逸話は、事実にはほど遠いといわねばならない。というのも、皇帝がコ・イ・ヌールを単独で隠し持つことはできない理由を、実際にコ・イ・ヌールを目撃したマーヴィが書いているからだ。このときコ・イ・ヌールは、贅沢の極みともいうべき壮麗な家具にはめこまれていた。すなわち、ムガルの皇帝シャー・ジャハーンの孔雀の玉座の一部だったのだ。マーヴィはそれを観察して記録に残している。コ・イ・ヌールの名に初めて言及したその文章はこれまで英語に翻訳されていなかったが、今それを訳してみれば、コ・イ・ヌールは、製作にタージマハル建設費用の二倍を費やした、類稀《たぐいまれ》な玉座の屋根に配置されていたとわかる。

丸いつばのついたヨーロッパの帽子に似た八角形の形をして、側面と天蓋《てんがい》は金箔《きんぱく》と宝石で飾られている。そのてっぺんにエメラルドとルビーでできた孔雀が一羽。その頭に雌鶏《めんどり》の卵大のダイヤモンドがひとつついている。これはコ・イ・ヌール──すなわち〝光の山〟と呼ばれるもので、その値段たるや神のみぞ知る、計り知れない価値を持つ宝石だ。両袖もまた宝石で飾られており、いずれも、ハトの卵大のあまたの真珠が針金に通されて玉座を支える支柱に固定されている。この玉座に付属するものすべてが金と宝石で飾られ……床は真珠で縁取りをした平ひもで覆われている……この玉座と手すりはすべて分解可能で、移動先に運ばれたのちに、また組み立てることができ……今これを書いている筆者は、勝利した軍がデリーを発ってヘラートの都に侵攻したとき、この玉座が王の命令で、他のふたつの貴重な贈答品とともにナーディル王の天幕内に設置されるのを実際に見ている。贈答品とは、ダルヤーイェ・ヌール、すなわち〝光の海〟と呼ばれるダイヤモンドと、アイン・アル・フール、すなわち〝天女の瞳〟として知られるルビーである。

マーヴィの目撃証言には、ひとつおかしな点がある。それ以前の史料に出てくる孔雀の玉座に付随する孔雀は、一羽ではなく、つねに二羽なのである。ヘラートの都でナーディル・シャーが組み立てさせたそれは、もとの孔雀の玉座とは異なっていたのか？　ひょっとしたらコ・イ・ヌールのついていた孔雀はマーヴィが見たときにはすでに取り去られ、後の所有者たちがそうしたように、コ・イ・ヌールはナーディル・シャーが腕につけていたのではないか？　あるいは、マーヴィが単に玉座の側面しか見ていなかったのか？　真実がいずれであっても、一七五〇年代以降に登場するコ・イ・ヌールはすべて、孔雀の玉座からはずされたもののようで、それ以前には無視され、翻訳もされていなかったペルシャやアフガニスタンの史料において、コ・イ・ヌールに関する言及――腕にはめられている――が徐々に増えていき、一八一三年以降には、シク教徒の歴史書やヨーロッパの旅行記にその記述が爆発的に増えていくのである。

そういった史料に加えて、アラン・ハートやジョン・ネルス・ハトルバーグ率いる現代の宝石学者チームの新しい研究成果も出されて、コ・イ・ヌールのまったく新しい歴史を書くことが可能になった。このチームは先頃、レーザー光線やX線をつかったスキャニング技術により、イギリスで新たなカットを施される前のコ・イ・ヌールを復元することに成功した。今から百七十年前にテオ・メトカルフェが様々な逸話をふれまわって以来、コ・イ・ヌールに霧のようにまとわりついていた神話を取り払う、その初めての試みに挑戦したのが本書である。

本書の第一部は「玉座の宝石」と題して、ウィリアム・ダルリンプルがコ・イ・ヌールの初期の歴史を綴る。ダイヤモンドに関するインドの思想を古代の文献から探ったあと、舞台をムガル帝国に移し、中世と近世のダイヤモンド観を、あたう限りつまびらかにする。続いて、ナーディル・シャーの手に渡ったことで歴史のなかにくっきりと姿を現したコ・イ・ヌールの物語を綴り、イランとアフガニスタンを経由してパンジャブに移動したのち、ランジート・シングの崩御によって一時姿を消したそれを追っていく。この頃にはもはやダイヤモンドは欲望の対象ではなく、支配権力の強力な象徴となっていた。

第二部はコ・イ・ヌールの物語をアニタ・アナンドが引き継ぎ、「王冠の宝石」との題で、これまで数多くの議論にさらされてきた問題について徹底解明を試みる。植民地化によって王国を失った少年からコ・イ・ヌールが奪われ、イギリスの王冠に収まってロンドン塔に収蔵されるまでのいきさつである。

強欲、征服、殺人、目潰し、拷問、強奪、植民地支配、横領。南・中央アジアの、言葉を失うばかりのひと時代を語るのみならず、本書では装飾品や装身具としての宝石の趣味と流行の変遷や、錬金術や占星術における宝石の役割も明らかにしている。さらには、これまで知られていなかった歴史秘話も掘りだした。たとえば、この貴重なダイヤモンドには、人里離れたアフガニスタンの砦で、独房の壁の割れ目にじっと身を潜めていた数か月と、誰にもその価値を認められないまま、イスラム法学者の机上で、ありがたい説教文の文鎮代わりにつかわれて過ごした不遇の数年があったなどというものである。

第一部　玉座の宝石

第一章　インド前史のコ・イ・ヌール

ボルネオ山中で見つかった黒ダイヤ鉱脈をただひとつの例外として、一七二五年にブラジルでダイヤモンドの鉱床が発見されるまで、世界に存在するあらゆるダイヤモンドはすべてインド産だった。

古代インドのダイヤモンドは堆積土中に眠っていた。採掘するのではなく、古代の川床の軟らかい砂や砂利をふるいにかけて抽出する。もともとは古代の火山爆発によって、母岩から吐きだされたキンバーライトやランプロアイトを水が抱きこみ、川によってどこまでも運ばれていき、川が尽きたところでようやく落ち着いた。今から数百万年も昔のことである。堆積土中で見つかるダイヤモンドのほとんどは小さく、自然な八面体の結晶だが、非常にまれに鶏卵大のものが見つかることがある。コ・イ・ヌールもそのひとつだった。

紀元前二〇〇〇年の昔には、小さなインド産ダイヤモンドは古代エジプトでものを磨く道具につかわれていたと思われており、紀元前五〇〇年の中東や中国では間違いなく研磨剤として広くつかわれていたことがわかっている。それからまもなくダイヤモンドの結晶は、唐の宮廷から始まって、ヘレニズム時代のアフガニスタン、アウグストゥス帝時代のローマまで、指輪の材料として垂涎《すいぜん》の的になる。しかし故郷インドにおいては、単に実用性と美に価値を置くのではなく、極めて縁起のよいものであると信じられ、星の力を集めることができるとして、半神にも等しい地位を与えられていた。紀元十世紀に現在の形に定まったヒンドゥーの経典ガルーダ・プラーナによれば、悪霊バラが神々の犠牲になることに同意し、「宇宙の善のために己の身を投げだしたところ、驚いたことに、切断された四肢が宝石の種子に変わった」。悪霊も、竜神ナーガも、天空の生き物たちすべてが、この宝石の種子を集めるために急ぎ集まり、「神々でさえも天を翔《かけ》る車に乗って、自分たちでつかおうと宝石の種子を運び去り、そのうちのいくつかが、大気の激しい震動によって地上に落ちた。海か、川か、山か、荒野か、いずれに落ちても、その種子のうちに秘めた霊妙な力によって、そこに宝石が生まれたのである」。

これらの宝石は、神的とさえいえる摩訶不思議《まかふしぎ》な性質を持ち、「あらゆる罪をあがなう徳を授けられているものや、毒やヘビの咬み傷や病から身を守る働きをするものがある一方、それとは逆の作用を持つものもある」。しかし宝石のなかで最も強大な力を持つものはダイヤモンドで、「あらゆる宝石のなかで最も強い輝きを放ち……そこにダイヤモンドがあるとみれば、必ずや神がすみつき、その透明で明るい宝石は、表面に傷やカラスの足跡がつく恐れはなく、内部には不純物による一点の曇りもない」。

続く文章では、良質のダイヤモンドを持つ人間にもたらされる、驚くべき効用を教えている。すなわち、「角が際立ち、輝きに曇りがなく、瑕瑾《かきん》のないダイヤモンドを持てば、繁栄と長寿を謳歌し、妻と子孫と家畜が増え、世話した作物のすべてから豊かな実りが得られる」というのである。そのあとガルーダ・プラーナは次のように続く。

恐ろしい毒が密かに盛られたとしても、ダイヤモンドを身につけた人間には効き目がなく、火で焼かれようと水責めにされようと、まったく平気である。顔色は艶《つや》めき、仕事はことごとく成功して繁栄する。ヘビ、虎、盗賊も、このようなダイヤモンドを身につけた者からは飛んで逃げる。

ガルーダ・プラーナは、ダイヤモンドから盗賊が飛んで逃げるイメージを記した唯一の文章として知られている。さらにそれから百年後、バーガヴァタ・プラーナやヴィシュヌ・プラーナの時代には、途方もない価値を持つ宝石は人間に盗みをそそのかすばかりか、殺人を教唆するものとして知られるようになる。

このふたつの聖典によれば、後にも先にも最高の宝石は、伝説に謳《うた》われるスヤマンタカであり、〝宝石の王〟と呼ばれたそれは、ときに巨大なダイヤモンドであるとも、ルビーであるともいわれ、不当な手段でそれを手に入れようとする者に、嫉妬や強欲や暴力をもたらす。それはまさにコ・イ・ヌールが、神話ではなく、現実に成したことだった。

スヤマンタカは、太陽神スーリヤが所持していたきらめく宝石を首につけることで、目もくらむようなまぶしい外見になっていた。誰もが欲しいと願う驚異の宝石であり、それと同時にインド文学史上に初めて登場する、様々な厄災をもたらす宝石でもあった。バーガヴァタ・プラーナには「清廉《せいれん》の士がこれを持てば財宝がもたらされるが、ふしだら者が持てば間違いなく破滅をもたらす」と書かれている。おそらくこのいい伝えがもとで、〝呪われた宝石〟というコ・イ・ヌールの代名詞といえる表現が生まれ、英文学にも継承されたのだろう。

バーガヴァタ・プラーナでは、スヤマンタカの宝石が地上にやってきたのは、ドゥワルカの王、ヤーダヴァ族のサトラジートの時代だとされている。スーリヤの熱心な信奉者であるサトラジート王がドゥワルカの海岸を散策しているとき、崇拝する神とついに出会うのだが、その光輝があまりにまぶしいためにまともに顔を見ることができない。はっきりとご尊顔を拝みたいので、まぶしくないようにしていただきたいというサトラジートの頼みを聞き入れて、スーリヤがスヤマンタカを首からはずしたところ、ひざまずいていたサトラジートの前に驚くほど小さな神が立っていた。神の身は磨き上げた銅でできていた。「サトラジートが十分に崇《あが》めたところで、神がいった。『その功徳《くどく》に対する報酬として、おまえは何が欲しい？』それでサトラジートは宝石が欲しいといった。スーリヤは愛情のしるしとしてサトラジートにそれを授け、去っていった」

サトラジートがそれを身につけてドゥワルカにもどったところ、民衆は彼を太陽神と見間違える。クリシュナだけが、輝きの源はスヤマンタカだと気づき、「太陽神ではない。サトラジートが宝石を身につけて輝いているのだ」と教える。

その後宝石はサトラジートの弟の手に渡り、弟はまもなくそれを身につけて森に出かけ、狩ろうとしていたライオンに深傷《ふかで》を負わされて死ぬ。宝石はライオンのものになった。「口にくわえてその場を去ろうとしたそのとき、強大なクマの王、ジャンバヴァンが現れてライオンを殺し、戦利品を洞窟に持ち帰って、息子にギューゴー［おもちゃ］として与えた」

サトラジート王の弟が森に行ったままもどってこないので、村人たちは、「きっとクリシュナが殺して宝石を自分のものにしたんだろう。ずっと前から欲しがっていたんだから」とうわさした。悲しみに暮れるサトラジート王はとうとうクリシュナに、弟王を殺してスヤマンタカを盗んだ罪を着せた。その汚名をそそぐため、クリシュナは村人の一団を率いて森に入り、消えた弟王の足跡をたどって、何が起きたのかをつきとめることにする。

最初に見つけたのは、ずたずたにされた弟王の死体だった。それから一行はクマの王が暮らす巨大な洞窟にたどり着き、ここでクリシュナは宣言する。「クマの王よ、我らはその宝石のためにそなたの洞窟までやってきた。それをつかって己の汚名をそそぎたい」しかしクマの王ジャンバヴァンはスヤマンタカを渡すのを拒み、結果、無敵のクマの王と美しい神人との間で熾烈《しれつ》な戦いが起こった。二十四日にわたる戦いの末に、とうとうジャンバヴァンはクリシュナが神だと気づく。そして恭《うやうや》しく頭《こうべ》を垂れてクリシュナに許しを請い、宝石を渡した。

勝利したクリシュナがスヤマンタカを持ってドゥワルカに帰り着くと、サトラジート王は――あまりの恥ずかしさにうなだれながら――クリシュナにいわれなき罪を着せたことをひどく後悔し、その償《つぐな》いとして美しい娘サティアバーマ王女をクリシュナの妻にするべく差しだした。ふたりは幸せな結婚をしたが、それからもスヤマンタカのあるところ、必ずや嫉妬と流血が生まれるのだった。

結婚式が終わってまもなく、サタダンヴァ王子を筆頭に四人の邪悪な兄弟が、クリシュナがドゥワルカを離れている間に、輝く宝石を奪おうと目論《もくろ》む。決行の夜、まず四人は宮殿に忍びこんで王を殺す。そしてスヤマンタカを奪って町から逃亡する。これを目撃していたサティアバーマは泣きながら夫のもとへ逃げ、あなたの義父であり王である父の敵《かたき》を討ってくれと頼む。クリシュナはいわれたとおり、サタダンヴァ王子の行方をつきとめると、円盤状の投擲《とうてき》武器、スダルシャン・チャクラで王子の首をはねた。

強欲、盗難、流血というこの神話の流れは、コ・イ・ヌールが実際にたどった血塗られた歴史そのもので、十九世紀には多くの敬虔《けいけん》なヒンドゥー教徒が、このコ・イ・ヌールこそ、クリシュナの伝説に登場するスヤマンタカに相違ないと考えるようになる。

宝石と宝石学に関する世界最古の専門書は、古代インドに始まり、そのなかにはプラーナに先んじるものもあって、「宝石の色や隠れ場所」について、驚くほど詳細に綴《つづ》られている。それだけ古い時代のものでありながら、「ハトの血の色をした」尖晶石から始まって、「オウムの羽のような光輝を見せる」緑柱石や「室内を虹の炎で埋め尽くす」ダイヤモンドまで、研究と分析は極めて詳しい。こういった文章――ひとまとめにして、ラトナ・シャーストラと呼ばれている――のなかには、宝石の優れた鑑識眼を披露しているものがある。たとえば、ルビーを四等級に分類し、その一等級のなかでも、微妙に異なる色合いで十のカテゴリーに分類している。ミツバチに似た光沢を持つものから始まって、蓮《はす》の芽の色、ホタルの色、カッコウの目の色、ザクロの種子の色、濃いアイシャドーの色、フトモモの果汁の色に似るといった具合である。またそこでは、読者が贋物《にせもの》を見分ける術《すべ》をも教えている。たとえばエメラルドが本物かどうかを見分けるには、水曜日の夕方にそれを手に持って夕日の前に立てという。本物なら、持ち主の身に向かって緑色の光が放たれるというのである。

古代インドの神話や専門書ばかりでなく、サンスクリット語で書かれた古代インドの戯曲や詩にも、宝石が極端なまでに多く登場する。宝石をちりばめた装飾品がチリンチリンと鳴れば、そこに宮殿の悦楽の花園が現れるというのはよく好まれた手法だ。清貧と禁欲を信奉する厳《げん》粛《しゅく》な仏教文学においても、宝石のたとえや、宝石のような教義が登場する。悟りをダイヤモンドにたとえたり、極楽浄土の国や島々の荘厳さを表現するのに宝石の比喩がつかわれたりしているのである。

タミル語で書かれた初期の文書『ティルカイラヤ・ナナ・ウラ』によると、ある美しい女性が、その若さと美の頂点にあったとき、寝台のなかでも完全な裸になることは許されず、宝石で飾り立ててその美しさを際立たせたという。

足首に一対《いっつい》のアンクレット
手首には宝石をぎっしりちりばめた
重たいバングル
髪には黄金の糸で編んだ

見事な花冠
優美な首を宝石でなお美しく飾れば
神の妃シュリーにも等しい女となる

裸体を宝石で飾るというこの趣味は、インド全土に共通するものだった。数世紀後には、詩人ケシャヴダス（一五五七—一六一七）が『カーヴィ・プーリヤ』、すなわち『詩人の喜び』というかなり官能的な書で同様のことを記している。これはアグラのすぐ南にあったオールチャーの宮廷で書いたもので、何もつけない裸体は、装飾品で飾った女性の身体に比べれば、退屈で官能もくすぐられないと言明している。「高貴で目鼻立ちも整った女がいる。美しい肌をして情も深く、プロポーションも抜群。しかし友よ、そんな女であっても、装飾品をつけなければ美しくはない。同じことが詩にもいえるのだ」

インドの宮廷生活において宝石が中心的な役割を果たしていたことは、初期のインド彫刻にもよく表れている。古代インド宮廷の多くは、身を飾るものといえば、衣服ではなく宝石であり、つける宝石が本人の社会的な階層を一目瞭然にしていた。どのような階級の廷臣がどのような場面でいかなる宝石を身につけるか、厳格な規則が定められていたのだ。じつのところ、紀元前二世紀から紀元三世紀に書かれたインド最古の政治理論書であるカウティリヤの『アルタ・シャーストラ』では、「鉱山と貴石について」と題して、宝石学と、その宝石を管理する国策についてまるまる一章を割《さ》いている。他に綴られているのは、外交術、「外交官が守るべきこと」、戦略、「役人による税収入の横領とその奪回」、スパイ、諜報活動、巧妙な毒の使用とそれを仕こめる腕のいい高級娼婦の活用といった話題である。

近代以前のインド宮廷生活において美の概念の中心に宝石があったことはとりわけ、九世紀から十三世紀にインドの南半島を支配した、チョーラの王都タンジャーヴールに残る美術と記録に明らかだ。女王や女神をかたどったいかなるブロンズ彫刻も、むきだしにした胸は夥《おびただ》しい数の素晴らしい宝飾品で覆われている。寺院の壁にはこういった女王やその配偶者によって寄贈された、宝石すべての詳細なリストが刻まれている。大寺院の壁に今も刻まれているリストもそのひとつで、以下は、チョーラ最大の王ラージャラージャ一世の姉クンダヴァイが一〇一〇年頃に寄贈した宝石の記録である。「そのひとつ、腰に飾る聖なる帯には重量五二一・九グラムの黄金がつかわれている。それには大きいのから小さいのまで、へりをなめらかにした六百六十七個のダイヤモンドが埋めこまれ……八十三にわたる大小のルビー、二十二のハラハラム・ルビー、二十の小さなルビー、七つの青みがかったルビー、未加工の十のルビーがつかわれている。さらに二百十二個の真珠……」このような具合に寄贈された宝石のリストは数ヤードにわたって続く。

近代以前のインドで身につけられていた宝石の質と、その途方もない数量については、インドを訪れた人間がもれなく触れており、それを奪うことが侵略者たちの野望となった。デリーのスルタンであり偉大な詩人であったアミール・ホスロー（一二五三―一三二五）は、アラウディン・カルジ（在位一二九六―一三一六）のために書いた『カザイン・アル・フトゥ』、すなわち『勝利の宝物』のなかで、裕福な寺院に保存された宝石の魅力を綴っており、たとえばひとつの章では、ある寺院が収蔵する戦利品の宝石について次のような文章をしたためている。

かような色調のダイヤモンドを産みだすには、太陽が幾星霜《いくせいそう》にもわたって岩の工場に光を傾注せねばならない。これほど艶やかな真珠を海の宝庫に集めるまでには、雲が幾年にもわたって額に汗しなければならない。これほどのルビーを産みだすためには、鉱脈が太陽の小川で血を飲まねばならない。エメラルドは海の色そのもので、たとえ空が自《おの》ずと割れて粉々になろうと、そのいかなるかけらもこれに匹敵しない。ダイヤモンドはすべて、太陽が落としたしずくのごとくまぶしく輝く。他の貴石もまた、その輝きを言葉のうちに閉じこめようとしても、割れた鍋から水がこぼれるがごとく、逃げていってしまうのである。

同じ調子で、十五世紀にティムール朝の支配者であるヘラートのシャー・ルフによって南インドに大使として派遣されたアブドゥル・ラザーク・サマルカンディも、ヴィジャヤナガルの都の至るところで目にした驚くべき宝石について記述している。この南インド最後の大帝国ヴィジャヤナガルは、十四世紀から十六世紀の間にチョーラ王朝の領土の大半を受け継ぎ、サマルカンディによると、じつにきらびやかな国だったらしい。あらゆる社会階層において、男も女も目をみはるほどにたくさんの宝石を身につけているのにまず息を呑み、さらにそういった宝石を扱う宝石商の洗練された加工技術に驚いた――あらゆる場所に露店を出して、真珠、ルビー、エメラルド、ダイヤモンドを並べて売っていたと彼はいう。

いくつもの庭、清らかな小川の流れる果樹園、「鑿《のみ》で削った石を磨いてなめらかにしたものを材料にした用水路」のそばを抜けて、アブドゥル・ラザークは王に謁見《えつけん》する。目の前に現れた王は、「清らかな水から産まれた真珠や、きらびやかな宝石でつくったネックレスをつけており……それはもう宝石商の知識をもってしても値段のつけがたいものだった」。彼は玉座についても書いている。「並はずれた大きさで、金の象眼《ぞうがん》に美しい宝石や飾りがふんだんにちりばめられている。その細工がまた非常に繊細で、熟練の技が芸術的な美を表現し……おそらく世界のいかなる王国を捜しても、この国ほど、貴石の象眼技術について熟知している国はないだろう」

ヴィジャヤナガル王国はまた、インド最大のダイヤモンドがあると考えられた場所にあった。その件について記した最も古い専門書のひとつに、ヨーロッパ人の書いたものがある。著者はポルトガルの著名な医師であり、自然科学者でもある、ガルシア・ダ・オルタ。一五六三年ゴアで出版され、インドで三番目に活字印刷された本として有名な『インド薬草・薬物対話集』の著者でもある。ダ・オルタの興味関心の幅は広く、取りあげる話題はインドのチェスの駒の名前から始まって、マンゴーの様々な種類やコレラの治療法、コブラやマングースの性質に関する興味深い話やバング（大麻）の効果まで、じつに多岐にわたる。

敬虔なカトリック教徒である同国人たちは知らないことだが、ダ・オルタはじつのところ、スペイン・ポルトガル系ユダヤ人であって、ヘブライ語の本名はアブラハム・ベン・イツァークといった。ポルトガルやスペインでは、ユダヤ教からキリスト教への改宗に対して、尋問と拷問がさかんになりだした時期があり、ダ・オルタは一五三四年にリスボン大学医学部教授の職を捨てて、ポルトガルの新しい植民地ゴアへ移住することを決めた。ひとえに、反ユダヤ主義者に目をつけられて尋問対象になるのを避けるためだった。一五四〇年代末に尋問の手がゴアにも及ぶようになると、彼は当局の手が届かない職に就こうと、アーメドナガル王国の王、ブルハーン・ニザーム・シャー（一五〇三―一五三）の侍医になった。結果、まんまと尋問から逃れたわけだが、それも生きている間だけだった。死後にとうとう尋問に付され、一五八〇年に亡骸《なきがら》が掘り起こされ、火葬されてゴアのマンドウィ川に投げ捨てられたのである。

豊かな学識と正確な科学知識を持ち合わせ、マルチリンガルとしてヘブライ語やアラビア語も流暢《りゅうちょう》に話せるガルシア・ダ・オルタは、自身が属するユダヤ人コミュニティの医師の持つ知識だけでなく、インドで、イスラム教徒のハキーム（医師）のそれにも触れることができた。インドの医療や自然科学について、これまでに類を見ない豊富な量の知識を集め、自らの著作のまるまる一章をつかってダイヤモンドに関する真実を明らかにしている。

それは「ダイヤモンドと、ダイヤモンド鉱脈の仕組みに関する多くの寓話」を紹介するところから始まる。ダイヤモンドを金槌で砕くことはできないというのは嘘で、「あっさり割れる」と彼はいう。またマルコ・ポーロの旅行記や『アレクサンダー・ロマンス』に出てくる話も嘘だという。すなわち「盗掘されないようへビが見張りについているため、鉱山の持ち主は、特定の場所に、毒を仕こんだヘビ用の肉を置いておき、その間に別の場所で好きなようにダイヤモンドを採掘する」という話である。さらに、ダイヤモンドは人に害を与えないし、男の節操を試すこともできないと続ける。妻が枕の下にダイヤモンドを入れて眠ったとき、「夫が節操を守っているなら、睡眠中の妻は抱きつき、不貞を働いているなら避けるという――こんな話は信じられない」。

ダイヤモンドの実際の性質を長々と語ったあと、ダ・オルタはダイヤモンドの入手場所について説明する。それはヴィジャヤナガル王国であり、インド最大のダイヤモンドと、最も豊かな鉱脈がその領土内にあり、「ヴィジャヤナガルの王に巨万の富をもたらした岩が二つか三つ存在する」。

ダイヤモンドはこの国の王に多大な収入をもたらした。どんな石であろうと、三〇カラットを超える重量のものは王の所有物とされた。このため採掘者には必ず見張りがつき、いかなる人間であろうと、規定以上の重量の石を掘りだしたら、持っているダイヤモンドすべてと一緒に見張りに連れていかれる……グジラート人がそれらを買い、販売のためにヴィジャヤナガルへ持っていく。そこではダイヤモンドに高い値がつくのだ。とりわけナイーフェと呼ばれる自然のままの原石が高く売れる。概して磨かれたダイヤモンドを好むポルトガル人とは異なるところだ。カナラ地方の人間は、ちょうど処女が、そうでない女より価値があるのと同じだとして、カットを施《ほどこ》したものよりナイーフェのほうに高値をつけた。

ダ・オルタはそれから並はずれて大きいダイヤモンドについて語る。

どんなに大きなダイヤモンドであろうと、せいぜいフィルバート［ヘーゼルナッツのこと］大だという、プリニウスをはじめとする人々が提唱する説も誤りである。彼らはこれまで自分が見たものだけをいっている。わたしがこの地で見た最大のダイヤモンドは一四〇カラットあり、一二〇カラットのものも目にした。この国で生まれ育ったある人物は二五〇カラットのダイヤモンドを持っているという。わたしもそれは知っていて、本人は否定するものの、それから彼は多大な利益を得ている。またずっと昔の話だが、信用に足る人間から、ヴィジャヤナガルで小ぶりな鶏卵大のダイヤモンドを見たという話もきいたことがある。

これがコ・イ・ヌールについて言及した初期の史料だ。巨大なダイヤモンドはデリーに流れる前、ヴィジャヤナガルの王の謁見室を美しく飾っていたといえるのだろうか？　十分あり得る話だが、立証は不可能だ。

第二章　ムガル帝国のコ・イ・ヌール

一五二六年四月、トルコ系モンゴル人で、颯爽《さっそう》とした詩人肌の王子、ザヒール＝アッディーン＝ムハンマド＝バーブルが、選《え》り抜きの従者から成る小さな軍団とともに、中央アジアのフェルガナからハイバル峠へ南下していった。軍団は北インドに初めてお目見えする大砲とマスケット銃を携えている。この新しい軍事技術でバーブルは、デリー最後の王朝、ロディー朝の王イブラヒム・ロディーをパニーパットの戦いで殺し、その一年後には、ラージプート族を打ち負かした。そうしてアグラに都を定め、そこに水を引いて楽園のような庭を次々と建設していった。

バーブルの征服はこれに始まったことではない。若き日々の大半は玉座も持たないまま、仲間とともにヒツジや食料を盗んでその日暮らしを送りながら、折々に町を攻略していた。その最初はサマルカンドという町であり、十四歳のバーブルはここを四か月にわたって支配した。そのふだんはティムールの伝統に則って天幕のなかで暮らしていたのだが、これが彼には面白くないようだった。「思えば、家を持たず山から山へ渡り歩く、寄る辺ない暮らしは味気なし」と書いている。

北インドを三百三十年にわたって支配したムガル帝国を築いただけでなく、バーブルは偉大な支配者が記したなかでも世界屈指のものとされる魅惑の日記も残している。すなわち、『バーブル・ナーマ』である。英国の海軍大臣サミュエル・ピープスの日記と同様、何はばかることなくページのなかに心のうちをさらけだし、思いの丈を率直に吐露している。同性愛と異性愛に関する見解や、アヘンとワインのもたらす快楽の違いを語るのと同様の探究心で、インドとアフガニスタンにおける果実と動物の違いを綴《つづ》っている。この日記にバーブルは、征服を続けるなかで出会った、贅の極みといえる類稀《たぐいまれ》な美しいダイヤモンドのことを書いているのである。

『バーブル・ナーマ』によると、そのダイヤモンドは彼の息子フマーユーンが、インド中部の藩王国グワリオルを支配していたビクラムジート家を攻略したときに王から得たものらしい。ビクラムジート家はイブラヒム・ロディーが敗北したときアグラにいた。「王の一家は自ら大量の宝石と貴重品を彼に捧げ、そのなかに、［スルタンの］アラー・ウッディーン［・ハルジー］がもたらしたに違いない有名なダイヤモンドがあった。どの鑑定人に見せても、そのダイヤモンドは全世界の人間を二日半食べさせられるだけの価値があるという。どうやら重量は八ミスカルあるらしい」また同時代の資料として、バーブルとフマーユーンに捧げられた貴石に関する小論文があり、これもまたバーブルのダイヤモンドに触れている。「どんな一個人もこんなダイヤモンドは見たことも聞いたこともなく、いかなる書物でもまったく触れられていない」コ・イ・ヌールに関する初期の言説は、このふたつであると見なされることが多い。その可能性は十分あるものの、そうでない可能性もある。何しろ記述があいまいであるし、この時代のインドには巨大なダイヤモンドが明らかに複数、流通していたからだ。

いずれにしろ、バーブルのダイヤモンドはすぐインドを離れることになった。バーブルが亡くなったのは一五三〇年。インドに到着してわずか四年しか経っておらず、新たに占領した土地はまだ強化されていなかった。夢見るばかりで無能な息子フマーユーンは、父と同様に詩や文化に造詣が深かったものの、父に備わっていた軍事的資質をまったく受け継いでいなかった。来る日も来る日も庭園建設に明け暮れ、占星術と神秘主義的信仰の研究に夢中になっていた。一五四〇年に父の占領した土地が崩壊すると、王座にとどまること十年にも満たないうちに、国を追われてペルシャに逃げることになった。

日記のなかでバーブルは、インテリで見栄えはするものの、気まぐれで野心に欠け、時間にもだらしない息子に対して、誇りと強烈な苛立《いらだ》ちが入り交じった思いを吐露している。インド侵略という一大事においても、このフマーユーンはカブールに予定どおり現れない。三週間後《おく》れでやってきたおかげで、真夏の熱暑のなかで軍事行動を起こすはめになったのである。国の統治においても、亡命生活においても、フマーユーンは同じように夢見がちで頼りない性格を露呈した。

王国を失い、妻と幼い息子アクバルさえも捨ててインドから逃亡したフマーユーンが肌身離さず持っていた財産こそが、戦利品として手にしたアグラの宝石だった。このうわさが広まると、ラージャスタンを通過して逃げるフマーユーンに、ジョドプルのマールデーヴ王の外交使節が「商人に扮装して」近づいてきて、あなたがお持ちの一番高価なダイヤモンドを購入したいといいだした。フマーユーンはこれを相手にせず、次のように知らせた。「そいつにいってやれ。この高価な宝石は売り買いできるようなものではない。輝く剣と君主の器を持つ者か、あるいは追放された王の愛顧を得る者でなければ手にすることはできないのだ」

自分に残された唯一の財産であるダイヤモンドだったが、あからさまにぞんざいに扱いはしないまでも、フマーユーンは驚くほど気をつかわなかった。一五四四年の七月、サファビー朝のタフマースブ王の宮廷に保護を求めに行く途中フマーユーンは、自分の不注意のせいで大惨事になりかねなかったところを、ジョーハルという名の少年の迅速な判断に救われている。

後年ジョーハル自らが次のように記している。

王様にあられましては、貴重なダイヤモンドやルビーは財布に入れ、ポケットにしまっておくのが常でした。ただし沐浴《もくよく》のときには、たいてい脇に置いておきます。そのときも同じようにしたのですが、置いたことをすぐ忘れてしまいました。王様が出発し、卑《いや》しい従者であるわたくしが再び馬に乗ろうとしたとき、緑の花柄の財布が地面に置きっぱなしになっているのに気づきました。筆箱の隣に並んでいたのです。わたくしはすぐさまそれを取りあげ、王様に追いつくやいなやお見せしました。すると王様は驚かれていました。「よくやった。おまえはわたしに最大の恩を売った。もしこれを無くしたら、わたしはペルシャの王の前で不祥事［リザーレットという］を追及されたことだろう。これからもどうかこの宝石に気をつけてほしい」

後日、そのダイヤモンドがフマーユーンを救った。シーア派のタフマースブ王は、スンニ派のフマーユーンに対し最初は断固として冷ややかな態度を取っていたのだが、面会時にフマーユーンからダイヤモンドを見せられて興奮したのである。先のジョーハルが続けて書いている。

数日は猟場で天幕を張って野営をしていたのですが、そのときに王様がルビーとダイヤモンドを持ってくるようにいわれました。王様はそのなかから一番大きなダイヤモンドを選ぶと、真珠層を張った宝石箱に入れ、そこにさらに他のダイヤモンドやルビーを加えて盆に載せました。これをバイラム・ベグという者に託し、「王のためにわざわざヒンドスタン（ヒンドゥー教徒の多いインド地域）から持ってきたものであります」というメッセージとともにペルシャの王に贈らせました。タフマースブ王はこの宝石の数々を目にするなり驚いて、お抱えの宝石商たちに送ってその価値を鑑定させました。これらは値のつけられぬほど貴重なものですと宝石商が口をそろえていうと、ペルシャの王はフマーユーン王を受け入れることを表明されたのです。

とうとうインドにもどったときには、フマーユーンはタフマースブ王の騎兵隊を率いており、彼らのおかげで再び王位を奪回することができた。

それからまもない一五四七年、タフマースブ王はバーブルのダイヤモンドをインドにいるシーア派の味方、すなわちデカン地方の支配者のひとりであるアーメドナガルの君主に贈っているのだが、この理由がいまだ明らかでない。クール・シャーという、競合するスルタンの領地ゴルコンダに駐在したペルシャの大使によると、「鑑定家が、それひとつで全世界二日半の糧《かて》をまかなえるだけの価値があると評価したことで名高いダイヤモンドだ。重量は6と½ミスカル（バーブルの算定よりわずかに軽い）。しかし王の目には、さほどの価値があるようには見えなかった。ついに彼はそのダイヤモンドを外交官のミータール・ジャマールとともに、デカン地方の支配者である（アーメドナガルの）ニザーム王への贈答品として送りだした」。しかしながら、外交官はシャーの書状は届けたものの、ダイヤモンドは渡さなかったらしい。それでシャーは姿をくらました外交官を逮捕しようとしたが、失敗した。

バーブルのダイヤモンドはこの時点で記録から消え、おそらくどこかの名も知れぬ商人か、デカン地方の貴族か支配者の宝石箱に収まったことだろう。ひょっとして、その異例なほど大きなダイヤこそ、ガルシア・ダ・オルタが耳にした「小ぶりの鶏卵大」のダイヤで、それがヴィジャヤナガルに流れてきたのだろうか？　真実はわからない。これだけ崇《あが》められ、世界を広く旅してきたバーブルのダイヤモンドが本当にコ・イ・ヌールなのかは不明で、もしそうだったとして、いついかにして再度ムガルの金庫に収まることになったのかはわからない。

確かなのは、デリーにもどってきたのがコ・イ・ヌールだったと仮定すると、それまでに少なくとも三十年の空白があるということだ。ムガル帝国最強の皇帝アクバルの友であり伝記作家でもあるアブル・ファズルは、一五九六年に記した王家の財宝に関する文章で、ここに収められた最大のダイヤモンドは一八〇ラティス（一ラティは〇・九一カラット、すなわち〇・〇〇〇四オンス）であると明確に示しており、これはずいぶんと小さく、およそ三二〇カラットあったバーブルのダイヤモンドの、約半分の大きさである。バーブルのダイヤモンドと近似する重量の大きなダイヤモンドがムガル人の手に渡るのは、これよりずっと後だった。

ムガル人は宝石に関して、当時のインドとはまったく異なる一連の概念を中央アジアから持ちこんだ。これらの概念はペルシャ世界の哲学、美学、文学から派生した。彼らが最高の位《くらい》に置くのはダイヤモンドではなく、〝光の赤い石〟だった。ペルシャ文学においてこの石は、形而上学における神性、あるいは芸術の持つ崇高美の極致に達したものの象徴とされ、太陽が沈んだ直後に空を染める薄暮の光――シャファーク――をまざまざと再現するものとして珍重された。

ペルシャの叙事詩人フィルドゥーシーが名作『シャー・ナーメ』（王書）のなかに次のように記している。

太陽が世界を尖晶石の色に染めるとき、暗い夜が天に足を踏みだす。

ガルシア・ダ・オルタは、ダイヤモンドはムガル人の間で第一級の宝石とは見なされなかったと明言しており、これはヨーロッパ人にしてみれば大きな驚きだった。その著作『インド薬草・薬物対話集』のなかでオルタは、対話者のドクター・ルアノに、ダイヤモンドは「宝石の王者である。プリニウスを信じるなら、［ダイヤモンドは］真珠、エメラルド、ルビーより高い価値がある」といわせておきながら、自分でその誤りを正す。「この国では……エメラルドやルビーのほうが、価値が上だと考えられている。傷ひとつなく、大きさでも勝るなら、ダイヤモンドより高価なのだ。しかしダイヤモンドほどの大きさを持ち、かつ傷ひとつなく透明度も高い宝石が他に見つからないことから、ダイヤモンドに高値がつくことがよくある。結局宝石の値段というのは、買い手の意志と需要で決まるのだ」

アブル・ファズルはまた、十六世紀末に記したアクバルの財宝に関する著作で、美しい色合いで透明度に優れた赤い宝石を最高のものと見なしている――「歳入が巨大であり、商売も多岐にわたるため、支払いに必要な多種の現金を収めるために九つ、貴石や黄金や宝石をはめこんだ装身具を収めるために三つの金庫が必要だった」と書いている。ルビーと尖晶石は十二の等級に分類され、最初の金庫にはダイヤモンドが収められ、これは尖晶石とルビーの半量ほど。尖晶石やルビーは、エメラルドやコランダム（サファイイヤ）といった、ムガル人の間で青いヤクーツと呼ばれる宝石類と一緒に二番目の金庫にしまわれ、真珠は三番目の金庫に収められていた。「皇帝の所有する宝石の量と質について話すなら、永遠の時間が必要だろう」という。

支配者は芸術を愛好し、何事においても美を重視すべきであるという考えが、イスラム王朝のなかでも、とりわけムガル帝国において強かったのだろう。建築、美術、詩、史料編纂《へんさん》、めくるめく宮廷儀式といったものと同様に、宝石や宝石で飾った品々を意識的につかうことで、帝国支配の理想を具現化し、神の光にも等しい威光をまとおうとした。「王たちがことごとく外見をきらびやかに飾ろうとするのは、神にふさわしい美観を自らに与えたいからだ」とアブル・ファズルはいう。

さらにいえば、ムガル人は飽くなき美の追求者というだけでなく、アクバルの統治時代が最高潮を迎える頃には、その追求心を支える巨額の財源を有するようになっていた。唯一のライバルであるオスマン帝国の五倍にあたる数億人の民衆を養い、十七世紀初頭には現在のインド、パキスタン、バングラデシュ、東アフガニスタンの全土を支配するようになる。その中心地は当時、巨大都市の様相を呈していた。「その規模、人口、富、いずれに関してもアジアやヨーロッパのいかなる都市にもひけをとらず、アジア全土から押し寄せた商人たちでひしめいている。ここで行われぬ、いかなる芸術、工芸もない」とイエズス会の神父、アントニオ・モンセラッテは書いている。

その頃西洋人は、ズボンの前開きにコッドピースをくっつけた格好でだらしなく歩いており、彼らにしてみれば、絹の衣装とこぼれんばかりの宝石を身にまとったムガル人は、富と権力の生きた象徴であり、以来その印象は「ムガル（権力者）」という言葉自体に吹きこまれ、今も生き続けている。強大なムガル帝国に最初に駐在したイギリス人大使サー・トーマス・ローは、一六一六年、ジャハーンギールの宮廷から将来のチャールズ一世に送った書状のなかで、自分は想像を超えるきらびやかな世界に入ったと報告している。

［皇帝は］ダイヤモンド、ルビー、真珠、その他貴重な装飾品を、つけるというよりは鈴なりにしており、これがなんとも素晴らしく、神々《こうごう》しいばかりです！　頭、首、胸、腕、肘から上すべてに、そしてウエストにも、各指に少なくともふたつか三つの指輪をはめた手にも、ダイヤモンド、ルビー――クルミほどのものや、それ以上に大きいもの――、驚きに目をみはるような真珠……がちりばめられた装身具が、鎖のようにくくりつけられています。これらを身につけるのは皇帝の至福のひとつであって、この皇帝は世界の金庫に等しく、手に入るものはすべて買い求めます。贅沢な宝石を山と積んで、それで身を飾るというより、［宝石で］身をつくりあげるかのようです。

ローが気づいているように、ジャハーンギール（一五六九―一六二七）は、桁はずれに好奇心旺盛で聡明な男だった。身のまわりの世界をよく観察し、骨董品の熱心なコレクターだった。ベネチアの剣や球体から、サファビー王朝の絹、小粒の翡翠《ひすい》、イッカククジラの〝角〟まで集めていた。帝国を維持し、優れた美術品を注文するのと同時に、ヤギやチーターの繁殖、医学や天文学にも積極的に関心を持ち、畜産学にも貪欲《どんよく》なほどの興味を見せた。しかしそれらを上回ってあまりあるのが宝石学と宝石の美しさに向ける興味で、半ばとりつかれたように研究し、あらゆる国事の場に贅沢な宝石を身につけて登場した。まるで意識的に、自らを宝石で飾ったオブジェに仕立てているかのようだった。フランドルの宝石商人、ジャック・ド・クートゥルが、この皇帝に目通りを許されたときのことを記している――「贅を尽くした玉座に座し、首には夥《おびただ》しい数の貴石、大きな尖晶石、エメラルドをつけ、両の腕にはあらゆる種類の大粒の真珠をつけ、ターバンからは大きなダイヤモンドが多数ぶらさがっている。あまたの宝石で飾られた姿は、まさに神像のようだった」

ジャハーンギールの回顧録『トゥーズキ・ジャハーンギーリー』では、世界屈指の宝石を崇め、その蒐集《しゅうしゅう》に夢中になったことが、多くのページを割《さ》いて書かれている。この熱は毎年元日、イラン暦でノウルーズと呼ばれる日にピークに達した。この日をジャハーンギールは祭礼の日に定め、宮廷の貴族がひとり残らず、宝石を惜しみなく皇帝に寄贈するものとしたのである。寄贈された宝石は、皇帝自ら黄金や貴石と重さを比べ、しかるのちに民衆に配られる。その典型が一六一六年のノウルーズで、このときの模様をジャハーンギールは次のように記している。

この日、軍司令官のジャマール・ウッディーン・フサインの贈り物が、わたしの目の前に並べられた。どれも確かなものと認められ、受領された。そのなかに宝石をちりばめた短剣があり、これはジャマールの監督下でつくられたものだった。柄《つか》にはめこまれた黄色いルビーがひとつ。これが極めて高い透明度と輝きを見せ、大きさは鶏卵の半分ほどもある。これほど大きく美しい黄色いルビーを見るのは生まれて初めてだった。それと一緒に見事な色のルビーと、古いエメラルドがあった。仲介者はこれに五万ルピーの値をつけた。

わたしはこの軍司令官のマンサブ［階級］を上げ、千頭の馬を授けた……そのあと、イティマード・ウッダウラ［宰相］が贈り物を持ってきて、わたしがそれをつぶさに確かめたところ、ほとんどが非常に希少な宝石だった。そのなかには、三万ルピーの価値があるふたつの真珠、二万二千ルピーで購入したクトビ・ルビーをはじめ、他にも真珠やルビーがいくつもあった。その価値の総額は十一万ルピー。これらは当人にとって光栄なことに受領され……この幸いなるとき、我が息子バーバ・フッラムはわたしの前に、最高の透明度と輝きを見せるひとつのルビーを置き、これは八万ルピーの価値があると認められた。

この日の記述は数ページにわたっている。

同じ回顧録によればその一年後、ジャハーンギールはビハールの長官イブラヒム・ファス・ユンから、ムガル帝国最大級のダイヤモンドを贈られたらしい。イブラヒムは、自分の治める地域で新たに発見された未加工のダイヤモンド九つを宮廷に送っており、そのひとつが三四八ラティスだったと記録されている。これはバーブルのダイヤモンドを遙かに凌駕する大きさだ。

将来、皇帝シャー・ジャハーン（一五九二―一六六六）になる長男のフッラム王子もまたジャハーンギールと同様に宝石に魅せられ、父の情熱を受け継いだ。父にとって喜ばしいことに、フッラムは当代屈指の優れた宝石鑑定人になった。ジャハーンギールは、宝石に関する息子の優れた鑑識眼を再三誇りをこめて語り、「彼は、満たされた欲望の額に光る星か、はたまた繁栄の眉に宿る輝きか」ともてはやした。その手柄の一例として、極めて美しい真珠を手に入れたジャハーンギールが、それと対《つい》を成すものを見つけたいと思ったときのことを書いている。その真珠をひと目見るなりフッラム王子は数年前に目にした、それとそっくり同じ真珠のことを思いだした。「それは、ターバンに飾る古い宝飾品のなかにあり、この真珠と重さも形もそっくり同じだった。その古いサルペッチ（ターバン飾り）を見てみれば、そこには確かに素晴らしい真珠がついており、品質、重量、形、光沢、光輝、どれもまったく遜色なく、まるで同じ型から取りだしたもののようだという者もいた。ふたつの真珠をルビーの脇に置いて、わたしはそれを腕に巻きつけた」

　そのうち、美しく貴重な宝石に向けるシャー・ジャハーンの愛は、訪問者らが指摘するように、父のそれを上回るようになる。サー・トーマス・ローの従軍牧師、エドワード・テリーは、シャー・ジャハーンこそ「全世界に存在する宝石を知り尽くした、最も偉大で才能豊かな宝石の大家である」という。またポルトガルのフライアー・マンリーケは、宴のあとで十二人の女性ダンサーが、「扇情的なドレスを着て、きわどいポーズをしてみせるのに」、宝石に魅了されるあまり、彼はほとんど目もくれず、義理の兄アーサフ・ハーンが持ってきた上等な宝石に夢中になってずっと見続けていたと報告している。最近になってわかったことだが、ムムターズ・マハルの死に夥しい涙を流して目を痛めたシャー・ジャハーンは、宝石をつかった眼鏡をふたつ注文していた。ひとつはダイヤモンドをレンズにし、もうひとつはエメラルドをレンズにしたらしい。

しかしながら、それは単にある皇帝が美と贅沢を愛したというだけの話ではなかった。ムガルの細密画工房と同じく、シャー・ジャハーンの監督の下、皇帝の宝飾工房は帝国と王家のプロパガンダにその仕事を活用することが期待された。新しく見つかった赤縞瑪瑙《めのう》の柄のついた短剣が、最近ロンドンの美術品市場に登場したが、これには、シャー・ジャハーンと彼の宮廷の、帝国支配の野心が驚くほど明白に見受けられる。その柄には次のような文言が明白に打ちだされている。「これは王のなかの王、宗教の守り手であり世界の征服者である者の短剣なり。幸多き星相に生まれいずる第二の天主シャー・ジャハーンは新月のごとしといえど、その勝利の輝きをもってして、太陽の光のごとく未来永劫世界を照らす」シャー・ジャハーンは単なる統治者として民衆の前に現れたのではなかった。彼は自分を神の光の中心、太陽の王、じつのところ太陽神であると思わせたかったのだ。

シャー・ジャハーンの統治下にムガルの宝庫に収まった最大のダイヤモンドとして記録されているのは、当代のまた別の宝石の目利きが進物として贈ったものだった。送り手はミール・ジュムラーというペルシャからデカン地方に移民してきた男で、宝石を取り扱う貿易商として身を立てていた。ベネチアの旅行家ニコラオ・マヌーチによると、「ミール・ジュムラーは初め、家を一軒一軒まわって靴を売っていたが、やがて運が向いてきて、王国内の敏腕の貿易商として徐々に名をあげていった。絶大な富に恵まれて海に船を何隻も係留し、頭がよく、非常に気前もいいために、宮廷に多数の知己《ちき》を得て……［まもなく］様々な名誉職に任じられた」。

王や主要な貴族に貴重な宝石の進物を贈ることで、以降もどんどん出世していき、最終的にはゴルコンダの宰相にまでなったわけだが、その宝石の出所《でどころ》についてマヌーチは次のように記している。「その宝石やダイヤモンドは鉱山から掘りだしたもので……彼がそこを統治していた時代、カーナティックの地にはヒンドゥーの神像を祀《まつ》った古い寺院をはじめ、素晴らしい宝石が山のように眠っている場所があり、ミール・ジュムラーはそれらをかたっぱしから集めていった。その地は宝石で非常に有名な土地だったのだ」

フランスのダイヤモンド商人、ジャン・バティスト・タヴェルニエ（一六〇五―八九）は権力の絶頂にあったときのミール・ジュムラーの人物像を、その残酷さもふくめて見事に活写している。ある晩にタヴェルニエが挨拶をしに行ったところ、ミール・ジュムラーはデカンの田園地帯の真ん中に張った天幕のなかにすわっていた。

国の風習に従って、ナワブ［地方長官］は足指の間に手紙をぎっしり挟み、左手の指にもたくさんの手紙を挟んでいた。ときに足の指の間から、またときに手の指の間から手紙を取りあげ、その返事をふたりの秘書に口述筆記させ、必要なものには自ら筆を執って返事をしたためる。秘書が書き終えた手紙は声に出して読ませ、しかるのちに自分の紋章を捺印し、徒歩伝令か乗馬手に渡す。

この状況で、四人の犯罪人が天幕の入り口に引き立てられてくる。ミール・ジュムラーはまったく目もくれなかったが、それから三十分後に天幕内へ入れさせ、「尋問をし、彼らの口から罪を告白させた。しかしそれから一時間はまた無言になって、引き続き手紙の返事を書き、秘書に口述筆記をさせる」。その間にも、軍の将校らが次々と挨拶に訪れる。やがて食事が運ばれてくるに至って、とうとうミールは四人の囚人に注意を向け、淡々と刑を宣告する。ひとりは手足を切断したのちに野ざらしにして失血死させ、もうひとりは「腹を割いてから下水溝に投げ捨て」、残るふたりは打ち首にせよと命じた。「その間にも、料理のほうは次々と運ばれてきた」

一六五〇年代、ムガルは徐々にデカン地方の異なる王国から強奪することに狙いを定めた。そこには、宝石蒐集に耽溺《たんでき》するあまり、宝石を産出する領土を自分たちのものにしたいという思いが多少なりともあっただろう。当時公的な歴史とされた『シャー・ジャハーン・ナーマ』には、「この領土はダイヤモンドの宝庫である」という言葉がある。その頃ミール・ジュムラーは、皇太后と恋愛関係にあるとのうわさが広まって、ゴルコンダのスルタンから愛想を尽かされていた。それでムガル人が攻撃してきたのに乗じてそちらに亡命し、シャー・ジャハーンに仕えることにした。

一六五六年七月七日、ミールは新都シャージャハーナバードの居城〈赤い城〉で、シャー・ジャハーンに進物を贈って契約を締結した。その進物は「大きな未加工のダイヤモンドで、重さは三六〇カラット」あったとマヌーチが記している。『シャー・ジャハーン・ナーマ』には、「卓抜した宝石の贈答品で、そのなかには二一六ラティスもある巨大なダイヤモンドがふくまれていた」とある。タヴェルニエはこのダイヤモンドについて後に、「大きさと美しさにおいて並ぶものがないとして、その名高いダイヤモンドは一般に広く知られていた」と記している。それは未加工で九〇〇ラティス、つまり七八七カラットあって、コルーア（現在のカルナタカ）にある鉱山から産出されたという情報もつけ加えている。

その数百年後、ヴィクトリア朝時代の注釈者の多くは、このダイヤモンドを、ふたつのダイヤモンドと結びつけて考えている。百年前にデカン地方に消えたバーブルのダイヤモンドと、その頃にはインドで最も素晴らしいダイヤモンドと見なされるようになっていたコ・イ・ヌールである。にもかかわらず、この資料には、ムガルの最も偉大な一族が所有しながらフマーユーンの時代以来見失っていたダイヤモンドを、この自分が取りもどしてやったのだと、ミール・ジュムラーが得意になって主張しているような記述は見当たらない。もし注釈者たちの考えが真実なら、新たな擁護者に取り入りたくてたまらないミールが必ずや主張していたはずだった。

書きぶりからするとそうではなく、この巨大なダイヤモンドは新たに発見されたもののようで、ムガルの宝石箱に加わった前例のない宝だったらしい。未加工のまま贈呈されたとタヴェルニエが明言しており、この点に関してはこれまで見てきた三つの出所で意見が大きく分かれているが、ずば抜けて大きかったというのは確かである。

一六二八年、シャー・ジャハーンが権力の絶頂を極めた時期に、宝石への熱狂もクライマックスを迎える。このとき彼は、これまでの歴史に例のない、最も人目を引く宝飾品をつくらせた。すなわち孔雀の玉座である。

ダイヤモンド、ルビー、真珠、エメラルドで覆われた大きな純金の玉座は、初めムガルの宮廷にいた宝石職人オーガスタン・イリアーというフランス人に製作が任された。ダイヤモンドのカットにおいてムガル人は、西洋人とは趣味が異なっていた。均整美に優れてはいても、できあがりが原石よりずっと小さくなってしまうヨーロッパで好まれるカットよりも、原石の自然な重さと形を生かすカットを好んだのである。それでも十七世紀のこの時期には、ヨーロッパの宝飾職人のほうが、ムガルの職人より技術的にわずかにリードしていた。皇帝やインドの支配者はイエズス会を通じてゴアに宝石を送ってカットさせたという言及があり、アレッポにあるヨーロッパ商人の居留地へ送り届けた例さえある。ムガルの宮廷に職を得た商人はイリアーだけであるはずもなく、ピーター・マトンという名の英国人もまた帝国のカルカーナ（アトリエ）で働いていた。

しかしそれからまもなく、イリアーがムガルを去り、詩人であり、書家から金細工職人に転身したイラン人であるサイダイ・ギラーニが新たにその仕事を請け負うことになった。できあがった孔雀の玉座は一六三五年の元日、カシミールで休暇を過ごしていた皇帝がもどってきた日に、ついにお披露目となった。

宝石の玉座――初めはそう呼ばれていた――は、まさに豪華《ごうか》絢爛《けんらん》の極みであり、伝説に名高いソロモンの玉座を彷彿《ほうふつ》とさせた。遙か昔よりムガルの王は、コーランや、『シャー・ナーメ』

のような叙事詩に登場する、中東やイランの古代諸王――実在の王ばかりでなく神話に登場する王もふくめて――の雰囲気を身にまとうのが好きだった。古代名君のイメージを利用して、ムガルの王権は神の光に照らされた真に正当なものであり、ムガルの統治によって世界に繁栄と平和に満ちた黄金時代がもたらされると訴えたのだった。とりわけシャー・ジャハーンは、コーランによって定められた模範的な王にして神意の代弁者としてのソロモン王を手本にし、自らと同一視した。お抱えの詩人たちからも第二のソロモンと賛美され、王妃のムムターズ・マハルは新時代のシバの女王ともてはやされた。

そのため、コーランを知る者なら、この宝石の玉座はソロモンの玉座をイメージしたものと、ひと目でわかったはずだった。四本の柱がバルダッキーノ（宗教的行列で奉持される天蓋《てんがい》）を支え、そのバルダッキーノには花を咲かせた木々や孔雀が宝石で描かれた。柱はムガル人がイトスギ形と呼ぶ先細のバラスターで、それを緑のエナメルやエメラルドで覆うことで、より樹木らしく見せていた。この上に、ひとつ、大方の記録ではあるいはふたつの孔雀像が独立して立っていた。ソロモン王の玉座は宝石でできた木々や鳥で飾られていたと、ユダヤとイスラムの両文書に書かれているのをそのまま模倣したわけだ。

同時代に、この玉座について最も巧みに描写しているのが、宮廷の公式編年史家、アフマド・シャー・ラホリが書いた『パドシャー・ナーマ』の一節である。

それから何年にもわたって、貴重な宝石が帝国の宝石保管庫に数多く収まり続け、そのひとつひとつが、ビーナスのペンダントつきイヤリングや、太陽神の飾り帯に埋めこむのがふさわしいと思えるようなものだった。即位と同時に、先見の明ある皇帝は察知した。これだけ美しく輝く希少な宝石を、山と集めて保存している目的はただひとつ、帝国の玉座を飾るために違いない。玉座に収まれば、それを見る者たちすべてが、宝石の美しさを愛《め》でながらその恩恵に浸ることができ、結果、皇帝の威光はますます増大するだろう。

ラホリはさらに、孔雀の玉座の製作について語っている。すでに帝国の宝石保管庫にある宝石に加えて、「ルビー、ガーネット、ダイヤモンド、豪華な真珠、エメラルドといった、総額二千万ルピーに相当する宝石の数々が、鑑定のため皇帝の御前に持ってこられる。そのなかには五万ミスカル（一ミスカルは四・六―四・八グラム）という比類無き重量の卓抜した宝石もあり、慎重に選別を済ませたあとで、金細工部門の指導監督者であるベバダル・カーン［サイダイ・ギラーニの後年の肩書き］に渡される」。

天蓋の外側は宝石を埋めこんだエナメル細工、内側はルビー、ガーネット、その他の宝石でびっしり埋め尽くされてエメラルドの柱で支えられている。それぞれの柱のてっぺんには、これまた宝石をふんだんにつかった孔雀の像が立っていて、この二羽の孔雀の間に、ルビー、ダイヤモンド、エメラルド、真珠をはめこまれた一本の木が立っている。踏み段は三段あって、これにも透明度と光沢の素晴らしい宝石が埋めこまれている。この玉座は七年の歳月と一千万ルピーの費用をかけて完成した。

このあとラホリは、ダイヤモンドではなくルビーに焦点をあてて詳しく述べている。ムガル人の宝石の好みを考えればこれも驚くことではないだろう。

製作につかわれた夥しい数の宝石のなかに、百万ルピーの価値があるルビーがあって、これはイランの王シャー・アッバースが先帝ジャハーンギールに贈ったものだった。それをジャハーンギールは、現在の王サヒーブ・キラーニがダキンの征服を成し遂げたときに贈った。それにはもともと、ミール・シャー・ルフとミルザ・ウルグ・ベクという、ふたりのサヒーブキラン［ティムール人］の名が彫られていて、シャー・アッバースの手に渡るに至って、そこに彼の名が追加され、さらにジャハーンギールの手に渡って、彼が自分の名と父の名を追加で彫らせた。そこに今、シャー・ジャハーン陛下の名が加わったのである。

そのルビーは様々な名前——ティムールのルビー、アイン・アル・フール、天女の瞳、ファクラージ——で呼ばれながらコ・イ・ヌールに影を落とし、以降二百年にわたって運命をともにすることになる。ダイヤモンドがルビー以上に美しく価値があると見なされるようになるのは、それよりずっと後、人々の好みが変わった十九世紀初頭になってからだった。

一六五八年、シャー・ジャハーンの治世は予想外に早く衝撃的に幕を閉じた。一六五七年末、皇帝は卒中の発作に苦しみ、その息子ダーラー・シコーが支配の実権を握ったのである。父の死は確実だと思った王子四人はそれぞれ軍事作戦を開始。最終的にはアウラングゼーブが巧みなクーデターを展開して父親を退位させ、アグラの赤い城にある、タージマハルを望む一続きの部屋に幽閉した。

アウラングゼーブは戦《いくさ》慣れした軍隊を率いてデカンから北へ進撃しており、ライバルの兄弟ダーラー・シコーをアグラから数マイル先のサムガーで打ち負かした。一六五九年、アウラングゼーブはダーラー・シコーを捕獲して数日後に殺害。マヌーチによれば、それから彼は父親に和解の贈り物を送った。父親が開けてみると、なかにはダーラーの首が入っていた。

帝国が崩壊してコ・イ・ヌールがインドを去るのはそれからまもなくのことである。そうなる前に栄光に満ちたムガルの宝石箱を最後にひと目見ることができた者があった。一六六五年、ジャン・バティスト・タヴェルニエがアウラングゼーブから、ムガルの宝石の最高峰を見せようという、まったく前例のない栄えある誘いを受けたのだ。タヴェルニエはルイ十四世の勧めもあって、ダイヤモンドへの理解を深めようと、一六三〇年から一六六八年の間にインドを五回訪れている。「[ダイヤモンドは] あらゆる宝石のなかで最も貴重で、取り引きでは最も気をつかう。そのダイヤモンドに精通するために、あらゆる鉱山と、ダイヤモンドが発見されているふたつの川のひとつを訪ねようと心を決めた」

タヴェルニエはたくさんのダイヤモンドを持ち帰ってルイ十四世から准男爵の身分を賜《たまわ》っているが、アウラングゼーブの秘蔵の宝石を見る許可がようやくおりたのは、最後の訪問のときだったと、初期の日記に書いている。「一六六五年十一月一日、暇乞《いとま》いをしに宮殿に行ったところ、我が宝石も華やかな祭りも見ずに帰すのは忍びないと皇帝にいわれた」

それからまもなくタヴェルニエは宮殿に呼ばれ、皇帝にお辞儀をしたところで、ディワニ・カース（赤い城の謁見室《えっけんしつ》）が見える小部屋に招じ入れられた。

この部屋には、皇帝の宝石を管理する主任アキル・カーンがいて、わたしたちが入ってきたと見るなり、四人の宦官《かんがん》に宝石を持ってこさせた。宝石は金箔《きんぱく》を貼った漆《うるし》塗りの大きな木の盆ふたつに載せられており、このために特別につくらせた小さなクロス――一枚は赤、もう一枚は緑の金襴《きんらん》のビロード――で覆われていた。覆いをはずしたところで、その数を三度繰り返して数え、そこにいる三人の筆記者がリストを作成する。インド人は何事も極力慎重に落ち着き払って行い、急ぐ者や苛立つ者がいると、みなだまってそちらを注視し、愚か者を嘲笑《ちょうしょう》する。

タヴェルニエがその日見せられた宝石のなかに巨大なものがあり、彼はそれをグレート・ムガル・ダイヤモンドと呼んだ。ミール・ジュムラーがシャー・ジャハーンに贈ったものだという。「アキル・カーンが最初にわたしの手に載せたのはじつに大きなダイヤモンドで、ローズカットを施《ほどこ》され、丸くて片側が非常に高くなっていた。下部のへりに、かすかなひびが入っていて、そのなかに小さな傷がひとつある。透明度も光沢も素晴らしく、重量は二八六カラットあった」さらに彼は、そのダイヤモンドがミール・ジュムラーから贈られてから、ひどいカットを施されたことについても触れている。責任はホルテンシオ・ボルジオにあり、彼の拙《つたな》い技術によって、もともとの驚くべき大きさが失われてしまった。タヴェルニエは他にふたつの大きなダイヤモンドを見ており、そのうちのひとつはテーブルカットを施されたピンク色のもの。彼はそれをグレート・テーブル・ダイヤモンドと呼んでおり、その描画から、ダルヤーイェ・ヌール、すなわち現在テヘランにあるイランの宝冠の主要部分を占めるダイヤモンドであることがはっきりわかる。

果たしてグレート・ムガル・ダイヤモンドはコ・イ・ヌールなのか？　十九世紀にはまさしくそうであると考えられていたが、現代の学者の多くは、グレート・ムガル・ダイヤモンドは実際にはオルロフ・ダイヤモンドだと考えている。そちらのほうがコ・イ・ヌールよりもっと高さがあり、丸みのあるドーム形が、タヴェルニエの描いたグレート・ムガルにもっとよく似ているからだ。さらにオルロフとグレート・ムガルは同じタイプのカットを施されて切り子面のパターンも同じなのである。タヴェルニエが他に見た宝石はどれもコ・イ・ヌールには似ていない。

選《え》り抜きの宝石を見せる許可を皇帝がはっきり与えたというのに、タヴェルニエがコ・イ・ヌールを見逃した可能性はあるだろうか？　考えられる可能性はふたつある。この段階ではまだコ・イ・ヌールはシャー・ジャハーンのコレクションに収まっていたというのがひとつ。シャー・ジャハーンは、一六六五年にはアグラの赤い城内の部屋に軟禁されていた。マヌーチや『シャー・ジャハーン・ナーマ』をふくむいくつかの情報源から、退位させられた皇帝は、王位を奪った息子に、自分が集めていたダイヤモンドを全部渡したわけではなかったことがわかっている。シャー・ジャハーンの虎の子の宝石は彼の死後初めて、アウラングゼーブの手に渡ったのである。

しかしもっとあり得るのは、その時点では、コ・イ・ヌールは国の宝庫には入っていなかったという可能性だ。ナーディル・シャーが生前に孔雀の玉座を奪ったという、マーヴィの目撃情報を信じるならば、すでにそれは孔雀の玉座のてっぺんで輝いていた。玉座の屋根に立つ孔雀の頭に収まっていて、タヴェルニエが手に取って見ることは不可能だったのだ。もちろんタヴェルニエは遠くから孔雀の玉座を見たはずだが、その距離では屋根にある宝石の驚くべき大きさには気づかなかったのだろう。

ではコ・イ・ヌールはバーブルのダイヤモンドだったのか? 重量はだいたい同じで、結局これがコ・イ・ヌールの起源として最も正しく、かつ魅力的な論に思える。しかしながら、バーブルのダイヤモンドについては詳しい説明が見つからず、デカンにあったものが、どのようにしてムガルの宝庫に収まったのか、その道筋についても説明がない。ペルシャの忘れ去られた資料が何かしら見つかって、より詳しい証拠が明らかにされるまで、この謎は解決しないということだ。じれったくは思うものの、結局コ・イ・ヌールの起源について確かなことはわからない。ムガル人の手に渡ったのは明らかだが、いつ、いかにして、どこで、と問われれば、確かな情報は皆無で、確実にわかっているのは、それがいかようにしてそこを去ったか、それだけなのだ。

第三章　ナーディル・シャー——イランのコ・イ・ヌール

一七三九年一月、ムガル帝国はいまだアジアで最も裕福な国だった。亜大陸のほぼすべてが孔雀の玉座から統治され、その屋根に立つ孔雀像のひとつには依然としてコ・イ・ヌールが輝いていた。半世紀前より衰退の途にあり、内紛にも苦しんでいたが、カブールからカーナティックに広がる最も豊かで肥沃《ひよく》な土地は依然としてムガル帝国の支配下にあった。しかも、退廃と洗練の都デリーは二百万の人口を抱え、その数はロンドンとパリの人口を合わせた以上のもので、オスマン帝国のイスタンブールと、日本の江戸との間にあって、いまだ最も繁栄している壮麗な都市であった。

この広大な帝国を治めるのが、快楽を愛する皇帝ムハンマド・シャーで、〝ランギーラ〟（派手な浮かれ屋）と呼ばれた彼は、芸術愛好家でもあり、身体にぴたりと張りつく優美なペシュワーズ（前開きの長い上着）と真珠を縫いつけた靴がトレードマークだった。音楽や絵画に鑑識眼もあって、積極的に保護をした。シタールやタブラといった民族楽器を宮廷に持ちこんだのも彼で、ムガルの細密画工房も復活させ、ニダ・マールやチタールマンといった名匠を雇った。彼らが残した指折りの細密画には、ムガルの宮廷生活の素朴な場面が活写されている。オレンジの色彩あふれる宮殿で祝うフーリの祭り。ヤムナー川のほとりで鷹狩りをする皇帝や、城壁をめぐらした楽園のような庭をめぐる皇帝。さらに見事なのは、赤い城の花園や装飾花壇で宰相らと謁見《えっけん》する皇帝の絵だ。

アウラングゼーブ時代はイスラムの厳格な軍人精神に締めつけられていたが、ムハンマド・シャー（一七〇二―四八）の支配下にあった一七二〇年頃のデリーには、美術、舞踊、音楽、文芸において、放埓《ほうらつ》なまでに官能的な試みが多く見られる。デリーの詩人たちは、千年前の古典時代の終わり以来、好色を最も露骨に表現した詩を産みだした。またこの時代は高級娼婦の時代でもあり、美貌と、男性を手玉に取る力で、南アジア全土にその浮き名をとどろかせた。パーティに全裸で登場したアド・ベガムは、巧妙なボディペイントで裸であることを誰にも気づかせなかった。「脚には、実際には穿《は》いていない美しいズボンの模様を描き、袖口には、ビザンチン帝国の極上の布地とまったく同じ色を再現したインクで植物や花びらを描いている」そしてアド夫人の最大のライバル、ヌール・バイに至っては、そのあまりの人気に、夜ごとゾウに乗った高官が押し寄せて家の前の狭い路地が完全にふさがれてしまったという。最も地位の高い貴族であっても、「その家に入れてもらうためには大金を贈らなければならず……ヌール・バイに魅了される者は誰でも、過大な要求の渦巻きに吸いこまれて破産する……つまりヌール・バイと快楽をともにできるのは、彼女に贈る富を有している者だけだった」。

王政復古時代のイギリスのように、こういった官能性は当時の絵画に如実《にょじつ》に表れている。遊興、饗宴、性愛の場面にあふれ、皇帝がハーレムの女性と性交している場面まで描かれている。

おそらく、皇帝は性的不能者で世継ぎが心配だとする世間のうわさを吹き飛ばすため、性交能力と生殖能力をことさら強調して喧伝する必要があったのだろう。

しかし寝室での行いがどうであろうと、戦場における戦士としては、ムハンマド・シャー・ランギーラは明らかに不能だった。それでも皇帝の地位から失墜しなかったのは、政治からは一切手を引くという単純な作戦ゆえだった。午前にはヤマウズラの闘鶏やゾウの格闘技を見物し、午後には曲芸、パントマイム、手品を楽しむ。政治のほうは抜け目なく相談役や摂政に任せながら、地方から入ってくる歳入だけは決して滞らないよう自ら仕切った。

皇帝の力の衰えはかなり前から顕著であって、一七〇七年にアウラングゼーブが死んでから衰退していく帝国と同じだった。これまでに三人の皇帝が殺害され、最初に殺された皇帝は殺害前に熱した針で目をつぶされており、次に殺された皇帝の父親は、ゾウに乗っているところを断崖から突き落とされ、最後に殺された皇帝の母親は首を絞めて殺された。続く皇帝は階段から投げ落とされた。ファッルフ・シヤル皇帝（一六八五―一七一九）の治世では、摂政であるサイイド兄弟が現金欲しさに孔雀の玉座の内装から宝石をはぎとって、デリーの金貸しに売っている。しかしながら、最も素晴らしい宝石、コ・イ・ヌールとティムール・ルビーはそのまま残された。

ムハンマド・シャーの治世が進むにつれて、次第に権力はデリーの都から地方へ流れ、ムガル帝国の地方長官らが政治、経済、治安、防衛の重要な問題について、自分たちで判断をするようになっていく。そんななか、とりわけ強大な力を持つ地方長官がふたりいて、互いに競って自分の思うままになる領地を巧妙に確立し、独立国の支配者と実質は変わりなかった。そのひとり、アバーダの地方長官サーダト・カーンは北の主要な黒幕となり、本拠地をガンジス川に近い平原の中心、ファイザバードに置いた。一方南では、ニザーム・ウル・ムルクがデカン地方の主となり、オーランガバードに本拠地を定めた。どちらも宮廷と親密な関係にあり、皇帝に忠義を尽くしてきたが、それが徐々に個人の権益を増大させることとなり、結果、両人ともに、インドを百年にわたって支配する王朝を樹立する。互いに不倶戴天《ふぐたいてん》の敵であり、その競争心が、彼らが仕えると誓ったムガル帝国に、致命的な痛手を負わせることになったのだ。

皇帝の権威を脅《おびや》かす強い地方長官ふたりに加え、運の悪いことに、すぐ西にはペルシャ語をしゃべる攻撃的な軍司令官ナーディル・シャーがいた。ナーディルは貧しい羊飼いの家に生まれながら、その傑出した軍事的才能によって、またたくまにトップに上りつめていた。この風雅を解さぬ粗野な男は冷酷辣腕《らつわん》の軍人であり、芸術を愛する通人でありながらのんきでとらえどころのないムハンマド・シャーとは対極にある人物だった。

通人であるフランス人のイエズス会士、ルイ・バザン神父はナーディルの侍医であり、自分が健康面の面倒を見ることになった人物を見事に描写した文章を残している。無学で残酷でありながら、決して単細胞ではない、威風堂々たるナーディルを、バザンは高く評価すると同時に恐れおののいてもいた。

彼は下賤《げせん》の出身ながら、玉座に座すために生まれてきたようだ。天は彼に、英雄に必要な優れた才能をことごとく授け、偉大な王になれる素質さえも与えた……真っ黒に染めたあごひげとはまったく対照的に、髪は総白髪。生まれながらに頑健で、高い背に見合って胴回りも恰幅がいい。風雪を経て鍛えられた厳粛《げんしゅく》な顔はいくぶん長めで、鼻は鷲鼻《わしばな》、形のいい口は下唇が突きだしている。小さな目は見る対象を刺し貫くように眼光鋭く、地声はざらついて大きいが、ときにあえて柔らかな声で話すのは、欲得のためか気まぐれか……。

住居は定めず、宮廷は軍隊の野営地で、宮殿は天幕。玉座は武器を集めたどまんなかに据えられ、腹心の友は最も勇敢なる兵士……戦闘では勇猛果敢に突き進んで、向こう見ずなまでの武勇を見せ、戦いが続く限り、勇敢な兵士らとともにつねに危険のさなかに身を置いた……思いついたことは何ひとつ無駄にせず実行に移し……その強欲と、前代未聞の残酷さは我が民をも苦しめて、ついには転落の憂《う》き目を見るのだが、その身に潜む暴力性と冷酷性に導かれて残虐の限りを尽くし、ペルシャ人に血と涙を流させるのである。つまりは、賞賛されると同時に恐れられ、忌《い》み嫌われ……

一七三二年、ナーディルはペルシャの王位を奪い、それからまもなく、まだ幼児のサファビー朝最後の君主を退位させた。王位奪取の七年後にあたる一七三九年の春、ナーディルはアフガニスタンに侵攻し、カンダハールの包囲攻撃を開始。その包囲期間に、彼に賞賛の詩を贈ろうと、イラン北東部のホラーサーンからはるばるひとりの詩人がやってきた。自作の詩を晩餐の席で読みあげたものの、ナーディルは少しも気に入らず、こやつを奴隷として売りだせと宮廷の門衛に命じ、野営地周辺で詩人を引き回させた。ナーディルには残念だったが、詩人を買いたいという人間はいなかった。それで詩人に、「おまえはどうやってここまでやってきたのか？」と聞くと、「ロバに乗ってきました」という。それで今度はそのロバを売りに出せと命じたところ、詩人は野営地から逃げだし、みなの笑い者になった。

ムハンマド・シャーと違ってナーディル・シャーは、明らかに芸術の愛好家ではなかった。しかしことと宝石に関しては鋭い眼識を持っており、インドの宝石で我が宝庫を満たそうと考えて、インドに侵攻することを決めたのだった。ちょうど軍隊にも費用がかさみ、その支払いに充てられる宝石がムガル帝国のデリーには湯水のごとくあふれていると知っていた。

ナーディル・シャーがカンダハールを攻略する前から、彼がムガルのデリーにある宝物に攻撃を仕掛けるといううわさがペルシャに広まっていた。ムガルの孔雀から「金の羽根をむしり取る」ためだった。じつのところナーディルは、ささいな難癖をつけて、攻撃を当然のこととする口実をつくりあげていた。つい最近ムガル帝国が、ナーディルの暴政に反抗するイラン人数名を匿《かくま》ったばかりか、ムガル帝国の税関の役人が、イラン大使の資産を差し押さえて返そうとしないというのである。ナーディル・シャーは当然のようにデリーへ外交使節を送り、ムガル帝国の友情に反する行いに苦情を申し立て、正式な謝罪を要求したが、返答は得られなかった。ナーディルは明らかに侵攻を計画しているという、カブールの長官ナシール・カーンによる事前の警告も、デリーの長官は無視した。

一七三八年五月十日、ナーディル・シャーは北アフガニスタンに侵攻を開始した。五月二十一日にはムガル帝国の国境を越え、夏季の首府であり、帝国屈指の要衝であるカブールに向かった。こうして二百年前のバーブル以来初のインド侵攻が始まった。カブールの強力な城塞は六月の終わりに降伏。防備にあたっていたバーラ・ヒサールには自由になる軍備が皆無《は》で、ムガル政府も手の出しようがなかった。デリーの廷臣で、詩人や歴史家としても名を馳せたアナンド・ラム・ムクリスが次のように書いている。

［カブールの長官は］ムハンマド・シャーに金銭［軍備に費やす資金］の不足について再三手紙で訴えているが、まったく相手にされない。しまいには、自分を秋の突風で萎《しお》れるバラの茂みにたとえ、補給不足で士気に欠ける兵士は衰弱した兵の形骸に過ぎないと訴えた。自分には未払いの給料が五年分貯まっているはずで、その一年分でもあれば債権者を満足させられる上に、自由につかえる金もわずかばかり残るから、なんとか支払ってほしいと懇願したのである。

懇願を無視されながらも、カブールの長官はカイバー峠で最後の抵抗を試みようと決意した。しかしナーディル・シャーはその裏をかき、忘れ去られた小道をつかってムガルの軍を囲み、屈辱的な降伏へ追いこんだのち、カイバー峠を下った。それからわずか三か月もしないうちに、デリーから百マイル北にあるクールナルで、ナーディルは、デリー、アバーダ、デカンからやってきた三つの軍を併合したムガル軍を破った。およそ七十五万人の兵士を、わずか十五万人のマスケット銃兵で倒したのだった。

最初から結果は見えていた。ムガル軍は巨大ではあるが、無規律な烏合《うごう》の衆に過ぎない。デリー駐在のオランダ東インド会社代表は、街から六マイル離れたところに巨大な軍隊が集結したと報告している。「人海は幅二マイル、長さ十五マイル。この軍隊がヨーロッパをお手本に訓練されていたなら、全世界を支配することもできただろう。しかしながら、そこに秩序は見られず、各々《おのおの》の指揮官が好き勝手をやっている」軍隊をないがしろにして音楽や美術にうつつを抜かし、のんきに快楽を追求してきた長年のつけが、ここに来てムハンマド・シャーに回ってきたのだった。

それから数日の間に、そのことはさらに明らかになってきた。ムガル軍は指揮官が無力であるだけでなく、一日にわずか五マイルという痛ましいほどの進軍速度しか出せないのだった。「もしムガル軍に防衛能力があったなら、よほど幸運でなければナーディル・シャーには打ち負かすことはできなかっただろう」とオランダ人の報告は続く。「しかしながら、いくら強大なムガル帝国の軍であっても、無秩序な防衛しかできないなら、ナーディル・シャーはいとも簡単に打ち負かせるはずで……民衆の多くはナーディル・シャーの到来を待ち望んでいた。というのも、現皇帝は国を統治するにはまったく力不足で、実際何事も成し遂げていないからだ。兵士たちはろくに給料ももらっていなかった。ヒンドゥーの役人が何もかも懐に入れ、将軍並みに裕福になっているのだ」

ムハンマド・シャー配下で重要な地位を占めていたふたりの長官、サーダト・カーンと、ニザーム・ウル・ムルクの徐々に強まっていく敵対関係も、明らかにナーディル・シャーに味方した。ムガル軍の野営地にサーダト・カーンは遅くに到着。アバーダから進軍してきたのだが、ニザームのほうはとっくに着いていた。そんななか、サーダト・カーンは自軍の軍事力が優れていることを見せつけようと、疲弊《ひへい》した兵士の回復を待たずに戦闘に乗りこんでいく。一七三九年二月十三日の昼頃、サーダトはニザームの忠告を無視して、「正常な神経の指揮官にあるまじき、向こう見ずな行い」で、ニザーム軍の防御用に設置した土塁から飛びだした。ニザームのほうは「性急は命取り」と断言し、あとに残った。慎重になったニザームが正しかった。

サーダト・カーンは巧妙に仕掛けられた罠にまっすぐ飛びこむはめになったのだ。

サーダト・カーンの旧式な重騎兵が、一団となって正面攻撃を仕掛けてくるよう、ナーディル・シャーは仕組んでいた。敵がペルシャの陣に近づいてきたところで、ナーディルの軽騎兵がカーテンを開けるようにさーっと両脇に退《しりぞ》く。次の瞬間ムガル軍は、馬に乗ったマスケット銃兵の長蛇の列と向き合うことになった。マスケット銃兵はみな、十八世紀における最先端の兵器で武装していた。馬に積まれた、鎧を貫通する回転砲が、至近距離で火を噴いた。わずか数分のうちに、ムガルの騎士道の鑑《かがみ》は死して地に横たわった。

サーダト・カーンは負傷し、ペルシャ軍に捕獲されるまで戦い続けた。ナーディル・シャーの前に引きだされたサーダトは、かつて自分の有していた位《くらい》にニザーム・ウル・ムルクが昇進したと聞くと、自分の仕える皇帝に復讐を誓った。命を懸けて戦闘に飛びこんだ彼にとって、皇帝の裁定は裏切りと恥辱《ちじょく》に他ならなかった。サーダトはナーディルに、ムガルの宝庫には巨大な富が眠っていると明らかにし、損害補償の賠償金は百倍が妥当であることを匂わせた。

一週間後、包囲されたムガル軍の補給物資が底をついてきた頃、ナーディルは休戦旗の下、こちらを訪ねてこないかとムハンマド・シャーを誘った。皇帝は誘いに乗って、愚かにも付き添いと護衛を数名つけただけで、戦線を越えた。交渉に持ちこまれ、豪華なもてなしを受けながら、ナーディルがあっさり帰してはくれないことに、ムハンマド・シャー・ランギーラは気づいた。自分の護衛は丸腰であるのに、ナーディルは自軍にムガル軍を見張らせている。翌日、ナーディルの軍がムガルの陣地へ行き、皇帝の天幕を自陣へ運んできた。ムハンマド・シャーのハーレムの女たち、皇帝つきの召し使い、皇帝の天幕を自陣へ運んできた。彼らがナーディル軍に寝返ると、今度はムガルの貴族らを戦場まで引っ張ってきて、皇帝と同席させた。夜には、ムガルの大砲も取り除かれていく。翌日には、飢えて指揮官も失った残りのムガル軍はもう家に帰ってよいと知らされた。

「敵には恐れを知らぬ騎兵が百万人。一方ムガル軍は捕虜に取られたも同然で、皇帝も高官も敵の思うまま。どうやらムガルの独裁政治も終わったようである」とアナンド・ラム・ムクリスは書く。マラータ人の大使もまさにそう思ったのだろう。闇に乗じて密林を抜ける回り道のルートでデリーへもどり、夜明けを待たずに大急ぎで南へ向かった。「神がわたしから大変な危険を遠ざけてくださり、面目を失うことなく逃げることができました。ムガル帝国は終わり、ペルシャの時代が始まりました」とプーナにいる支配者らに知らせている。

その一週間後、赤い帽子が特徴のペルシャの精鋭キジルバシュ軍に囲まれて、ふたりの君主は並んでデリーへ向かい、そろって街へ入った。ともにゾウの背に取りつけたハウダー（天蓋つきの輿）の高みに座している。ムハンマド・シャーが、静まり返ったシャージャハーナバードの城塞に入ったのは三月二十日。翌二十一日はイラン暦の元日ノウルーズで、征服者は灰色の軍馬に乗って盛大なファンファーレとともに入城した。ナーディル・シャーはシャー・ジャハーンの私室を占拠し、皇帝は女部屋に移った。「不思議な運命のめぐり合わせで、少し前までひとつの帝国内に皇帝ふたりは収まり切らぬと思っていたふたりが、今やひとつ屋根の下で生活することになったのである」

　その翌日、ムガル帝国の都を史上最大の悲劇が襲う。都に滞在する四万人を超えるナーディルの兵が割り当てられた住居はほとんどが民家で、穀物の価格が急騰した。商人相手に穀物の価格交渉をしに、現在の鉄道駅近くにあるパハールガンジに兵が行ったものの、商人は頑として譲らず、突如乱闘が始まった。それからまもなく、ナーディル・シャーが女性の護衛兵に殺されたといううわさが広まり、ふいに暴徒と化した群衆がかたっぱしからペルシャ兵に襲いかかり、昼までに三千人のペルシャ兵が殺された。

　これに応えてナーディル・シャーは、民間人を皆殺しにせよとの命令を下した。翌日、自ら虐殺を指揮するため、日の出とともに赤い城を出発する。甲冑《かっちゅう》に身を固め、ロシャン・ウッダウラの金のモスクへ向かった。赤い城からチャンドニ・チョウクを半マイル進んだところにあるモスクに着くと、報復を指揮するため、見晴らしのいいテラスの高みに上がった。午前九時を合図に、たちまち虐殺が始まった。最大の被害を受けたのは、チャンドニ・チョウク、ダリバ、ジャーマー・マスジッドといった、赤い城の周辺地域だった。指折りの裕福な商人や宝石商が、そのあたりに集中していた。「虐殺が始まると、兵士は家から家へ渡り歩いて住民を無差別に殺し、財産を略奪し、妻や娘を連れ去った」と歴史家グラム・フセイン・カーンが書いている。「多くの家々に火がつけられた。数日もすると、埋葬されない夥《おびただ》しい数の死体から腐臭が立ちのぼり、それが家々や通りに充満し、街の空気の隅々まで汚染した」

デリーに住む総勢三万人の市民が虐殺された。「ペルシャ兵はありとあらゆるものや人を強奪したが、戦利品としては、衣類、宝石、金銀の皿といったものが好まれた」デリーに暮らす女性の多くは奴隷にされ、マッハラ（壁をめぐらした居住区）のことごとくがひどい損傷を受け、抵抗する武装集団は無きに等しかった。「通りには長いこと死体が散らばっていた。庭の小道に枯れた花や落ち葉が散り敷いたようだった。街は灰燼《かいじん》に帰し、完全な焼け野原の様相を呈していた」あるオランダ人がこれを目撃し、胸が悪くなるほどの残虐の極みを記録している。「イラン人は獣《けもの》のようだった」とマテウス・ファン・ライプシッグは書く。「まるで血の雨が降ったかのように、排水溝は血であふれていた。一万人もの女や子どもが奴隷として連れ去られた」

残虐な報復の中止をナーディルに懇願しようと、ニザーム・ウル・ムルクはサーダト・カーンに呼びかけたものの、出ていけといわれる。その夜、サーダト・カーンは服毒して自殺。この惨状を引き起こすのに自分が加担したことに恐怖を覚えていたのだ。それでニザームは頭をむきだしにしてターバンで両手を縛り、ナーディルの前にひざまずいて懇願した。どうか市民は助けてください、復讐ならこのわたしにと。ナーディル・シャーは剣を鞘《さや》に収めた。自軍に殺戮《さつりく》をやめよと命じ、兵は即座に命令に従った。ただしこれには条件がつけられた。ナーディルがデリーを去る前に、百クロールピー（一クローは一千万）を支払えという。「略奪や拷問はまだ続いていたが、ありがたいことに殺戮は終わった」とライプシッグは結んでいる。

続く数日、気がつけばニザームは悲惨な状況に置かれていた。約束した賠償金を支払うために自分の都で略奪をしなければならない。デリーを五つのブロックに分割し、その各々に巨額の支出を要求した。「文字どおりの略奪が始まった」とアナンド・ラム・ムクリスが書いている。「人々は涙に暮れた……金銭を奪われただけでなく、家庭を完膚《かんぷ》なきまで壊されたのだ。多くは毒をあおり、そうでない者はナイフで自害して人生を終えた」

それから数日の間にもたらされた山のような財宝の数々に、ペルシャ人は目を疑った。ただ単にこんなに凄いものを見たことがなかったのだ。ナーディルの宮廷歴史家ミルザ・マーディ・アスタラバーディは驚愕してこんなふうに記している。「わずか数日のうちに、押収した王室の財宝が役人たちに託され、工房で作業が始まった。世界各地の大海から根こそぎ持ってきたような真珠とサンゴの山と、宝石をちりばめた贅沢な品々や高価な品々がどっさり集まり、これは会計士も書記も夢想だにしない光景であり、帳簿や記録にすべてを網羅して記録するのは不可能だろう」

押収した品のなかに孔雀の玉座があった。比類無き王室の宝で、古代の王の宝物にも、これに並ぶ品はかつてなかった。遙か昔、インド皇帝の時代に、希少なることこの上ない尖晶石やルビー、最高の輝きを放つダイヤモンドなど、二クローに相当する宝石が象眼《ぞうがん》されて、この玉座の内装につかわれた。これに匹敵する宝物は、どんな王室の宝庫を覗いても、過去にも現在にも存在しなかった。それがナーディル・シャーの宝庫に移されたのだ。我々がデリーに滞在している間、数千万ルピーに相当する品々が王室の宝庫から持ちだされた。ムガルの軍人、地主貴族、皇帝のお膝元の高官、自治権を持つ首長、裕福な地方長官がみな、数千万ルピーの値打ちがある鋳造した金塊や、宝石、装身具、宝石をちりばめた王笏《おうしゃく》や非常に珍しい器などを、貢《みつ》ぎ物としてナーディル・シャーの宮中に納めた。その量の凄まじさは筆舌に尽くしがたい。

一か月の間、数百人の労働者が雇われ、金銀を鋳《い》つぶす作業に追われた。運びやすいようインゴットや装飾品や皿にして持ち帰ろうというのだ。その一方で、ナーディルのもとに集まった大量の宝石で、兵器やあらゆる種類の馬具をつくるよう主計総監に命令が下った。同様に、大きな天幕の表面にも宝石をちりばめることとし、このためにそのとき最も腕のいい職人たちを駆り集めて一年と二か月作業にあたらせた。

そうした作業が進行している間、ナーディルは表向き、ムハンマド・シャーに父親のような態度で接し、礼儀を尽くした。ムハンマド・シャーはまるで助手か副官のようにナーディル・

シャーと並び立ち、しばしばふたり一緒に謁見の場に現れた。そしてついに一七三九年の四月六日、貧しい羊飼いの息子だったナーディルは自分の息子ナースィルッラーをシャー・ジャハーン帝の曾曾孫《ひひまご》と結婚させた。ヤムナー川の岸沿いにいくつもの花火が打ち上げられるなか、ナーディルは演説をぶってムガル王室に政治のアドバイスをし、もしムハンマド・シャーがマラータ同盟をはじめ、敵と戦う必要が出たら、自分はいつでも花嫁の義理の父として援助を惜しまず、カンダハールから援軍を送ると約束した。一か月後の五月十二日、ナーディルは公式会見を開き、ヒンドスタンの王冠を再びムハンマド・シャーの頭上に返し、彼を事実上復任させた。とはいえ、インダス川の西岸までの北の領土は、ナーディルが奪い取って併合していた。ムハンマド・シャーはそれ以外の領土を、ペルシャの征服者のお情けで支配するというわけである。

あのテオ・メトカルフェによると、ナーディル・シャーはムハンマド・シャーの強力な愛妾ヌール・バイを通じて、彼がコ・イ・ヌールを隠し持っていることを知り、それをターバンの交換によって手に入れたらしい。同胞の支配者どうし、友情を形にして永遠に残そうとしたのだと。テオによれば、偉大なダイヤモンドがその名を得たのは、まさにこのときだった。それを手に取ったナーディルが畏敬の念に打たれ、これは〝コ・イ・ヌール〟すなわち〝光の山〟だといったのだ。話としてはよくできているものの、残念ながらこの逸話は同時代の資料には見つけられず、時代がずっと下った十九世紀半ば以降になって初めて出てくる。となると、これは間違いなく作り話であるが、ナーディルがムハンマド・シャーに自分のターバン飾りを贈ったことに触れている資料がひとつだけある。ジュガール・キショールという名のムガルの廷臣が書いたものだが、それによるとナーディルが贈ったのは、ワシの羽根についた飾りであって、おそらくこれがテオの作り話のネタ元だろう。

ヌール・バイとナーディル・シャーの関係については、同時代の資料がもっと品のない逸話を紹介している。筆者はアブドゥル・カリムというペルシャ軍に入隊したカシミールの兵士。彼の目撃したところによると、ナーディル・シャーはヌール・バイの踊りにひどく魅了されて、もし自分と一緒にペルシャに帰ってくれるなら、財産の半分を贈ろうといったらしい。するとヌール・バイはぞっとして、具合が悪いし熱もあるので、デリーを離れることはできないといって、すぐさま床に伏した。ナーディルの寛大な申し出に乗ってペルシャに行けば、法外な富をほしいままにできたのに、なぜ断ったのかとあとで人にきかれると、もし彼と同衾《どうきん》したら、「わたしの膣《ちつ》が、彼の大虐殺に加担したように感じてしまう」と答えたそうだ。

五十七日にわたる悲劇の日々が終わった五月十六日、ムガル帝国が八代にわたって征服してきた富を丸ごとかっさらって、とうとうナーディル・シャーはデリーを去った。全戦利品のなかで、最も貴重なものが、まだコ・イ・ヌールとティムール・ルビーがはめこまれていた孔雀の玉座だった。戦利品の「金銀宝石はすべて、ゾウ七百頭、ラクダ四千頭、馬一万二千頭が引く荷車に積んで運ばれた」。

しかし撤退を始めた最初の数週間でナーディル・シャーは大量の戦利品を失った。ナーディル・シャーの宮廷歴史家アスタラバーディによれば「道ばたに投げ捨てられたり、地元の厚かましい小百姓に持ち去られたり」したそうだ。チャナブ川にかかる橋を一行が渡る際には、兵士はことごとくボディチェックを受けることになっており、隠していた戦利品の没収を避けるため、多くの者が金や宝石を川に投げ捨てて、あとで取りにもどってこようと考えた。また、宝石をぎっしり背に積んでいながら、脅えた拍子に川に落ちたラクダもいた。それ以外にも、モンスーンで氾濫《はんらん》した川を歩いて渡っているときに流されたり、ヒンドゥークシ山脈のうねった山道を進んでいるときに、急な崖から落ちたりして、値段のつけられない貴重な宝石や純金を運んでいた動物たちが失われた。しかしナーディル・シャーがデリーから持ち去った法外な量の戦利品の多くはホラーサーンに到着し、南アジアの地から永遠に消えたのだった。

カシミールの兵士アブドゥル・カリムによると、ナーディル・シャーは「自身の宝飾品と宝石管理の職員、そして孔雀の玉座はヘラートに送った」という。到着するとすぐ宝飾品は展示され、そのなかには次のような宝物があった。

宝石が豪華に象眼された器、宝石で飾った馬具、剣の鞘、矢筒、盾、槍入れ、鎚矛《つちほこ》。そしてナーディルが宝石をちりばめさせた、目も覚めるように美しい天幕。天幕はデワン・カネーに設置するよう命じられ、そのなかにはデリーから持ち帰ったタク・タウシー、すなわち孔雀の玉座と、タク・ナデリーの名で知られるもうひとつの宝飾玉座とともに、彼が征服した君主の玉座数点が据えられた。この展示は、太鼓の音とともに町中に喧伝され、いつの時代のいかなる国にも見られない絢爛豪華《けんらんごうか》な品々を誰もが自由に観覧できた。その美しさ、壮麗さは筆舌に尽くしがたい。天幕の外側は美しい緋色の羅紗《ラシャ》で覆われ、内側は紫色のサテン地に、真珠、ダイヤモンド、ルビー、エメラルド、アメジスト、その他様々な宝石をつかって、あらゆる種類の鳥や動物、木々や花々を描きだし、天幕を支える支柱にも同様の飾りが施《ほどこ》されていた。

孔雀の玉座の両側には屏風《びょうぶ》が置かれ、この屏風には宝石でふたりの天使が描かれている。天幕の天井は七つの部分から成り、どこかへ輸送する際には、ふたつずつ綿で包んでから木の長持に入れ、天井の残り部分と屏風ふたつをまた別の長持に詰める。全部で四つの長持をゾウ一頭にふたつずつ積み、さらに五頭のゾウをつかって、天幕の側面と、どっしりした黄金の支柱十本と天幕の留め針を運ぶ。つまり天幕一式を運ぶのにゾウが七頭必要になるわけだ。この壮麗極まりない天幕は、ナーディル・シャーの治世の続く限り、あらゆる祭事に展示された。

しかしながら、ナーディル・シャーの治世はそう長くは続かなかった。二年後の一七四一年五月十五日、ナーディルはハーレムの女たちと宦官《かんがん》を引き連れて、木々の鬱蒼《うっそう》とした狭い谷に馬を走らせていた。テヘランの北に広がるアルボース山脈の谷で、そこを走っているときに、ふいにズドンという音が響いた。姿を隠した狙撃者がマスケット銃を発砲したのだ。鉛玉はナーディルの腕をかすって、手綱《たづな》を握る親指を貫通。馬は首を撃ち抜かれて死に、ナーディルは落馬して地面に転がった。それから数週間のうちに、ナーディルは狙撃者を雇ったのが自分の息子で、帝国の後継者でもあるレザー・クリーだと確信。レザーの目をくりぬき、それを盆に載せて持ってこいと命令を出した。命令どおり、それが運ばれてくると、ナーディルは悲しみに全身を震わせて泣きだし、廷臣たちに向かって叫んだ。「父とはなんぞや？　息子とはなんぞや？」

この件があってから、悲痛に暮れて徐々に妄想を募らせていったナーディルは、またたくまに正気を失っていく。行く先々で、将兵の拷問や手足の切断を命じ、無実の人間を有罪と断じて冷酷な処罰を与えた。集団処刑の行われた跡や、築かれた生首のやぐらがそのまま、ナーディル・シャーの足取りを示すようになっていった。

バザン神父がナーディルの王宮に雇われたのは一七四六年のことである。ふたりはもともと英国東インド会社代表の仲介により、イスファハンで知り合った。ナーディルは中央アジアでの戦役からもどったところで、当時のイスファハンはナーディル・シャーの治める都というより、「攻撃にさらされたあと、征服者がかんしゃくを起こして投げだした街」の様相を呈していたという。

王宮を出るたび、バザン神父は少なくとも三十の遺体を目にする。ナーディルの兵士が殺したか、ナーディルの命令で絞殺された者たちだ。火のなかに投げこまれた者がいれば、生首のおぞましいピラミッドが築かれていることもある。それもこれも、狂気の世界の奥深くへと追いこまれていくナーディルの精神状態を示していた。「彼はオスマン帝国の恐怖の的であり、インドの征服者であり、ペルシャとアジアの覇者であった。隣人から敬《うやま》われ、敵から恐れられた彼に足りないのは、臣民の愛だけだった」とバザン神父は書いている。

ナーディルは今や五十代になったが、体調が優れず、おそらく肝臓病を患《わずら》っていたようで、実年齢よりずっと老けて見えた。一七四七年の三月末、ナウルーズの日に、バザンはケルマーンで野営をする皇帝軍に加わった。軍はルート砂漠の不毛の地を進軍しており、六月十九日にはホラーサーンのカラート近辺まで到達した。カラートにはナーディルがインドから持ち帰った宝物の残りが保存してある。それを見たバザンは圧倒された。「彼がカラートに山のように積み上げた宝物に匹敵するものはこの世に存在しない」

古代アジアの君主たちが贅沢を好んだことは歴史に語られているが、ナーディルの天幕の壮麗さは、まったく桁違いだったのだ。

とりわけ見事だったのは、金地に花の刺繍《ししゅう》を施したもので、真珠や宝石がちりばめられている。高さも幅も相当なものだった。玉座もまた絢爛豪華で、インドから持ち帰ったもの「孔雀の玉座」は、まさしく贅沢の極みであった。支柱はダイヤモンドで装飾され、屋根の内と外にルビーとエメラルドがぎっしり飾られている。玉座は他に五つあって、これまた贅沢極まりない……

しかしながら、それは幸せな帰国ではなかった。ナーディルは陰謀の企《くわだ》てが進行しているのを知っていた。自分の命がゆゆしき危険にさらされているとわかるのだが、それがどこからもたらされるのかがわからない。それでもナーディルは、「まるでこの地で自分を待ち受ける不運を予感しているかのようだった」とバザンはいう。「ここ数日、ハーレムに、鞍《くら》を置き馬勒《ばろく》をつけた馬をつねに用意して、いつでも飛びだしていけるよう準備万端整えていた」

ナーディルの廷臣のうち、最も強い不満を抱えている男がふたりいた。ムハンマド・クーリー・カーンとサラー・カーンで、どちらもナーディルの親戚筋にあたり、前者は護衛隊長で、後者は王室家政官だった。サラー・カーンのほうは武装集団を動かす力はないので心配には及ばないが、クーリー・カーンは恐れてしかるべき男だった。その勇敢さで周囲から一目置かれ、将校たちから多大な信頼を得ていた。怪しいとしたら、まさにこの男で、その機先を制すべきだった。

この脅威に対して、ナーディルは四万のアフガニスタン兵から成る護衛隊を配置につかせた。ナーディル個人を一心に信奉する異国の兵士集団であり、ペルシャ軍に激しい敵意を抱いていた。六月十九日の夜、バザンによると、ナーディルは護衛隊の大隊長アフマド・カーン・アブダーリを呼びだしたという。この若い男はカンダハールの地下牢で痩せ衰えていたところを、ナーディルに見いだされた。ナーディルがデリーに侵攻する途上で攻略した城塞にいたのである。ナーディルはアブダーリを訓練して自軍に加えることにし、以来アブダーリはナーディルに一生の恩を感じて全幅の忠誠を誓った。そのアブダーリに今ナーディルはこんな話をした。

自軍の衛兵には不満があるが、おまえには忠誠心と勇気があると十分承知している。そこでおまえに頼みたい。明日の朝、全将校を捕らえて手かせ足かせをはめよ。抵抗する者はひとり残らず息の根をとめよ！　危険にさらされているのは、このわたしの命――我が命を信頼して託せるのはおまえしかいない！

アフガニスタンの族長たちは自分たちに寄せられた敬意と信頼を喜び、各々《おのおの》の隊に警戒態勢を取らせた。しかしながら秘密を守ることはできず、ほぼ瞬時にして漏洩《ろうえい》し、一時間もしないうちに陰謀者たちはこれを知った。ムハンマド・クーリー・カーンはサラー・カーンに危険を知らせ、ふたりは「一蓮托生《いちれんたくしょう》の身ゆえ、互いを見捨てない旨の書面にサインをして、その夜のうちに共通の敵を殺すことを決意した。ナーディルからは翌朝には殺せという命令が出ていたからだ」。ふたりは六十人の将校に自分たちの作戦を話した。将校らはよくぞ打ち明けてくれたと喜び、ここはみな一丸《いちがん》となって作戦遂行にあたると請け合った。さもなければ、翌日にはアフガニスタン兵に捕らえられてしまうのだから当然だった。全員が書面にサインをし、定刻に集結すると約束した。深夜二時、月が消えたところで作戦決行だった。バザンはそのときの状況を描写するのに、ナーディルのお気に入りの女性、チュキの証言をもとにしたらしい。彼女はその夜を生きのびて、現場の状況を語ることができたのだ。

およそ十五人の共謀者らは辛抱が足らなかったか、単に名を上げたかったのか、約束の時間より早くに集合場所に現れた。皇帝の天幕が設置された場所へ忍びこみ、いかなる障害も力で押しのけて、不運な皇帝の眠る居室へ侵入した。その物音にナーディルが目を覚ました。「誰だ?」声をとどろかせる。「わたしの剣はどこだ? 武器を持ってこい!」早まった共謀者らがこの言葉に脅えて逃げようとしたところ、味方の中隊長ふたりにぶつかり、なだめられて再び天幕のなかへ入っていった。ナーディル・シャーには着替える時間はなかった。そこへまずムハンマド・クーリー・カーンが走っていって剣で強力な一撃を与え、地面に倒れたナーディルに、二、三人が続けて剣をふるう。哀れな君主は自らの血にまみれ、なんとか立ち上がろうとするものの、力及ばず声を張りあげる。「なぜわたしを殺す? 財宝は持っていっていいから、命は助けよ!」懇願するナーディルに、剣を手にサラー・カーンが駆けよって首をはね、待ち構えていた兵士が両手でそれを受けとめる。かようにして世界一裕福な君主は滅びたのである。

流血の場面が終わると、共謀者とそれを助ける仲間たちが、野営地に散らばっていき、ナーディルの財産を手当たり次第につかみ、ナーディルの息の掛かった者を見つければ皆殺しにした……銃が火を噴き、剣がひらめく戦いのさなかに、わたしは二度も巻きこまれたが、なんとかして逃げおおせた。

このときコ・イ・ヌールがどうなったのかについては、長いこと謎のままだった。しかしこれまで翻訳されていなかったアフガニスタンの資料『シラージ・ウルタワリク』がそれに答えてくれる。

ナーディルのハーレムを世話していた人間がすぐさま［最も地位の高いアフガンの将軍である］アフマド・カーン・アブダーリに報告した。アブダーリ大隊のアフガニスタン騎兵とウズベク大隊の騎兵、合わせて三千人の兵士とともに、アフマド・カーン・アブダーリは皇帝のハーレムを守るため朝まで見張りに立った。夜が明けると彼は、皇帝の金庫を略奪しようとしていたキジルバシュ軍の裏切り者らとアフシャール人の悪党と衝突。彼らを敗走させ、金銭と貴重品をすべて自ら管理した。この功労に対して、皇帝の正室はコ・イ・ヌールのダイヤモンドを進呈。これはナーディル・シャーが、ムハンマド・シャー・ランギーラから奪ったふたつのダイヤモンドのひとつ――もうひとつはダルヤー・イェ・ヌール――で、比類なきルビー［ナーディルが、アイン・アル・フーリ、すなわち、〝フーリの瞳〟と呼んでいたティムール・ルビー］とともにハーレムに厳重保管されていた。

孔雀の玉座はナーディル・シャーによって、貴重なふたつの宝石をすでにはぎとられていた。つまりコ・イ・ヌールとティムール・ルビーである。晩年にさしかかったナーディルはそれを両方とも腕章につけるようになっていた。玉座の残りの部分は今や略奪者たちの手によってバラバラに分解された。その四十年後、ある老人がスコットランドの旅行者、ベイリー・フレーザーに語っている。ナーディルが野営地で殺されたとき、「孔雀の玉座と真珠の天幕は我々の手に落ち、その場で分解して各人に分配した。ただし、我々の隊長からして、その価値はとんとわからない。我々の多くは、真珠は役に立たないとして捨て去った。我々兵士も黄金の価値はわからず、純金を差しだして、それより少ない量の銀や銅と交換した」

おそらくこの時点で、他のムガルの宝石はそれぞれ異なる行き先が決まったのだろう。ダルヤーイェ・ヌールはペルシャにとどまった。ナーディル・シャーの孫であるシャー・ルフから、格別残酷な拷問の結果、取りあげられたのだ。しかしシャー・ルフが、ダルヤーイェ・ヌールをはじめ、あらゆる宝石の隠し場所を打ち明けたあとも、長きにわたって拷問は続いた。彼を捕らえた宮廷の元宦官アーガ・ムハンマドが、ひとつだけ、どうしても見つからないコ・イ・ヌールのありかを白状させようとしていたのだ。やがてしびれを切らしたアーガ・ムハンマドは、シャー・ルフを椅子に縛りつけ、髪を剃り上げた。そうしてむきだしになった頭皮の上に粘土をこねて王冠の枠をつくり、『ゲーム・オブ・スローンズ』を思わせる世にも恐ろしい戴《たい》冠式《かんしき》を決行する。アーガ・ムハンマド自ら水差しを手にして、熱で溶かした鉛の湯を王冠の枠に注いだのだった。

アーガ・ムハンマドは最終的に側近ふたりに暗殺されるのだが、その前に彼はナーディル・シャーも顔負けの残虐行為をやってのける。自分に対して反乱を起こしていたペルシャ南部の都ケルマーンを攻略すると、その地の女も子どももすべて自軍の兵士の奴隷にし、まだ生き残っている男たちはすべて殺せと命令を出した。わずかな手加減も許さない構えで、アーガ・ムハンマドは男たちの目玉をかごに入れて持ってくるよう命じ、それを床にざらっとこぼした。数を勘定していったが、二万まで数えてやめた。三十年後、そこを旅した者たちは、いまだに何百という盲目の物乞いが、あたり一帯をよろよろ歩いているのを目にすることとなる。彼らがアーガ・ムハンマドの成した残虐行為の生き証人だった。ダルヤーイェ・ヌールは最終的には、カージャール朝、パフラビー朝の王冠を飾り、今でもテヘランの国立銀行に収蔵されている。

一方、グレート・ムガル・ダイヤモンドはトルキスタンの一般市場に出て、そこで最終的にアルメニアの貿易商に買われ、貿易商はそれをアムステルダムにある世界のダイヤモンドが集まる新興市場に船便で送った。それを粋《いき》なロシア貴族でエカチェリーナ二世の愛人であるオルロフ伯爵が購入。しかしながら、サンクトペテルブルクにもどってみれば、エカチェリーナ二世の寝室にはライバルのポチョムキンがいて、留守にしている間に、彼の一族は宮廷での地位を失っていた。そこでオルロフ伯爵はエカチェリーナ二世の名の日（正教徒が自分と同名の聖者の命日を祝う日）に宝石をプレゼントする。ダイヤモンドはエカチェリーナの笏に埋めこまれたものの、伯爵自身は依然として帰国以来ずっとエカチェリーナの寝室には近づけなかった。宝石を買うために巨額の借金をした伯爵はまもなく身の破滅を悟り、晩年をロシアの精神科病院でうわごとをいって過ごした。宝石は現在、ロシアの他の戴冠用宝玉と一緒にクレムリン宮殿に展示されている。

コ・イ・ヌールと、その妹分のティムール・ルビーは、ともにアフマド・カーン・アブダーリがずっと身につけていた。彼はそのふたつを腕飾りにつけて、カンダハールで王位に就いた。

これから彼がつくる新しい国は、以降七十年にわたってコ・イ・ヌールの故郷となる――すなわちアフガニスタンの誕生である。

第四章　ドゥッラーニ帝国――アフガニスタンのコ・イ・ヌール

暴力と混沌に満ちたナーディル・シャーの野営地をコ・イ・ヌールとともにあとにしたアフマド・カーン・アブダーリには、ペルシャの敵が追ってくるとわかっていた。それで陽動作戦を取ることにし、ヘラート方面に小さな分遣隊を送りだして一万の追っ手の目をごまかす一方、自分は大隊を引き連れてカンダハールに向かった。ペルシャ人はこの作戦に引っかかった。アフマド・カーンは戦闘を経ずに、腕につけたコ・イ・ヌールともども自分の一族が暮らすカンダハールの中心地に無事たどり着いた。

そこへさらに幸運が味方した。金銀宝石を山と積んだ一隊がちょうどカンダハールに到着していたのだ。ナーディル・シャーの騎兵隊に支払う報酬で、おそらくアフマド・カーンの親戚にあたるアブダーリ族が護衛してきたのだろう。アフマド・カーンは金塊をつかむと、それをつかって即座に支持者を増やし、自分の力を印象づけた。それから数か月もしない一七四七年七月、カンダハールに近いシャー・スールクの聖堂で、ジャーガ、すなわち元老会議が開かれ、二十四歳のアフマド・カーンが最高位の首長に選ばれた。単にアブダーリ族の族長であるだけでなく、アフガニスタン全族の首長になったのである。高名なスーフィ教徒の聖人がアフマド・カーンのターバンに大麦の束をいくつか載せ、彼こそがパドシャであり、ドゥッリイドゥラーンであると宣した。真珠のなかの真珠——すなわち皇帝の位《くらい》に就かせたのだ。これよりアフマド・カーン・アブダーリはアフマド・シャー・ドゥッラーニとして知られるようになる。

アフマド・シャーはまずカブールとヘラートを征服。しかるのちに、英雄と崇《あが》めるナーディル・シャーと同じように、略奪されたヒンドスタンの富によって国庫を満たそうと考えて、南へ向かった。そうしてラホール、ムルターン、西パンジャブを征服し、シク教徒が最も神聖視していたアムリッツァルにある寺院の数々を破壊し、領土の南の境界にあたるシンドや、パンジャブのシルヒンドにある大聖堂を修復した。

東洋学者で、東インド会社の外交官でもあるマウントスチュアート・エルフィンストンが当時の状況を次のように語っている。

自国における権力固めにおいて、アフマド・シャーは侵略戦争の成果に大きく頼っていた。勝てば自分の評判が上がり、軍備も維持でき、贔屓《ひいき》と報酬によってアフガニスタンの族長を配属することもできる。そうでもしないと、彼らは簡単には屈服しなかったのである……国づくりにおいては、公然とペルシャをお手本にしたようだ。宮廷の様式、政府の高官、軍の配置、王冠の好みまで、ナーディル・シャーの完全な模倣だった。

ナーディル・シャーと同様に、アフマド・シャーもデリーを略奪して市民を皆殺しにし、ペルシャ軍以上にひどい被害を出した。デリーは依然としてアジアで最も豊かな国ではあったが、数年かけてようやくナーディルの被害から立ち直ったばかりで、アフマド・シャーの度重なる略奪から立ち直るには半世紀を要した。アブダーリ軍が最初に押し寄せてきたとき、ミールという詩人はそこから避難した。数か月してもどってくると、立派な都は強奪されて、住民も絶えていた。彼は次のように書いている。

市場の悪童どもについて何がいえよう？　市場そのものが、もうないというのに。凜々《りり》しい男たちがみな殺され、敬虔《けいけん》な老人たちも死んでしまった。宮殿は破壊され、通りは瓦礫《れき》と化した……。

ふと気がつけば、わたしは以前住んでいた界隈《かいわい》に立っていた。そこで友人たちを集めて詩を朗読し、愛に満ちた生活を送り、幾晩も涙に暮れた。しかし今となっては見知った顔は目に入らず、ともに幸せなひとときを送ることも叶わない。市場にひとけはなく、小道は荒野の獣道《けものみち》。一歩足を進めるたびに涙がこぼれ、人の世のはかなさを知る。ゆけばゆくほど、途方に暮れるばかりだ。本当にここがわたしの住んでいたところなのか。家々は倒壊し……壁は地に伏している。宿坊にスーフィ教徒の姿はなく、居酒屋に酔客はいない。どこを見ても荒れ果てた不毛の地が広がるばかり……そこにわたしはただ呆然と立ち尽くしている。もう二度とこの街にはもどるまい。

アフマド・シャーは連続八回にわたって北インドを襲撃。徐々に内奥へ入っていき、一七六一年一月十四日、パニーパットの戦いでついにマラータ同盟の大規模な騎兵隊を壊滅させ、戦場に何万という死体が転がった。じつに見事な勝利だった。アフマド・シャーは総勢六万人の軍を率いて、四万五千人のマラータ同盟軍を七マイルにわたる戦線で破ったのだ。連続砲撃で火蓋が切られた戦闘は昼まで続いた。およそ午後一時半、飲まず食わずのマラータの兵の多くが食物を求めてさまよいだし、戦線に乱れが見えてきた。午後の間ずっと、アフガンの大量の回転砲と騎兵隊の天晴《あっぱ》れな連続攻撃で、マラータ軍の馬がバタバタと倒れていった。夕刻にはおよそ二万八千人のマラータ兵が死して倒れ、そのなかにサダーシヴ・ラーオ将軍と、その息子でありマラータ同盟の盟主であるペーシュワー（宰相のこと）がいた。

翌日アフマド・シャーは腕にコ・イ・ヌールを輝かせて、シルヒンドにあるスーフィの聖堂を意気揚々と訪れた。この圧倒的な勝利により、独立国家としてマラータ王国が樹立し、ムガル帝国に取って代わるという夢は永遠に潰《つい》えた。これによりインドは権力不在となり、将来的には東インド会社の専横を許すことになるわけだが、目下のところはアフマド・シャーを当代きっての名将に押しあげることとなった。その絶頂期には、ドゥッラーニ帝国は現在のアフガニスタン国家の境界を遥かに超えて、イランのニシャプールからシルヒンドまで広がり、アフガニスタン、カシミール、パンジャブ、シンドまで包括した。十八世紀後半において、オスマン帝国以来、最大のムスリム帝国となったのだ。インドもほしいままにしてよかったはずだが、アフマド・シャーの視線は依然としてヒンドゥークシ山脈に注がれていた。武将であると同時に詩人でもある彼は、自らの心のありかを明白にしていた。

世界のいかなる国を征服しようとも、わたしはあなたの美しい庭を忘れない。
あなたの美しい山々の頂上を思うとき、デリーの立派な玉座は忘れ去られる。

コ・イ・ヌールを所有した者のほとんどは幸せな人生を送れなかった。アフマド・シャーは戦闘にはめったに負けなかったが、最終的には、いかなる軍よりも手強い敵に敗北を喫してしまった。まだ王位に就いてまもない頃から、アフマド・シャーの顔は腐っていく。アフガニスタンの資料には、「壊疽《えそ》による腐敗」と書かれているが、おそらくハンセン病か梅毒、なんらかの腫瘍《しゆよう》だろう。パニーパットの戦いで天晴れな勝利を収めたものの、その頃病はすでに彼の鼻を食い尽くし、ダイヤモンドをちりばめた作り物の鼻をはめていた。軍隊は十二万の規模にまで成長し、領土はぐんぐん広がっていったが、腫瘍もそれと同じで、彼の脳をも蝕《むしば》み、喉や胸まで広がっていき、手足の自由を奪った。治癒を祈願してスーフィの聖堂に参り、ムスリムの西洋流の医者とヒンドゥーの聖人の両方に相談もしたが、症状は一向に改善されなかった。

絶望を募らせていく一七六〇年代半ばのアフマド・シャーの様子を、インドの放浪聖人プールン・プーリーの旅行記からわずかに垣間見ることができる。残りの人生すべてを神に捧げると誓ったプーリーは、アフガニスタンで仲間と巡礼の旅をしているときに、アフマド・シャーの軍隊に出会った。ガズニーに近い場所で、向こうは三万人の騎兵を従えていた。巡礼者たちには案ずる理由があった。何しろアフマド・シャーはマトゥラのヒンドゥーの聖堂も、アムリッツァルのシク教徒の聖地も破壊していたからだ。それで一行は軍隊が通過するまでできるだけ目立たないようにしていた。ところがアフマド・シャーはプーリーたちを認め、その日の夜、巡礼者たちを呼び寄せた。

そのときのことをプールン・プーリーは次のように書いている。

［王は］しばらく鼻の腫瘍に悩まされており、ゆえにわたしにこういった。「苦行僧よ！おまえはインドの生まれだ。この病の治療法を知らないか？」しかしわたしは、神がお与えになったものを取り除く、いかなる治療法も存じませぬと答えた。さらにこう申し上げた。「陛下、思いだしてください！　この腫瘍を得てからずっと、玉座におすわりになられていることを」王は納得した。それが真実であるとわかったのだ。それから王は宰相のシャー・ウーリー・カーンに向き直っていった。「この苦行僧らをゾウに乗せてヘラートまで運べ。そうして、ヘラートに到着するまでの道のりで彼らが足をとめたすべての村で、食料その他の必需品を提供するよう命令文書を持たせよ」

アフマド・シャーの健康状態が悪化すると同時に、ドゥッラーニ帝国も崩壊のきざしを見せはじめた。アフマド・シャーはシク教徒を再三にわたって懲らしめてはきたものの、服従させることはできなかった。一七六七年にアフマド・シャーがインドから最後の撤退をする際、ぴたりとあとについてきて、ハイバル峠の、ジグザグの山道の頂点にシャーが達したところで、シク教徒はパンジャブにおける最大の要塞ロータスを攻略。ラワルピンディに至るまで北部の支配権を握った。

一七七二年頃には、アフマド・シャーの腐った鼻の上部から蛆虫《うじむし》がこぼれおち、口のなかや食べている料理のなかに入った。治癒をあきらめた彼は、毎年夏になるとカンダハールの熱暑を避けて逗留していた、アチャクザイ・トバ丘陵のムルガブ川のほとりで病床についた。ある者はこう書いている。「ナツメヤシの木の葉と果実が地に落ち、彼は生まれいずる地へ帰っていった」

アフマド・シャーの小柄な息子ティムール・シャーは、父親から遺贈された帝国の中心地を首尾良く維持した。ペルシャのマシュハドに生まれた彼は、ペルシャ語を好んで、パシュトゥーン族（アフガニスタン全域及びパキスタン北西部に住む民族）の話す言語を生涯習得しようとしなかった。ドゥッラーニの貴族の無粋《ぶすい》さを嫌い、代わりにペルシャのスーフィ教徒、学者、詩人を身のまわりに置いた。

都をカンダハールからカブールに移し、不穏なパシュトゥーン族の中心地には近寄らず、ナーディル・シャーの軍を率いてペルシャからアフガニスタンに最初に入植したキジルバシュを頼りにして、そのなかから近衛兵を組織した。キジルバシュ同様、アフマド・シャーの廷臣たちはペルシャ語を話し、ペルシャ文化に染まっていた。ティムール・シャーは様々な面で――ロバート・バイロンが「東洋のメディチ」と呼ぶ――祖先ティムール朝の文化教養を手本にしていた。

趣味がよく洗練されたティムール・シャーは、豪華なパビリオンと整然と区画された庭園を、夏の別荘があるカブールのバーラ・ヒサール要塞と、冬に好んで過ごしたペシャーワルの両方に建設した。これは妻の話に着想を得たものだった。妻はムガルの王女で、中庭に噴水や、木陰をつくる果樹があるデリーの赤い城で生まれ育ったのだった。ムガルの義理の親同様、ティムール・シャーにはきらびやかな風采で人を魅了する才能があった。「彼は偉大な支配者たちの政道を手本にした」と、『シラージ・ウルタワリク』が書いている。「ダイヤモンドを埋めこんだブローチをターバンにつけ、宝飾の帯を肩からかける。外套にも宝石が飾られ、右の前腕にはコ・イ・ヌール、左の前腕にはファクラージ・ルビーをつけた。このティムール・シャー帝は馬の額にさえ、宝石をびっしり埋めこんだブローチをつける。背が低いので、専用につくられた脚立があり、これにも宝石がちりばめられていて、どこへ行くにも、必ずこれをつかって馬に乗った」

同じように背が低い、同時代のナポレオン同様、ティムール・シャーも名将だった。父の領土のうち、ペルシャとシンドの領地は失ったが、アフガニスタンの中心地は全力で守り、反抗的な都市ムルターンを一七七八年から七九年にかけて平定し、シク教徒の反乱兵の首を数千個持ち帰って、勝利のトロフィーとして陳列した。

しかし一七九一年には皇帝の命を狙う陰謀が画策され、ティムール・シャーは危うく死にかけた。以来裏切り者を撲滅するため無差別に殺人を繰り返し、首謀者を捕らえるために誓いを破ることなどを平気でやってのけ、名将としての晩年に一抹の影を落とした。その二年後の一七九三年、ペシャーワルからカブールへ向かう途上でティムール・シャーは亡くなった。歴史家のミルザ・アタ・ムハンマドが、「運命の注ぎ手が、命取りのカップで彼にワインを供した」と書いているように、毒殺だったと思われる。

ティムール・シャーは三十六人の子どもを残し、うち二十四人が男子だったが、後継者を指名しなかった。彼の死後、跡目争いが長く続き、我こそはという候補者がしのぎを削った。その多くは地方長官だったが、ライバルを捕らえ、殺害し、障害を負わせるという熾烈《しれつ》な戦いが続き、アフマド・シャーが築いたドゥッラーニ帝国にまだわずかに残っていた権威が徐々に衰えていった。最終的にティムール・シャーの後継者の座にはシャー・ザマーンが就いたが、彼の治世で、ついに帝国は崩壊する。

一七九五年、シャー・ザマーンは父や祖父と同様に、傾いていた国を立て直し、国庫を満たすために、ヒンドスタンへの全面侵略を命じることにした。現金に困ったときにつかう昔ながらの常套《じょうとう》手段だった。ザマーンはカイバー峠を下り、北インドの豊かな高原で略奪しようと、ムガル帝国の時代に築かれたラホール城の城壁内で行進し、「パンジャブにフクロウのような影が広がった」。

しかしながら、この時代になると、インドは徐々に東インド会社の支配を受けるようになっていく。インド総督ウェルズリー卿はウェリントン公の兄で、野心に満ち満ちた彼の下で会社は積極的に拡張され、沿岸部に建ち並ぶ工場を皮切りに、内陸のほとんどを征服するようになる。最終的にはウェルズリーのインド方面作戦によって、ナポレオンがヨーロッパを征服した以上の領土を併合することになるのである。もはやインドは易々と略奪ができる土地ではなかったし、とりわけ狡猾《こうかつ》な敵としてウェルズリーが立ちはだかっていた。

ウェルズリーは、ペルシャのカージャール朝の王に、シャー・ザマーンの無防備な背後から攻撃するようそそのかした。一七九九年、ペルシャ軍がヘラートに到達したという知らせが入ると、シャー・ザマーンは退却を余儀なくされ、有能で野心あふれる若いシク教徒ラージャ・ランジート・シングに指揮させつつ、ラホールをあとにした。ランジートの祖父チャラート・シングは、三十年前に強力な要塞を建設して、ドゥッラーニの、将校らの権威に逆らった最初のシク教徒のひとりだった。ランジート・シングもまた、最初のうちはシャー・ザマーンの隊を悩ませていたが、アフガニスタンが退却する運びとなって、考えを変えた。和平のために援助の手を差し伸べ、ジュラム川の泥に沈んだアフガニスタンの大砲数基を救いだしたのである。その有能さを印象づけてシャー・ザマーンを感心させたランジート・シングは、そのときまだ十九歳という若さ。子どものときに患《わずら》った天然痘《てんねんとう》で片目の視力を失っており、指揮していた騎兵もわずか五千だった。その彼がラホール城の管理を任され、死ぬまでそこを守り抜くことになるのである。

それに続く数年、弱体化していくドゥッラーニ帝国をシャー・ザマーンがなんとか維持しようとする一方、ランジート・シングは、実入りのよい帝国の東部を、皇帝から徐々に取りあげて自分のものにしていった。その結果、独立国の支配者として優勢な立場を築き、パンジャブだけでなく、ペシャーワルからシンドの境界に至る全土を支配するようになったのである。

シク教徒が権力を固める一方、退却したドゥッラーニ帝国のアフガニスタンは部族間の争いに汲々《きゅうきゅう》とし、ガズニーのマフムード（九七一―一〇三〇）の征服に始まる八百年の歴史が終わりに近づいていた。一七九九年以降、パンジャブ高原を侵略してヒンドスタンの豊かな高原を略奪するのに成功したアフガニスタン人はひとりもいない。この時代を境にアフガニスタンは急速に変わっていく。かつては学問と芸術の都として、インドよりずっと文化的な土地だと見なす偉大なムガル人もいたというのに、今や戦争ですっかり荒廃し、近代のほとんどを文化から切り離されたまま過ごすことになるのだった。もはやシャー・ザマーンの王国は、かつて父親が支配していた国の幻影でしかなかった。ヘラートにあるガウハー・シャードのような立派な大学は、その規模も評判もとうに縮小してしまい、ティムールの統治下ではホラーサーンが、詩人、画家、書家、細密画家、建築家、瓦職人らが大勢暮らしている地として有名だったが、今はみな南東のラホール、ムルターン、ヒンドスタンの街や、西のペルシャへ流出しているのだった。

当代随一の鋭敏な作家アタ・ムハンマドがいう。「ホラーサーンのアフガニスタン人については、昔からよくいわれているが、『連中は、権力のランプがまぶしく燃えるところにはどこでも蛾のように群がり、ごちそうの並ぶテーブルクロスに蠅のように集まる』」その逆もまた真なり。シャー・ザマーンがインド略奪に失敗して退却し、シク教徒、イギリス人、ペルシャ人に包囲され、皇帝の権威が弱まってくると、ひとり、またひとりと、配下の貴族、遠い親戚、さらには義兄弟までが反抗する。ドゥッラーニの帝国は崩壊の瀬戸際にあり、たまたま思いついたように、わずかばかりの支持者から成る小さな軍が、行軍にして一日の距離ほどまで行って野営するが、それ以上先には皇帝の威光は届かなかった。

シャー・ザマーンの支配は一八〇〇年の冬に終わりを迎える。ついにカブールの住民が、無能の王に街の城門を開けるのを拒んだのである。王は仕方なく、ある寒い冬の夜、ジャララバードとカイバー峠の間にある要塞を避難所にして、風雪のなかを耐え忍んだ。そのときのことを『シラージ・ウルタワリク』は次のように記している。

旅に疲れたシャー・ザマーンは、休養を取る必要に迫られて、アシクという名のシンワリ族の要塞に滞在した。

最初アシクはあらゆる点で王に敬意を持って接し、心づくしのもてなしをした。しかしシャー・ザマーンがひとたびくつろいだとみると、真夜中にシンワリ族の仲間二百人を集め、誰も外へ出られないよう要塞の門を閉鎖させた。各塔にシンワリ族のマスケット銃兵を配置したあと、アシクは、ちょうどカブールを攻略したばかりの（シャー・ザマーンのライバルである）マフムードのもとへ、大急ぎで息子を馬で送りだし、シャー・ザマーンの捕獲の吉報をもたらして、王から褒美をもらった。一方シャー・ザマーンもようやく裏切りに気づき、なんとかして逃げようと試みるも門は開かず、アシクの冷酷非情な裏切りに屈するしかなかった。

その夜遅く、シンワリ族はシャー・ザマーンの衛兵を殺し、シャー・ザマーンを地下牢へ閉じこめたのち、熱した針で目をつぶした。「眼球のカップを針の先で刺すと同時に、視力という名のワインがみるみるあふれだした」とミルザ・アタが書いている。

しかし失明する前に、シャー・ザマーンは貴重な宝石を首尾よく隠していた。いくつかは短剣の先で土を掘って地下牢の地面深くに埋めた。ティムール・ルビーはシンワリ族の要塞下を流れる小川の、岩の下にすでに隠してあった。そして今彼は、地下牢の壁の割れ目にコ・イ・ヌールをすべりこませた。

兄が捕らえられ、目をつぶされ、退位させられたとき、読書好きの王子シュージャはまだ十四歳だった。シャー・ザマーンの「いつでもそば近くにいた」弟のシュージャを捕らえようと、そのあとに起きたクーデターで騎兵隊が差し向けられたが、シュージャは追っ手を巧妙にまいて、数人の仲間とともに高地の峠に積もる雪のなかを歩き、野宿をして時間を稼いだ。聡明で文学にも通じた彼は、身のまわりで起きている暴力を忌《い》み嫌い、苦境のなかで詩に慰めを見いだした。このときシュージャは、親類に守られて村から村へ渡り歩きながら詩をしたためている。「困難を前に絶望するなかれ。黒雲はやがて清らかな雨に取って代わられる」

三年後の一八〇三年に好機が訪れた。カブールで宗教がらみの暴動が勃発し、そこに急襲をかけて、シュージャは権力を握ったのである。シャー・ザマーンに反抗していた人間をすべて許したシュージャだったが、ただひとり、「兄の目をつぶさせた族長アシク・シンワリだけは例外だった。シュージャの武官たちはアシクとその支援者を捕らえ、シンワリ族の要塞を打ち壊し、あらゆる物を略奪して、アシクをシュージャの宮廷へ引きずっていった。アシクは口に火薬を詰めこまれて爆殺され、配下の者は監獄に投げこまれて二度と意識がもどらなくなるまで残酷な拷問を受けた。彼らの抵抗は、まったく怖い物知らずで、どんなひどい拷問にも耐えられると豪語する人間の手本となるようなものだった」。とどめにシュージャは、アシクの妻と子どもを砲弾にくくりつけ、大砲の筒先から吹き飛ばした。

「一族の名誉が回復」したのをアフガニスタン人が見届けた後、シュージャが最初に着手したのは、一族の最も貴重な、ふたつの宝の捜索だった。ある宮廷歴史家が後に記録したところによると、「シャー・シュージャはただちに、最も信頼できる数少ない男たちを派遣して、このふたつの宝石を捜索させ、石ひとつだに裏返さずに済ますなと発破を掛けた。蓋を開けてみればコ・イ・ヌールは、その価値を知らぬイスラム法学者が書類の文鎮代わりにつかっていた。ファクラージ、すなわちティムール・ルビーのほうは、あるタリブ、つまり学生が、水浴びと洗濯のために小川へ行ったときに見つけていた。ふたつの宝石は没収され、シャー・シュージャの懐に収まった」。

翌年、東インド会社からやってきた大使の一行を、シャー・シュージャはペシャーワルにある壮麗な宮殿に迎えて公式会見を催す。取りもどしたばかりの宝石ふたつを、かつて父がしていたように左右の腕につけている彼を見て、「カブールの王は威厳たっぷりの男だった」と、東インド会社の大使が書いている。その大使、学識と外交に長《た》けたスコットランド人のマウントスチュアート・エルフィンストンは、そこからさらに次のように続けている。

「シャー・シュージャは」オリーブ色の肌をして、黒いあごひげをふさふさ生やしていた。威厳がありながら感じのいい容貌で、澄んだ声で王者にふさわしい演説をする。最初、宝石の鎧をまとっているかと思えたが、近づいてみるとそうではなかった。実際に着ているのは緑のチュニックで、黄金や宝石でできた大きな花がついている。その上に、平べったいフルール・ド・リスの紋章ふたつを並べた形の、ダイヤモンドをちりばめた大きな鎧の胸当てを着用。左右の腿にも同様の装飾品をつけ、両腕には大きなエメラルドの腕輪、他にも随所に宝石を身につけている。腕輪のひとつにはコ・イ・ヌールが……

エルフィンストンに同行した部下のひとり、インバネス（スコットランド北西部の旧州）出身のウィリアム・フレーザーというペルシャを研究する若い学者もまた、シュージャから受けた強い印象を、故郷にいる両親に宛てた手紙に綴《つづ》っている。「とりわけ、その身ごしらえに強く心を打たれました。壮麗な宮殿のうちで堂々たる王者の風格を漂わせ、これぞまさしく東洋の神秘と驚くばかりでした」その時点ではすでに解体されていた孔雀の玉座。それを模したと見られる木製のレプリカにすわる王も描写されている。

玉座の両側には数人の宦官《かんがん》が立ち並び、王はドーム形天井の東屋《あずまや》のなか、いちだん高くしつらえた玉座にすわっています。この玉座は多角形で、金箔《きんぱく》を貼った木製のもの。しかし我々よりずっと高い位置に座し、距離も離れているので、顔立ちはわからず、着ているものも従者もはっきりしません。それでも、宝石を鎧のように身につけた贅沢の極みといえる、堂々たる身ごしらえをしていることはわかります。

とにかく豪勢な身支度で、独特の形をした王冠は宝石で飾られています。王冠の形はおそらく六角形で、各々《おのおの》の角、あるいは側面に、三十センチ弱の華麗な黒鷺《くろさぎ》の羽根飾りがついていて、土台には黒ビロードが貼られているに違いないのですが、羽根と黄金がびっしり覆っているので、どこにどのような宝石がつかわれているのか、正しく判別することはできません。それでも一番多くつかわれているのはルビーと真珠のようでした。

王冠の次に豪華なのが首飾りで、これまで自分が見たなかで最大級の真珠がつかわれていました。真珠と真珠の間に交じるのは、並はずれた大きさと美しさを誇るエメラルドとルビー。左右の腕には、宝石を贅沢にちりばめたバズーバンド［腕輪］と護符を着用し、これにもルビーとエメラルドがふんだんにつかわれていました。

東インド会社の一行はまだ気づいていないが、彼らが目にしているのは、じつはドゥッラーニ帝国最後の輝かしい日々だった。彼らがそこをあとにしてまもなく、シャー・シュージャは戦いに負けて権力の座から失墜した。一八〇九年の六月末、エルフィンストンの一行はインダス川の左岸で野営をした。アトックにあるアクバルの強力な砦の城壁内から彼らが目にしたのは、北岸に到着してすぐ川を渡ろうと支度をしている、あまりにみすぼらしい王家の隊列だった。盲目になったシャー・ザマーンとシュージャの妻ワーファ・ベイガムが、安全な場所へハーレムの女たちを率いているのだった。「こういう場面に出くわした人間の心のうちは筆舌に尽くしがたく、我々は憂鬱《ゆううつ》に沈むばかりだ」とウィリアム・フレーザーは書いている。「みな涙を禁じ得なかった。盲目になった王は低い簡易寝台の上に座し……その目はいくぶん距離のあるところからだと、不具合があるようには見えず、左右とも、単に小さな傷があって表面が少し曇っているだけと見えた。我々が着席したところで、王はいつもと変わらぬ様子で歓待し、今はただ不遇をかこつシュージャが気の毒だが、神が再び彼に味方をしてくれるものと信じているといった」

君主ふたりは、今やいつ終わるとも知れぬ恥辱《ちじょく》の流浪生活を送っていた。同じ放浪の身とはいえ、シャー・シュージャにはしかし、もっと大きな危険が迫っていた。まったく無防備な身の上でありながら、何よりも大事にしている所持品の、世界一貴重な宝石を自ら持ち歩いていたからである。

その偉大な宝石に手を出そうとする多くの頭首《とうしゅ》のなかに、ランジート・シングがいた。なんとしてでも、シャー・シュージャを自分の宮廷におびき寄せようと、ラホールに来るようなことがあればこちらは一家総出で歓待するという親密な言伝《ことづて》を送った。シャー・シュージャは一八一〇年に彼とつかのま顔を合わせている。ランジート・シングがそこそこの贈り物をしてきたので、お返しに手持ちの宝石をいくつか贈ったのだ。しかし今回のランジート・シングの申し出をシュージャはうさんくさく思い、招きを断って北へと移動する。ただし妻のワーファ・ベイガムはランジート・シングのもとに残し、自分が王位奪回に力を貸してくれる支援軍を集結する間、これを守っていてほしいとコ・イ・ヌールを託した。

それから数か月、シュージャは味方の宮廷を訪ねてまわり、強奪者であるシャー・マフムードに戦いを仕掛ける支援を求めた。ある夜、かつての廷臣から、アトックの強力な要塞に滞在するよう誘われた。ミルザ・アタによると、そこで次のようなことがあったらしい。

彼らはシャー・シュージャを内輪の宴会に招待し、甘いスイカでもてなしたのだが、やがてスイカの皮を投げ合う遊びが始まった。しかし、じゃれあいは徐々に趣《おもむき》を変え、気がつけばシャー・シュージャはスイカの皮とともに揶揄《やゆ》と罵声を浴び、あっというまに捕らえられてしまった。アトックから厳重な監視つきでカシミールの砦に送られて監禁され……乱切刀《らんせつとう》を目の前に掲げて脅されるのはしょっちゅうで、腕を縛られたまま番人の手でインダス川に沈められ、あの名高いダイヤモンドを渡さないなら、このまま死ぬしかないと脅されたこともあった。

シュージャの身柄はアタ・ムハンマド・カーンに託された。カーンは彼をカシミールのク・

イ・マラン山脈の高みにある要塞に幽閉した。壊滅も近いとはいえ、そこはまだドゥッラーニ帝国の領土だった。そのときのことをシュージャは回想録で次のように語っている。「アタ・ムハンマド・カーンはカシミールの長官で、時折わたしのもとにやってきては、これまでの不義理を詫び、自分はこのままでは反逆者として復活の日を迎えることになるといい、しかしいつかまた忠義を尽くす日がやってくるとほのめかす。だからコ・イ・ヌールを渡してくれと懇願するのだった」しかし偉大なダイヤモンドを狙っているのは、カシミールの長官だけではなかった。

シュージャが捕らえられたとき、妻のワーファ・ベイガムはまだラホールにおり、ランジート・シングがなんとしてでもダイヤモンドを手に入れようと躍起になっているのにすぐに気づいた。それからまもなくその町を通ったあるイギリス人旅行者が、ワーファ・ベイガムとランジート・シングのふたりに会って、ベイガムの天晴れな態度を賛嘆している。無防備な状況に置かれながら、王妃は自分の身の安全と王の大切にしているものを全力で守ったのである。旅行者はベイガムについて次のように書いている。

勇気と決意を持ち合わせた女性で、王は権力の座にあるときも失墜したときも、この妻の助言に助けられたことが何度もあった。

ラホールはシク教徒のやりたい放題で、王妃は夫不在のなか、自身と王の栄誉を勇敢に守り抜いた。ランジート・シングは、夫人の持つコ・イ・ヌールを寄越《よこ》せと執拗に迫り、いざとなれば力尽くでも奪うつもりがあることをはっきり表明していた。そればかりでなく、哀れな王の娘たちを自身のハーレムに引き入れることも考えているのだった。そんなランジート・シングの意向を伝えにきた従者をつかまえて、夫人はさんざんに叱った。もしランジート・シングがこういった無礼な要求を続けるなら、コ・イ・ヌールを乳鉢に入れて叩き潰し、それをまず娘たちに飲ませ、さらに我が庇護下にある者たちにも飲ませ、最後は自分で飲み下すといったあと、「我らが血の雨を、そなたらの頭上に降らせんことを！」と呪った。

最終的に夫人は取り引きに出た。夫をカシミールの幽閉所から救いだしてくれるなら、コ・イ・ヌールを渡しましょうと持ちかけたのだ。

一八一三年の春、ランジート・シングはカシミールへ正式に遠征隊を送りだした。彼らはアタ・ムハンマド・カーンを打ち負かした後、地下牢からシュージャを救いだしてラホールへ連れ帰った。シュージャはもちろん感謝したが、虎の子の宝物は渡さぬよう、最後まで頑張り抜こうと心を決めた。

ラホールに到着すると、ダイヤモンドを渡すという夫人の約束が履行されるまで、シュージャは自身のハーレムとは切り離されて軟禁された。「我がハーレムの女たちは別の館で寝泊まりし、苛立《いらだ》たしいことに、こちらはまったく近づけなかった」とシュージャは回想録に書いている。「先方の気まぐれで食事を減らされ、用を足しに出かけようとする従者も、今日は外出禁止だと頭ごなしにいわれることがあった」客をもてなす側の態度として、これはマナー違反もはなはだしいと、シュージャはなけなしの自尊心をふりしぼって書いており、ランジート・シングは「田舎者の礼儀知らず」で、「下賤《げせん》の身である上に残酷で傲慢だ」とこきおろしている。

ランジート・シングはじわじわと相手を追い詰めていった。シュージャは弱り切っているところへきて、さらに檻のなかに入れられた。ある資料によると、コ・イ・ヌールを寄越すまで、目の前で彼の長男が拷問を受けたという。ミルザ・アタが次のように書いている。

ランジート・シングはこの世の何よりもコ・イ・ヌールを欲しがり、それを手に入れるために、客を遇するルールをことごとく破った。シュージャを長きにわたって幽閉し、門番が焼けつく日ざしの下に彼を放置したが、何をやっても効果はなく、ダイヤの隠し場所については一切口を割らない。とうとう幼い息子のムハンマド・ティムール王子がひっぱりだされ、燃える太陽の下、むきだしの屋根にかけた梯子を上り下りさせられた。靴も履かず、頭を覆うものもない。線の細い幼子は熱暑の拷問に絶えられず、声をあげて泣きだして、今にも失神しそうだった。愛する子の苦しむ様を王はとても見ていられなかった。

しかしそのときでさえ、シュージャはランジート・シングに同じ言葉を返していた。ダイヤモンドは渡す。ただしそれは正式に友好条約を結び、数十万ルピーを援助してもらって、王位奪還のためにランジート・シングが力を貸すという条件つきだと。シュージャは次のように書いている。

翌朝ラム・シング［ランジート・シングの宰相］が我々のもとへやってきて、コ・イ・ヌールを差しだすよう要求した。こちらは、今は手元にないが、我々とランジート・シングの間に確固たる友好条約が結ばれれば、いつでも進物として贈ると答えた。

来る日も来る日も、同じ要求が出され、同じ返答をする。それが一か月近く続いた。やはり礼を失したままではうまくいかないとランジート・シングは気づいたのか、今度は側近を数名こちらに差し向け、入り用の金はいかほどなのか、なんならそれをすぐ用意しようといってきたが、こちらはまた同じ答えを返した。確固たる友好条約と和平条約にサインをした上でダイヤを渡すなら、こちらとしてはなんの文句もないと。四万から五万ルピーという大金が我々の滞在する住居に分割で送り届けられたときも、依然としてこちらは同じ答えを返した。

二日後、ランジート・シング自らシュージャの住居に現れた。

友好と和平の言葉を口にしながら、それと同じ内容をしたためた書面を差しだし、サフラン水に浸した手で条約に拇印を押す。それから自身の剣の刃に片手を置き、カブールの領地を奪回し、不埒《ふらち》な反乱軍を罰するために、王が必要とするいかなる部隊もこちらで供給すると、シク教の聖典グラント・サーヒブと、導師バーバ・ナーナクに誓った。そのあとターバンを交換して完全なる友好が約束されると、ランジート・シングは大声を張りあげた。「さあ、これで恒久の友好を誓う儀式はすべて終わった。ダイヤモンドを出してもらえないかね？」

国境の町ルディアナに駐在していた東インド会社の代表サー・デヴィッド・オクタロニーは、この様子を会社から熱心に観察していた。東インド会社の領土の境界線にあたる、サトレジ川を越えたすぐ先で、それは行われていた。交渉が進むにつれて、シャー・シュージャの処遇が少しずつよくなっていく。「シャー・シュージャがランジートに、証拠品として、いくつかの宝石を渡すことを承諾すると、彼を押さえつけていた者たちが、少しずつ退《の》いていく。二万ルピーの現金と五万ルピー相当のジャギール［地所］を受領後二か月以内にコ・イ・ヌールを送り届ける――宝石は、それを誓ったことの証《あかし》だった」

一八一三年六月一日、とうとうランジート・シングは、ラホールの城塞都市にあるムバラク・ハベリを再度訪ね、数名の従者とともにシャー・シュージャを待ち受けた。やがてシュージャが現れた。

「ランジート・シングは」彼を多大な敬意をもって迎えた。ともにすわったあと、厳粛《げんしゅく》な沈黙が一時間近く続いた。ランジート・シングは徐々にしびれを切らし、ここへ来た目的をシャー・シュージャに思いださせろと、従者のひとりに耳打ちする。相変わらず反応はないものの、シャーはひとりの宦官に目配せをした。宦官は一度退出し、小さな巻物を持ってもどってきた。それをふたりの間のカーペットの、ちょうど等距離になる位置に置いた。ランジート・シングは自分の宦官が巻物を広げるよう望み、それが実際に広げられて、そこにダイヤモンドがあると見ると、戦利品を手にそそくさと引き揚げていった。

以来三十六年間、コ・イ・ヌールはシク教徒の所有物となり、実際様々な場面で権威の象徴となるのである。

第五章　ランジート・シング――ラホールのコ・イ・ヌール

コ・イ・ヌールを手にした者のなかで、ランジート・シングほどそれを珍重した者はいない。シク教徒の偉大なマハーラージャ（王）ではあるが、概して気取らない男だった。小柄な身体とあばたの目立つ顔が、「灰色ひげを生やした片目の老ネズミ」を思わせると、老いた彼を見たあるイギリス人が綴《つづ》っている。あっさりした白いローブを着用し、身づくろいに骨を折ることはめったになかった。それでいながらコ・イ・ヌールには異例の強い愛着を示し、あらゆる公式行事で身につけた。

現在のようにコ・イ・ヌールがそれ単体で名を馳《は》せるようになったのは、実際のところ彼の治世になってからで、ナーディル・シャーをはじめドゥッラーニ朝代々の所有者らは、コ・イ・ヌールをつねに、もうひとつの宝石と対《つい》で身につけた。ムガル人が〝ティムール・ルビー〟、ナーディル・シャーが〝天女の瞳〟、ドゥッラーニ帝国が〝ファクラージ〟と呼んだ著名なルビーである。それがここに来て突然、コ・イ・ヌールのダイヤモンドが単独で身につけられるようになった。奮闘努力の末にランジート・シングが得たすべてのものと、激しい戦いで勝ち取った独立を象徴するものとなったのである。

単にダイヤモンドを愛好し、その途方もない金銭的価値を重んじただけではなく、ランジート・シングにおいては何よりも、コ・イ・ヌールの象徴性が心に強く響いたようだ。ランジート・シングは王位に就いて以来、アフマド・シャーから始まるアフガニスタンのドゥッラーニ帝国が所有していたインドの土地をほぼすべて奪い返していた。ドゥッラーニの領土をハイバル峠まですべて征服した彼は、ドゥッラーニ帝国に代々伝わるダイヤモンドを手にしたことを人生で最高の業績と考えていたらしい。コ・イ・ヌールは、崩壊した帝国を継ぐのはこの自分であるという証《あかし》だったのだ。そんなわけで、美しさもさることながら、その象徴性ゆえに、あらゆる国事に身につけて登場したのだろう。

一八一三年にランジート・シングが初めてこの偉大なダイヤを手にしたとき、ひょっとして贋物《にせもの》をつかまされたかと、シャー・シュージャを疑った。それでラホールにいる宝石職人をただちに集めて鑑定をさせた。結果、これぞまさに本物で、計り知れない価値があるという判定が出され、少々驚きながらも、胸を大きく撫で下ろすことになった。ある老廷臣が後に述懐している。「宮廷にもどるなり、王は公式レセプションを開催した。コ・イ・ヌールのダイヤモンドが、そこに集まった族長や一般人に公開され、この貴重な宝石を手に入れた王に、絶え間ない賞賛の声が寄せられた」

シャー・シュージャから渡されたダイヤモンドが本物のコ・イ・ヌールだとわかってすっかり満足した王は十二万五千ルピーを寄贈した。

それからアムリッツァルへ向かい、その町の超一流の宝石商もただちに呼び集めて、コ・イ・ヌールの価値を算定させた。慎重に鑑定した結果、これほどの大きさと美しさを誇るダイヤモンドの価値は算定不能との結論が出た。このダイヤにふさわしい洗練された形で装身具に仕立てたいと望んだ王は、その作業を自ら監視した。自分の目の届かないところにコ・イ・ヌールを置きたくなかったのだ。

作業が終わると、王はコ・イ・ヌールをターバンの中央に飾ってゾウに乗り、将軍や従者を伴って町の通りを幾度となく練り歩いた。我が手中に収めたコ・イ・ヌールを臣民に見せつけようというのである。コ・イ・ヌールはまた、上腕につける腕輪にも仕立てられ、それをランジート・シングはディバーリやドゥシャラをはじめとする様々な祭りの席で身につけ、要人が訪れたとき、とりわけイギリスの将校が宮廷を訪れたときには必ず身につけた。ムルターン、ペシャーワル、その他の地方へ旅行するときもコ・イ・ヌールを忘れずに持っていった。

それからまもなくランジートは、ダイヤモンドの、かつての持ち主のところへ持っていき、ここでもまた、その真の値打ちを教えるよう求めた。それに対しワーファ・ベイガムはこう答えた。「偉丈夫が四つの石をそれぞれ東西南北に投げ、五つ目の石は空に向かって投げたとしましょう。そうしてできた空間にぎっしり詰めた金銀財宝すべてと比べても、コ・イ・ヌールひとつの価値には敵《かな》わないでしょう」一方シャー・シュージャのほうはこう答えたといわれている。「真の値打ちというならば、それは幸運を呼び寄せる力です。あなたは敵の数々を制圧して、それを手中に収めることができたのですから」

ランジートは、この貴重な宝石が盗まれるのではないかと、つねに不安を覚えながら残りの人生を送った。とりわけ心配なのが、「好物の強い酒を痛飲したときだった。祝い事では決まって際限なく飲む習慣で、たちまち酔って正常な注意が働かなくなり、こういうときにコ・イ・ヌールが危ないと自分ではっきりいった。実際そのように痛飲して、貴重な宝石をひとつ盗まれたことが過去にあったのだ」。

それゆえ、身につけていないときには、ゴビンガーの難攻不落の要塞にある万全の防犯対策を施《ほどこ》した宝庫に隠しておき、さらなる安全対策として、保管場所を移動するという巧妙な作戦も展開した。四十頭のラクダにまったく同じ荷かごを載せて、どのラクダが実際にコ・イ・ヌールを運んでいるのかは極秘情報として一切外にもらさない。とはいえ、隠し場所はいつも決まって衛兵たちの直後にいる先頭のラクダだった。移動中でないときは、ゴビンガーの宝庫トシャカーナで、屈強な番兵に守られていた。

その間にもランジート・シングの国家は繁栄を続け、領土を拡大していった。アフガニスタンの内紛に巧妙に乗じて、インダス川とハイバル峠に挟まれたドゥッラーニ帝国の領土をほぼすべて吸収し、一八一八年にペシャーワルを、その翌年にカシミールを征服した。そうしてわずかのうちに、そこに驚くほど豊かで強い、中央集権化されたシク国家を樹立し、厳しく統治した。敗北した族長らには非常に寛大な措置をとり、彼らをそのまま新国家の組織に吸収していった。見事な軍隊をつくると同時に、ランジートは官僚組織も刷新。国の経済を健全にし、農業振興政策を先導し、驚異的な情報網を張りめぐらした。

最盛期には、王国の中心であるパンジャブと、カシミール地方を合わせて千三百万人の人口を擁し、ランジート・シング個人の人柄も民衆から大変な人気を集めた。最下等の身分にある請願者の声にも耳を傾け、シク教以外の宗教を信じる者も総じて敬《うやま》い、イスラムのスーフィ教の寺院に詣で、ヒンドゥー教の祭りも祝った。さらに敬われたのは、私生活において憐れみ深く、流血を憎む点で、宮廷を訪れる多くの人々がそれを目《ま》の当たりにしており、そこがムガル、ペルシャ、ドゥッラーニといった代々の支配者らと大きく異なるところだった。インド総督オークランド卿の妹エミリー・イーデンは彼のことを次のように評している。「一見飲んだくれの道楽親父でしかない男が、偉大な王の座についた。大勢の手強い敵を征服し、驚くほど公明正大に国を統治する。巨大な軍隊を意のままにする専制君主でありながら、むやみに殺生をしないところがまた天晴《あっぱ》れで、いっそ度が過ぎるほどに民から崇《あが》められている」

ランジート・シングを高く買ったのはエミリー・イーデンだけではなかった。イギリス人の多くは彼と良好な関係を築いたが、その軍隊がインドにおける最後の軍事力として、戦場では東インド会社の敵になりうることを決して忘れなかった。一八三〇年代には、東インド会社はパンジャブの国境沿いにベンガル軍のほぼ半数にあたる三万九千人以上の騎兵を配置していた。

フランス人の旅行家ヴィクトール・ジャケモンが、この時代のランジート・シングについて示唆に富む人物評を残している。「ランジート・シングは老獪《ろうかい》な古狐であり、彼と比べれば、我々のうちで最も手練手管《てれんてくだ》に長《た》けた者も、うぶな青二才でしかない」と、エミリー・イーデンと同様に、欲しいものを何でも手に入れるずる賢い悪漢であり、私生活の悪癖は褒められたものではないとしながらも、公徳においては見事なものだったと評している。ジャケモンはランジート・シングと何度か会っており、「彼との会話は悪夢だった」と記している。「これほどまでに好奇心の強いインド人がいるのかと驚き、それは国民全体の無関心を補って余りあった。インドについて、英国民について、ヨーロッパについて、ボナパルトについて、無数の質問を投げてくる。現世の世事一般について、はたまたあの世の地獄と天国についてきき、神とは、悪魔とはなんぞやと迫り、その興味関心の広さ深さは、まったくとどまるところを知らなかった」そんなランジート・シングがことのほか嘆いたのは、「庭の花同様、もはや自分にとって女はなんの喜びももたらさない」ことだった。

憂鬱《ゆううつ》になってしかるべき理由があると示すために、昨日、廷臣らをすべて呼び集めた屋外の宮廷で——広々とした野原に数千人の兵士を集め、美しいペルシャ絨毯《じゅうたん》の上に我々をしゃがませたのである——驚くなかれ、この老いたならず者は、ハーレムから若い女性を五名呼び寄せ、わたしの前にすわるよう命じたのち、この女たちをどう思うかねと、にっこり笑って問うたのである。わたしは素直に、とても美しいと思いますといったが、そんな言葉では実際の十分の一も表現できていない……。
王の鑑《かがみ》といえるこの男は聖人ではなかった——まったくほど遠いのである。礼儀作法や誠意とは無縁の男だが、しかし残酷ではない。凶悪犯の鼻や耳をそぎ、手を切り落とせと命じるものの、命は決して取らなかった。極めて勇敢で、軍事作戦で成功を収めたものの、彼をパンジャブとカシミールを統治する紛れもない王の座につかせたのは、協定と機略縦横の交渉だった。恥知らずの悪漢は、我が国のアンリ三世と同じように、自らの悪徳をひけらかし……ラホールの善良なる民の前で、イスラムの売春婦とゾウの背に乗り、無邪気とはとてもいえない娯楽にふけるのだった。

それからまもなく、イギリス人の旅行家であり諜報員でもあるアレクサンダー・バーンズがラホールに到着する。ジャケモンとまったく同じようにランジート・シングに魅了され、ふたりの間に固い友情がまたたくまに結ばれた。「座持ちのうまさでいえば、彼の右に出る者はいないだろう」とバーンズはいう。「一時間半にわたる会見の間、まったく途切れることなく会話が続いた」そうしてランジートは彼にひととおりの娯楽を経験させる。踊り子の演技を見せ、鹿狩りに連れだし、遺跡を見物させ、宴会でもてなす。バーンズはランジートの自家製火酒も味見した。粉砕した真珠、麝香《じゃこう》、アヘン、肉汁、香辛料の入った、喉を焼く生一本《きいっぽん》の蒸留酒で、どんなに酒豪自慢のイギリス人でも、まず間違いなくつぶれてしまう。それをランジートは赤痢の特効薬だといってバーンズに勧めた。スコットランド人とシク教徒がともに好む強い酒を通じて、気がつけばランジートとバーンズの間に友情の絆が結ばれていた。「ランジート・シングはあらゆる点において、非凡な人物である」とバーンズはいう。「コンスタンティノープルからインドまで、どこを捜しても彼のような人物はいないと、フランス人将校が話しているのを聞いた」

最後の晩餐の席で、ランジートがバーンズにコ・イ・ヌールを見せてくれることになった。そのときのことをバーンズは次のように書いている。「これ以上の宝石は想像もできない。極上のダイヤモンドで、卵半分ほどの大きさがある。重さはルピー硬貨三個半ほどになり、貨幣価値は三百五十万ほどになるといわれた」

バーンズが出発した一八三五年八月十七日、ランジートは脳卒中の最初の大きな発作にみまわれる。これにより、顔面と右半身が部分的に麻痺し、長時間しゃべることができなくなった。治療にあたった医師が次のように書いている。

王は休息のために風通しのよい部屋に引き揚げた。このとき王は夥《おびただ》しい量の汗をかいており、自然な空気の流れに身体をさらした。

真夜中、ふいに目を覚ますと、舌がうまく回らず、はっきりしゃべれないのに気づいた。口元も明らかにゆがんでいる。これに従者たちが驚き、様々な薬が「王の主治医である」ファキール・アジズデンによって処方され、最終的には王の舌も少しうまく回るようになった。しかし健康状態は目に見えて悪化した。食欲が失せ、頭がぼうっとするといい、てのひらや足の裏に熱を持ち、しばしば強烈な喉の渇きを訴える。全身が虚脱状態に陥り、気鬱症状を呈した。

ドイツ人旅行者バロン・ヒューゲルは一八三六年にランジート・シングと会い、病魔に屈し、卒中の発作のひどい後遺症によってしゃべる言葉もほとんど理解不能だったと、王のことを記している。ランジート・シングはヒューゲルに「老いを感じるようになった。今はもう疲れ果てた」といったそうだ。二度目の発作が一八三七年に起き、それから半年の間、右半身が完全に麻痺し、意思の疎通は身振り手振りで図るしかなかった。ファキール・アジズデンは、ききとりにくい王の言葉を解釈する一種の専門家となった。ランジートの口元に耳を近づけ、いっていることが理解できれば、「アイシュ、アイシュ」といい、どうしてもわからなければ、こうつぶやいた。「ナミ・ファーマン」——何をいっているのかわかりません。

兵法でも政治経済でもイギリスとロシアはライバル関係にあり、その競争がここ二十年の間にいっそう苛烈《かれつ》さを増し、一八三〇年代末まで両国のスパイ大作戦がたゆみなく続いた。そのさなかにあってバーンズは、ロシアがアフガニスタンに侵攻するだろうと最初に不安をあおっておき、やがてそれを落ち着かせるという役目を負った。一八三八年には、ロシア侵攻のうわさがさらに広がったのに反応して、東インド会社も、領土の境界を接していないアフガニスタンに侵攻するという野心的な計画を実行に移した。そのため、東インド会社の新総督オークランド卿は、ランジート・シングとの交渉を開始。これまで以上に緊密な同盟を結び、イギリスとシク王国共同で、ハイバル峠を越えて侵攻するよう誘った。ランジート・シングは、表向きは賞賛の拍手を贈ったが、本心では二の足を踏んでいた。王国領土の東をイギリスに囲まれているところにきて、さらに北も囲まれるというのは一番望まぬことであったからだ。とはいえ、イギリスとの同盟関係にひびが入るのも望まぬことで、会社の計画に表立って反対することはできなかった。

一八三八年の五月、叔父のオークランド卿に代わってランジート・シングに決断させようと、東インド会社の公式任務に就いたウィリアム・オズボーン大尉がラホールに到着した。英国からの客人を迎えたランジート・シングは――。

あぐらをかいて黄金の椅子にすわり、あっさりした白い服を身につけていた。飾りっ気がまったくないなか、真珠を糸で連ねたものを腰まわりに飾り、あの有名なコ・イ・ヌールを腕につけている。その輝きは、休みなく周囲をねめつける隻眼《せきがん》の眼光を凌《しの》ぐまではいかないが、それに匹敵する輝きを誇っている……長官らは、みな王の椅子の周りにしゃがんでいたが、ディアン・シング［ランジート・シングの高官］だけが例外で、王の背後に立ったままでいる。王自身は男前にはほど遠いものの、見栄えのいい男たちに囲まれているのが誇らしいようだった。ヨーロッパや東洋のどの宮廷を覗いても、このシク教徒の首位にあるサーダー［貴族］たちのように美形ぞろいということはあり得ない。

一方オズボーンは、コ・イ・ヌールについてこう書いている。「素晴らしいの一語に尽きるダイヤモンドで、下部の直径は四・五センチほど、上部は三センチほどで、土台から約一・五センチの高さがある。形は卵に似ている……価格にして三百万ポンドに相当する素晴らしい輝きのダイヤモンドには、いかなる傷も見られなかった」

オズボーンもまた、それ以前の訪問者らと同様に、ランジート・シングが質問を連発するのに驚いている。卒中の発作はあったものの、彼の好奇心は依然として健在だった。

すわったとたん、ランジート・シングの矢継ぎ早に繰りだす質問に追われ、それに答えるだけで会見の時間は大方終わってしまったが、それでも彼の好奇心はわずかも満たされなかった。

間を置かず次々と飛びだす質問は、内容も多岐にわたり、こちらはついていくだけで精一杯だった。「ワインは飲むかね？」「どのくらい？」「昨日送ったワインは味見してみたかね？」「酒量はどのくらい？」「そちらはどんな武器を携行している？」「それには弾丸がこめられているのかね？」「何発くらい？」「乗馬はお好きか？」「この地方の馬だと、どんな種類が好みかね？」「軍務に就いているのかね？」「騎兵と歩兵、どっちがいい？」「オークランド卿はワインを飲むかね？」「何杯くらい？」「昼前にも飲むかね？」「そちらの軍隊の強みは？」「兵はみなよく訓練されているかね？」

こういう砕けたやりとりで、ランジートは相手の緊張をほぐしつつ、それとなく探りを入れている。つねに政治情報を探りつつ交渉する、これは一種の煙幕だとオズボーンは気づいた。それから七か月後の一八三八年十二月、ランジート・シングをオークランド卿が公式訪問する。連綿と続くレセプションと晩餐会を経て、とうとうフィロズプルの戦場にて、イギリス軍とシク王国軍による共同作戦が展開することになり、イギリスはアフガニスタン侵攻の端緒についた。しかしすでに病を得ている老齢のランジート・シングは、そこに至るまでの無理がたたって目に見えて弱っていった。軍がアフガニスタンへ出陣してまもない十二月二十一日、総督の一家がラホールを訪ねる。「王者にふさわしい、まったく豪勢なもてなしだった……ランジートには酒宴への参加を求められ、王自らカップに注いでくれる火酒を一滴も残さず飲み干さなくてはならなかった。しかしこのときの暴飲暴食がたたって、王は卒中の重い発作に襲われ、オークランド卿が暇《いとま》を告げる頃には、ソファの上に横になって、満足にものもいえない状態になっていた。それでもオークランド卿が貴重な宝石を贈ると、例によって嬉しそうに目を輝かせたという」

こういう状態のランジート・シングを総督の医師が訪れ、王の簡素な私室に驚いたという報告をしている。王が日常の生活をしているのは「宮殿の隅に小さなガラスの戸棚を据えた一角で、横になって眠るごく普通の簡易寝台以外にめぼしい家具は何もなく、何か置こうにもそれだけのスペースがなかった」。ランジート・シングはその私室から、総督の妹君にご覧いただくようにと、コ・イ・ヌールを送りだした。病身のため、自ら見せることができなかったのだ。「驚くほど大きいが、輝きはさほどでもない」とエミリー・イーデンは報告している。去り際に、それが最後になると思われる、偉大な王の哀れな姿を見て、「憔悴《しょうすい》し切っていて、ほとんど死にかけていた」と書いている。

エミリーの見立ては正しかった。ランジート・シングはいまわの際《きわ》にあったのだ。一八三九年六月にとうとう三度目の大きな発作に倒れて、もう長くはないことが誰の目にも明らかになっていく。死期が迫っていることを覚悟して、ランジート・シングは最も貴重な所持品を少しずつ手放していった。アムリッツァルに最後の巡礼に出かけて、角に金箔《きんぱく》を貼った牛、黄金の輪、繻子《しゅす》の衣服、黄金の輿《こし》を載せたゾウなど大量の寄進をした。それから高級将校を全員集めて、長男のカラク・シングへの恭順を誓わせた。

その後も健康状態は悪化の一途をたどり、宗派も異なる他の宗教組織へ怒濤《どとう》のように寄進を続けた。角に金箔を貼った牛をさらに多く、黄金の椅子と寝台架、何連もの真珠、剣や盾、盛装した馬を百頭、宝石を象眼《ぞうがん》した鞍《くら》を数百といった具合で、累加する寄進の額をランジートの宮廷の報道係は二千万ルピーと見積もっている。ランジート本人は身振り手振りで話すのがやっとで、明らかに死期が近いと思われた六月二十六日、その死の床で、偉大なダイヤモンドの行き先について、大きな議論が勃発した。

ランジート・シングの所属するバラモンの長であるバイ・ゴビンド・ラムは、ランジート・シングが次のように明言したという。「コ・イ・ヌールはかつての諸王らによって代々寄進され、一君主があの世まで持っていくことはなかった」死にゆく王の身振り手振りに支えられて、バラモンの長は力説する。ランジートはコ・イ・ヌールをプリーにあるジャガンナートを祀《まつ》った寺院に送る意向を示している。よって大事にしていた真珠や馬と同様に、今こそそれを寄進するべきだというのである。しかしランジート・シングの宝物保管係ミスル・ベリ・ラムもまた、コ・イ・ヌールはランジート個人の所有物ではなく、シク王国のものであるからして、ランジートの後継者であるカラク・シングに渡すべきだと力説する。ランジート・シングの宮廷史『ウンダート・ウルタワリク』によれば、「サーカー［ランジート］は手振りによって寄進の意向を示し、ダイヤモンドはジャガンナートのもとへ送るよう命じた」。

そこでカラク・シングはコ・イ・ヌールを持ってくるよう申しつけられたわけだが、それは宝物保管係のミスル・ベリ・ラムが持っているという。

そのあとミスル・ベリ・ラムにコ・イ・ヌールを出すよう、ジャムダール・クシャル・シング［宮廷の儀典家長］が申しつけたが、ベリ・ラムはあれこれ言い訳を口にしたあとで、それはアムリッツァルにあるといった。そこでジャムダールは、あらゆる財産、資源、物品はすべてカラク・シングのものなのだと教えた。ふたりのやりとりを聞いているサーカー［ランジート］の額には［不満の］しわが寄っていた。そのあと、ダイヤモンドをちりばめた腕輪をふたつ、金額にして二ラーク（二十万ルピー）相当の宝飾品数点、ペルシャ風のシルクハット八個、黄金の輿を載せたゾウ二頭、五ラークの現金が寺院へ寄進された。サーカーはすべての装飾品を全身に飾ったのち、またひとつひとつはずすと、最後の着用を済ませたので寄進するといって、地面に頭をつけて平伏した。

それからランジート・シングはシク教経典のなかから数節を選んで読みあげさせ、聖なる書に頭《こうべ》を深く垂れたのち、ガンジス川で身を清めた。最後の最後に、死にゆく兵士に倣《なら》って武器を寄進する。その翌日、六月二十七日になると、明らかに死はすぐそこまで来ているとわかった。

サーカーの唇が動きをとめ、体内の力も停止し、脈も正常な打ち方ではなくなった。ファキール・ラザーは目に涙をため、とうとう最期のときがやってきたと、心痛を隠せない。誰もが涙に暮れて泣きだし、……バイ・ゴビンド・ラムはサーカーの耳元に口を寄せ、息を引き取ろうとする瞬間に、「ラム、ラム、ラム」と三回繰り返した。サーカーはそれを二回繰り返したが、三度目は口があかずにこときれた。息を引き取る瞬間まで、たの目はラクシュミとヴィシュヌの絵を見据えていた。その日の四分の三と三時間が過ぎて、ランジートはこの世に別れを告げて、永遠の宇宙へと飛びたった。カラク・シングをはじめ、みな涙に暮れて泣きだし……

偉大な王は死んだ。ランジート・シングの火葬薪は白檀《びゃくだん》の香りを放ちながら燃えさかったが、彼が王位に就いてからの半生をつねに彩ってきたコ・イ・ヌールは、どこにも見られなかった。ここに至ってもまだ、偉大なダイヤモンドをどうするか、その処遇は決まっていなかったのだ。

ランジートの後継者に残されたのは次々に生まれる疑問だけだった。本当のところ、ダイヤモンドはどこにあるのか？　ミスル・ベリ・ラムが隠したのか？　ランジート・シングが生前に指示したように、すでにオリッサの、ジャガンナートを祀った寺に送られているのか？　それは純粋に王が望んだことなのか？　それとも、この最後の決断は、策略家のバイ・ゴビンド・ラムをはじめとする、王を取り巻くバラモンの人間たちが無理強《じ》いしたのか？　コ・イ・ヌールはランジート・シングの私有財産として、彼の望みどおり寄進されるのか？　それとも国家の財産として後継者の手に渡り、シク王国の独立性を象徴するのか？

　こういった答えの出ない疑問が不和の種となり、まもなくシク王国は分裂し、全面的な内乱へと突入していく。そして、姿こそ見えないものの、コ・イ・ヌールはまだ力を失っていなかった。あの伝説のダイヤモンドのスヤマンタカ同様、それのあるところ必ずや不和が巻き起こるといわれた摩訶不思議《まかふしぎ》な力を、その先も及ぼし続けるのだった。

第二部　王冠の宝石

ランジート・シング家系図（簡略版）

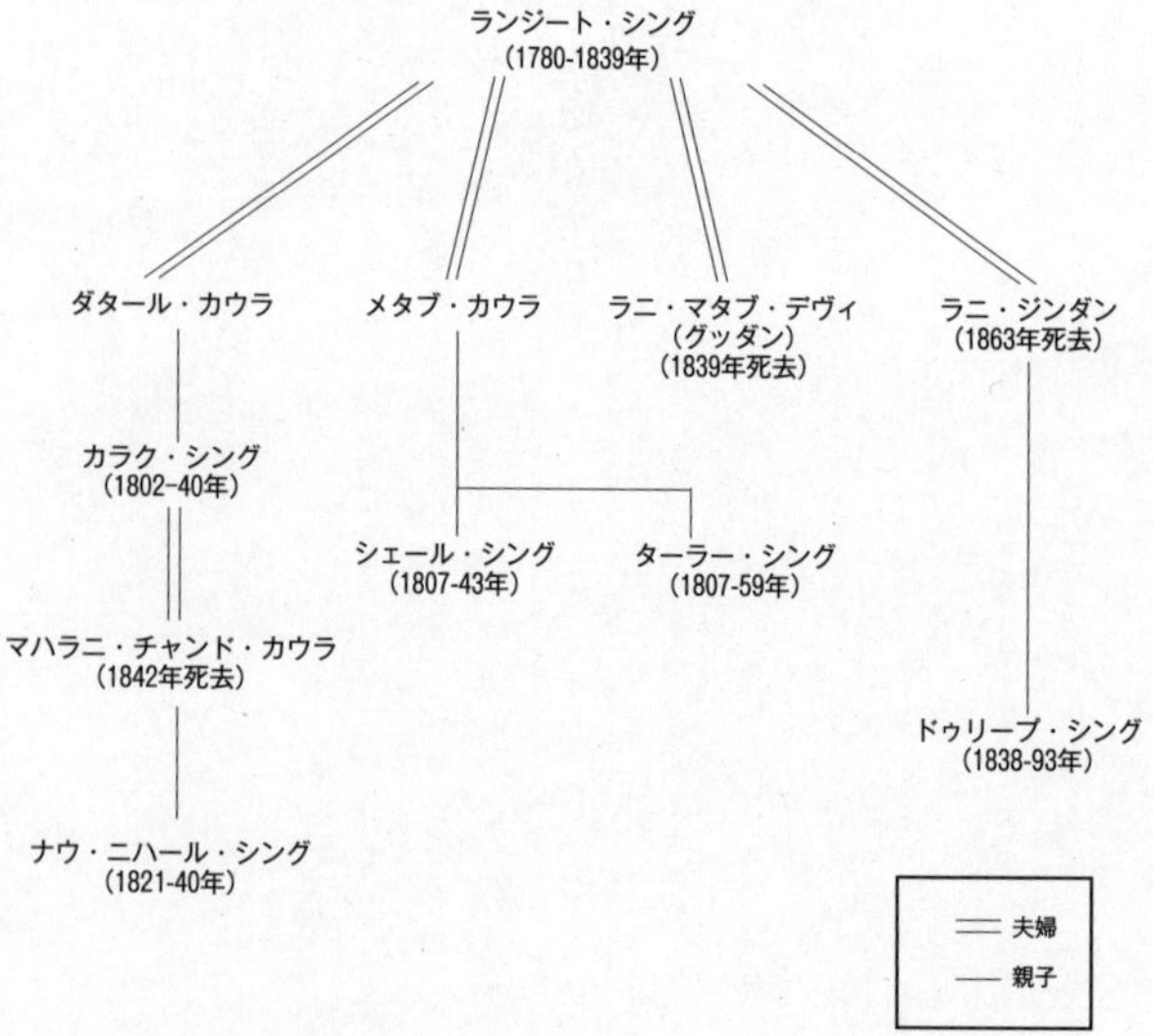
ランジート・シング
（1780-1839年）
ダタール・カウラ
メタブ・カウラ
ラニ・マタブ・デヴィ
（グッダン）
（1839年死去）
ラニ・ジンダン
（1863年死去）
カラク・シング
（1802-40年）
シェール・シング
（1807-43年）
ターラー・シング
（1807-59年）
マハラニ・チャンド・カウラ
（1842年死去）
ドゥリープ・シング
（1838-93年）
ナウ・ニハール・シング
（1821-40年）
夫婦
親子

第六章　灰の町

三日三晩にわたって、宮廷の敷地に肉の焦げる臭いと白檀《びゃくだん》の香りが充満した。一八三九年の六月末に行われたランジート・シングの火葬には、パンジャブ中から大勢の人が集まった。そもそも王の葬儀は大々的に行われるものだが、インドの基準から見ても桁違いの壮大さで、パンジャブの獅子は来世に送られた。

死した王を送る夥《おびただ》しい儀式について、ラホールの宮廷に仕えたあるヨーロッパ人が、その全体像を克明に記している。オーストリア＝ハンガリー帝国の医師であり冒険家でもあるヨハン・マルティン・ホーニヒベルガーは、十年前にパンジャブにやってきて以来、ランジート・シングの要請で宮廷に仕えていた。宮廷における高位の役人として、彼は火葬の火が燃え尽きて灰が冷えるまで、通夜に立ち会うよう求められた。そんなわけで、ほとほと疲れながら、日焼けした小柄な男たちが灰と焦げた骨のかけらをかき集めているのを眺めている。これがあの、恐るべき王のなれの果て。今はもう、かつてのパトロンに対して嫌悪しか感じられなかった。ランジート・シングの最後の儀式は生涯忘れられない映像をホーニヒベルガーの脳裏に焼きつけたのである。

三日前、宮殿とラホールの城壁の間に巨大な火葬薪が組まれた。その日はパンジャブに暮らす人々がひとり残らず都に集まったようで、大勢の嘆き悲しむ声が潮騒のように広がっていた。大きな音に長くさらされて、ホーニヒベルガーの耳はじんじんしていた。

首を長く伸ばしている見物人たちの前方に案内されると、白い服を着て裸足で立つシク教徒の貴族たちに囲まれる形になった。要人たちはみなそこに集まっているようだったが、シク教徒の貴族のなかでも最高位にある者たちだけは、君主の最後の旅路に同行する名誉を得ていた。葬列が目に入るまで、ホーニヒベルガーはしばらく待った。

やがて歩兵隊が二列になってやってきて、哀悼者の群れのなかに長さ四百メートルほどの幅広い道筋をつくった。そのなかにホーニヒベルガーはランジート・シングの遺体を見つけた。金糸の帆を揚げた船のような台の上に寝かされている。この場の棺台としてこれ以上にふさわしいものはなかった。まるで嘆き声の波に揺られて王の身体が運ばれていくようだった。そこにさらに楽師らが奏でる太鼓や角笛の響きが加わる。

大音響に耳がおかしくなってきた頃、ホーニヒベルガーの目が、船の後流ができるあたりにいる女たちに吸い寄せられた。ラニ・マタブ・デヴィ。〝グッダン〟の愛称で親しまれている彼女が、頭をすっと持ち上げて黄金の椅子の上にすわっていた。椅子は汗びっしょりの運び手がかついでいる。その後ろにさらに三つ、同様の椅子が続き、それぞれに王妃が腰を下ろしていた。ホーニヒベルガーの目は四人を同時に捉えていたが、意識が向いているのはラニ・グッダンひとりだった。ふたりは同じ年にラホールにやってきた。当時、若い医師だったホーニヒベルガーは山っ気もあって、名を揚げて財を成そうと考えていた。グッダンはラージプート族の王女で、妹のラニ・ラージ・バンソとともに王と婚約していた。

いつもその人柄で上流階級に溶けこんできたホーニヒベルガーは、数千人が参列する王の婚礼にも唯一の白人として顔を並べた。グッダンは飛び抜けて美しいとの評判だったが、実際どうなのか、確かめることはできなかった。婚礼の日以来ずっと顔にベールをかけていたからだ。それが十年の時を経て、死にゆく当日になって、初めて公開された。ホーニヒベルガーが見たその顔は今でも美しかった。

グッダンをふくむ王の四人の妻は、火葬薪の近くまで運ばれてくると腕輪をはずし、こちらに向かって伸びている無数の手に向かって放り投げた。ホーニヒベルガーは決然として、両腕をぴたりと脇に押しつけている。

(ランジート・シングの十七人の妻のうち)この四人は、昔ながらの儀式に自ら進んで参加しているのだと、同僚であるシク教徒の廷臣らはいっていた。それでも彼は、目の前で繰り広げられる行いに胸が悪くなった。あの女性たちは、生前と死後の両方で夫に身を捧げるサティの儀式を行おうというのであり、この公開自殺――見ようによっては公開殺人――を周囲の人々はこぞって賞賛しているのである。宮廷歴史家のソーハン・ラル・スリはランジート・シングの宮廷で行われた行事を記録するのが仕事だが、後に彼は、この妻たちが進んで犠牲になり、無上の喜びに包まれながら葬儀の装《よそお》いをし、「興奮したゾウのごとく、踊って笑った」と書くことになる。しかしホーニヒベルガーは、哀れな女性たちの顔に、そのような気配を微塵《みじん》も見ることはできなかった。

まるで膝枕で眠っているかのように、王の頭と肩は王妃ふたりの膝に置かれている。あとのふたりは王の胴体を支えていた。遺体を囲みながら四人は微動だにせず、目をきつくつぶっている。彼女たちに、皇太子カラク・シングの姿は見えないものの、積み薪に火を点じようとする彼が、たいまつを持って近づいてくる気配は感じられる。女性たちが悲鳴をあげたかどうか、ホーニヒベルガーにはわからない。みなが炎に包まれた瞬間、太鼓と群衆のどよめきに感覚が麻痺したからだ。圧倒されたのはホーニヒベルガーだけではなかった。二羽のハトが、立ちのぼる火柱のなかに飛びこんでいった。翼に火がついて積み薪の上に落下し、これに群衆の興奮は最高潮に達した。鳥もまた、王妃たち同様、ランジート・シングのために喜んで身を捧げたというのである。

火葬薪が二日二晩燃え、白檀の最後の木片も割れて崩れたが、ホーニヒベルガーはそこからさらに十二時間近く、通夜の席にとどまらねばならない。ランジート・シングの高位の廷臣らは、王の灰が川に流されるまで見届けるものとされていたからだ。遺体を扱うカーストであるドムたちの、たこのできた指が耐えられるまでに薪が冷えたところで、灰の仕分けが始まった。どこまでが王の灰で、どこからが妻たちの灰なのか。ドムがいかにして見分けているのかは謎だった。庶民の灰も王の灰も、数百年にわたって扱ってきた彼らの腕と仕事のやり方に疑問を呈する者はいない。灰は五つの山に分けられた。これが王と夫人たちの灰とされたが、その灰色の骨粉に奴隷の娘七人分の灰も混じっていることは誰も気にしないようだった。王の妃同様、奴隷も王と一緒に火に焼かれていた。夫人らとは違って、彼女たちは死に向かって、自分の二本の足で歩いていかされた。

身を縮こまらせた奴隷の娘たちに、油をたっぷりしみこませた筵《むしろ》が頭からかぶせられる場面は、ホーニヒベルガーの脳裏に一生消えない生々しい映像として焼きつけられた。誰も彼女たちの死を悲しまず、名前さえも知らない。嫌悪に駆られ、一種の自己《じこ》憐憫《れんびん》にも浸りながら、彼は「おぞましい儀式」を見守った。どうして葬儀が始まる前にパンジャブを去らなかったのかと人に問われることがあれば、彼はジャン・フランソワ・アラールの言葉を好んで引用した。ランジート・シングの宮廷で、ホーニヒベルガーの友人であり同僚であったアラールは、「ここでは王と謁見《えっけん》する約束を取りつけるのは難しいが、それ以上に、王の御前を去る許可を得るのが難しい」と、そういったのである。

時をさかのぼって一八二九年、三十四歳のホーニヒベルガーはオーストリア帝国出身の新顔の医師で、従来の型にはまらない医術を実践しようと意欲満々だった。旅慣れた若き医師はチンキ剤をぎっしり詰めた箱と推薦状を携えてラホールに到着する。しかし大きな期待と裏腹に、なかなか思う道に進めずに苛立《いらだ》った。王のランジート・シングがゴーラ（白人のこと）の医師を一切寄せつけなかったのだ。それで下級役人の治療に甘んじて、しばらく宮廷の周辺で働いていたが、やがて彼の医術によって十分な数の治癒者が出るに至って、ようやく宮廷に呼ばれた。

まさか最初から王その人を診察できるとは思っていなかったが、少なくとも人間の患者を予期していた。ところが連れてこられたのは「体高《たいこう》が並はずれて高い」一頭の馬で、ホーニヒベルガーは当惑する。その雄馬はイギリス王ジョージ四世から友情のしるしに贈られたもので、王の厩舎《きゅうしゃ》で大切に飼育されていたものの、痛みを伴う潰瘍《かいよう》が脚にできていた。ハキームが懸命に治療にあたったが、回復は見られず、最後の頼みの綱として、ホーニヒベルガーが呼ばれたのだった。命を救おうと懸命に努めたものの、結局脚を痙攣《けいれん》させて馬は死んだ。こういう結果を引き起こしては、ラホールでの命運は尽きたかと思われたが、病に苦しむ動物に見せた優しさがランジート・シングの心を打った。若い医師を王は重要な地位につかせ、以来ホーニヒベルガーは宮廷で人間の治療にもあたり、その働きに対して高額の報酬を得るようになる。しかしそれだけのことをしてもらっていながら、彼は辛辣《しんらつ》な目でランジート・シングを見ていた。「非常に背が低く」、馬に乗ったところはまるで「ゾウに乗ったサル」だという。

王はホーニヒベルガーに、砲兵大隊の指揮を執らないかとまでいってきた。ランジート・シングの軍隊では、白人が非常に有能であることがわかったからで、彼らを幸運のお守りのように見ている節があった。これをホーニヒベルガーは、「わたしにはそのような役職に就く十分な能力がないと思いますと［王に］いって」そつなく断った。しかしランジート・シングはそれぐらいでくじける男ではなく、再度彼を誘った。戦場で軍務に就く代わりに、王国の火薬工場で監督をしないかというのである。この肩書きは報酬も多額なら、他への影響力も強かった。ホーニヒベルガーは引き受けたものの、パンジャブにそう長くいるつもりはないと、心密かに思っていた。そもそも最初からホームシックにかかっており、ヨーロッパに帰りたかったのだ。「その思いに強くとりつかれていたから、コ・イ・ヌールをやるから死ぬまでここにいろといわれても断っただろう」と書いている。
しかしここに来てから十年が過ぎた今も、彼は請われて宮廷にとどまっていたのだった。

王の火葬場の清掃にあたった男たちは、まだ熱い宝石や、熱せられた黄金を灰のなかから見つけたら、それを持ち帰ることを許されていた。妬《ねた》む者はほとんどおらず、というのも実際のところ、真に重要な宝石は貪欲《どんよく》な指に触れられることはなかったのだ。コ・イ・ヌールの行方については、宮廷の至るところで様々なうわさが煙のように立ちこめていた。カシミールへ密かに持ち去られたのだという者があれば、策略に長《た》けたトシャカーナ（王の宝庫）の管理者、ミスル・ベリ・ラムが盗んだのだという者も。一番多かったのは、遥か遠い地方のヒンドゥー神にまつわるものだった。まもなくオリッサにあるジャガンナートの神像の額に、貴重な第三の目のように、〝光の山〟が飾られるというのである。

コ・イ・ヌールは、バーガヴァタ・プラーナの伝説に謳《うた》われる、クリシュナと密につながる宝石スヤマンタカであると、敬虔《けいけん》なヒンドゥー教徒の多くは信じていた。クリシュナはジャガンナートの化身であるから、その宝石を神にもどすことによって、宇宙の均衡が復活する――少なくともランジート・シングを取り巻くバラモンたちは彼にそう語っていた。死に至るまでの数週間、彼らは王の耳元で頻繁にそうささやき、世俗の富と引き換えに、天の恵みを得るよう説得を試みていた。王が信じるシク教では、そのような交換条件は認められていなかったが、それでもヒンドゥーの司祭らは、金銀財宝を手放すよう説得した。王は拒否する力もないほどに衰弱し、卒中による言語障害もあって、意思を表明するといっても、うなずくぐらいしかできない。そんな状態にあるなか、ランジート・シングはコ・イ・ヌールをジャガンナートの学者らに寄進したという。バラモンの司祭たちは当然ながら大喜びだったが、パンジャブの皇太子は少しも喜べなかった。

ランジート・シングの嫡出子《ちゃくしゅつし》で最年長のカラク・シング皇太子は、上腕にコ・イ・ヌールを飾っている父を見て育った。そのような宝石が失われるとあっては当然だまっていられない。しかし王の死の床で気を揉んでいたのはカラク・シングひとりではなかった。そこから何千キロも離れたイギリスでも、コ・イ・ヌールの運命をめぐって世間が大きく揺れていた。イギリスがコルカタに建設したウィリアム要塞と、ロンドンの英国政府との間を秘密の報告書が行き来していた。

英国諜報員C・M・ウェイド大尉は、一八二三年にルディアナに赴任して以来、ランジート・シングを厳しく監視し続け、東インド会社の上司らに定期的に報告書を送っていた。ウェイドはランジート・シングの死を即座に知ったが、彼の作成した正式な報告書がベンガル管区の英国本部に届くまでには、途中通過する地域の政情不安もあって、五か月以上の時間を要した。結局ウェイドの書面がコルカタに届いたのは、一八三九年の十二月四日だった。「総督閣下にあられましては、ランジート・シング王の崩御という心沈む報告をすでに受け取られていると存じますが、やはりこれはわたくしの職務と思いまして、六月二十七日、王がラホールにて崩御されたことをここにご報告いたします」と書かれた書状には、ダイヤモンドは王の最後の意志により、オリッサに送られたことがほのめかされている。

息を引き取る前の数日間で、王はルピーに換算して五十ラーク相当と推定される金銭と宝石を寄進されたとのこと。あの有名なコ・イ・ヌールのダイヤモンドはジャガンナートの寺に送るように指示をなさいました。何人《なんぴと》たりとも、世俗の富を持ってあの世には行けないが、かような寄進をすることで我が名は永久に残ると考えられたようです。

この書面は、東インド会社のコルカタにある海外部門、〝機密〟局で受理されたが、もはやその情報は機密とはとてもいえなかった。老いた獅子が死んだというニュースはすでにイギリスの各紙が報じており、その事実が十分に理解された後、人々の関心は王の遺産へと移っていた。ランジート・シングはあとに何を遺したのか？　一八三九年十月二十日、イギリスの大衆向け週刊紙『エラ』に、いきりたった投書が掲載された。

編集長殿、過去九か月にわたって事実無根といえるニュースの数々が紙面を賑わせてきましたが、パンジャブの獅子はもはやこの世にいないことが、今や正式に確認されました。荒々しい圧制者であり、東インド会社にとってまったく目障りな人間が、その祖先と同じように鬼籍に入ったのです。そして、〝光の山〟ことコ・イ・ヌールのダイヤモンドは、死にゆく圧制者によってジャガンナートの権威者らに寄進され、意識を持たない偶像に飾られるというのです。この世界で知られうる最も高価な宝石が、偶像を崇拝する邪教の、欲得ずくの司祭職の手に託され……

この投書者は自身を「カシミールからの声」と称しており、シク王国宮廷の内部事情に詳しい人間であることは間違いない。インドにはスパイがうようよしていて、この〝声〟が、イギリス政府の回し者なのか、はたまた東インド会社の人間なのか定かではないものの、ひとつ確かなのは、コ・イ・ヌールに少なからずとりつかれており、それがパンジャブの覇権を握る鍵になると信じているらしいことだ。

この機を逃さず、伝説のダイヤモンドを利用せよと〝声〟は同国人をせっついている。「東インド会社は、ラホールで王位を相続する立場にある尊大な〝カラク・シング〟に恭《うやうや》しく具申するべきなのです。この途方もない価値を持つダイヤモンドを世襲財産として継承し、そのまま保持なさいますように、と……逆に、その宝石はジャガンナートのものだという主張を擁護すれば、それを機にカラク・シングと敵対することになり……」

いずれにしても英国はそのダイヤモンドを追って、速やかに皇太子と同盟を結ぶべし、と〝声〟は強く主張する。コ・イ・ヌールが今まさに奪われようとしているとき、カラク・シングの目にイギリスの相続法は魅力的に映るはずだった。その法に従えば、ランジート・シングの死の床でどんな怪しげな約束が交わされようと関係なしに、コ・イ・ヌールは自動的に彼の財産となるのである。「ラホールだけでなく、割譲されたヒンドスタン地方にまで、英国の法を広める必要があると、東インド会社がカラク・シングを説得することができれば、あとのことはすべてうまくいくはずなのです」と投書者は続けている。カラク・シングがまず英国の法律に門戸を開けば、やがて英国の指図にも甘んじるようになる。そうしたなか、時機を狙って英国が占領に出れば、もはや相手は抵抗する力を持たないだろう。なんならジャガンナートの司祭らに圧力をかけて自ら引き下がるよう仕向けることもできると申し出れば、カラク・シングはますます心引かれるはずだった。

司祭らは東インド会社直属の従僕である……なぜかと問うなら、諸君にきこう。ジャガンナートの神像を祀《まつ》る壮大な祭りを執り行うのに必要な道具一式を誰がそろえてくれる？　東インド会社だ！　ジャガンナートの寺院に広大な土地を下賜するのは誰か？　東インド会社だ!!　地方に暮らす半ば飢えた貧しい農民たちを雇い、ラタヤートラの祭りで賑わう忌《い》まわしい町に追い立てて、ジャガンナート像を載せた山車《だし》を引かせるのは誰か？　東インド会社なのである。

今英国は、皇太子に恩を売れる絶好のポジションにある。獅子の息子であり次代の王となるカラク・シングは大酒飲みの弱虫だと投書者は見ており、これもまたイギリスには好都合。弱点のある皇太子からコ・イ・ヌールをもぎとるのは簡単だというのである。もしそれが濃い黄色の衣に身を包んだ盗賊らの手に渡れば、もう永遠にイギリスは手を出すことができない。司祭らはそれを競売にかけ、最高値をつけた者にあっさり売ってしまうだろうと、〝声〟はイギリス国民に警告する。「悪賢いバラモンの司祭らが、亡き王の遺言だからといって、あのコ・イ・ヌールを迷信の偶像を飾り立てるのにつかい、長きにわたって死蔵することに我慢できるだろうか？」と彼は問う。「かつて〝パンジャブの獅子〟のたくましい腕に輝き、カブールの重要性と威厳を高めていた宝石は、無価値のガラス玉と取り替えられ、ヒンドゥー教徒の信じやすさと迷信深さを示すみじめな証拠品となるであろう……」

この投書にはインド人をばかにした表現があちこちにちりばめられているものの、その評価の一部は事実正しかった。カラク・シングは支配者としては無力な、貪欲を絵に描いたような人物で、宮廷の貴族からさえ愚か者と見なされていた。しょっちゅう酔っ払い、国事よりも、もっぱらワインや女人に興味を示し、大量のアヘンを吸入して、王室の相談役と過ごす時間は無きに等しい。このような男に仕えていては先行きが暗いと、廷臣らが思うのも無理はない。ラホールの内情を知る者たちにとって、〝ある声〟の提示した計画は、あり得ないことではなかったのだ。しかしながらこれのみならず、いかなる計画も、イギリスが実行に移す機会は訪れなかった。『エラ』紙にこの投書が掲載される数週間前に、コ・イ・ヌールの運命は早くも決まっていた――シク王国の宮廷に仕える、ひとりの従者によって。

トシャカーナの主任であるミスル・ベリ・ラムは何十年にもわたって王の宝庫を管理してきた。ラホール中を捜しても、彼以上に信用され敬意を集めた男はいなかった。その父親も息子の前に宝庫の管理を任されていたし、四人の兄はみな陸軍の高位に就いている。これほど王に献身した一家はなかなかない。

王国でコ・イ・ヌールを扱うのを許されたのは、ランジート・シングを除いてベリ・ラムだけだった。真珠で飾った長い房のついたダイヤの飾り台を意のままに操る彼は、コ・イ・ヌールをまるで生きた危険な猛禽《もうきん》のように扱っていた。王が国の遠い果てに赴く際には、大変な気のつかいようで、なんの変哲もない小箱にコ・イ・ヌールを入れたのち、それとまったく同じ小箱ふたつに、それぞれコ・イ・ヌールのレプリカをひとつずつ入れた。これらの箱を、厳重な警備のもとにランジート・シングの隊列が運ぶのだが、どのラクダが本物のダイヤを運んでいるのか、それを知るのはベリ・ラムだけだった。夜間に野営をする場合、三つの小箱はベリ・ラムの寝台に鎖でつながれる。厳重な警備の輪を突破して外から彼の天幕に盗賊が侵入した場合でも、本物のダイヤを奪うために三つの小箱すべての鎖を切って開けてみなければならない。実際にはそのような事態にはならなかったものの、王のダイヤモンドに手を伸ばす前に、盗賊の首はベリ・ラムの手で掻き切られていただろう。

これほどまでに王に献身したのが仇《あだ》となって、愚かにもベリ・ラムは王国随一の権力者である危険人物を敵に回してしまった。パンジャブの高官で、宰相を務めるディアン・シングである。この宰相が、大事な訪問者らを迎えるにあたり、箔《はく》をつけようと、王の宝玉を一揃い貸してほしいとベリ・ラムに頼んだことがあった。さすがの宰相も、そこにコ・イ・ヌールをふくめてほしいという厚かましい依頼はしなかった。それでもベリ・ラムは、まず王の許可を書面にしたものを提出してほしいといって、依頼をはねつけたのだった。ディアン・シングはひとまず怒りを治めたものの、これを決して忘れなかった。四年後、ランジート・シングが崩御すると、あのときの恨みを晴らさんとばかりに、ベリ・ラムと彼の兄らを自分の馬小屋に監禁。家畜のように鎖につないで何日も飲まず食わずで飢えさせ、拷問にも飽きてきたところで、ひとりずつ首を絞めて殺した。

しかしコ・イ・ヌールをどうにかしろと、〝ある声〟が同国人をあおり立てた一八三九年においては、ベリ・ラムは権力の頂点に立っていた。主人である王は死んだものの、仕事への義務感はたくましく生きており、ジャガンナート寺院とダイヤモンドとの間に立ちはだかった。ある意味で王を裏切ることになるのだが、ランジート・シングの遺言どおりに事を進めることはしなかったのだ。ジャガンナートの司祭らの罵声を耳に聞きながら、ベリ・ラムはコ・イ・ヌールを金庫に隠し、オリッサに送ることを拒んだ。宝石を私物化して王を侮辱したと責められることはわかっていたが、ベリ・ラムは古代から伝わるチャクラヴァルティン（インド哲学で理想的な支配者の意味）の道徳規準を強く信じており、それを根拠に、廷臣や司祭はもちろん、神にさえ抵抗したのだった。マウリヤ朝（BC三二一―BC一八五）の時代までさかのぼるチャクラヴァルティンには、王の規範が書かれており、君主は慈愛をもって国を支配するものとされている。マキャベリが彼流の帝王学をイタリアの王子たちに開陳する数百年前に、チャンドラグプタ・マウリヤというインドの皇帝が自身のチャクラヴァルティン哲学を述べており、それによると大切なのは王冠であって、王ではないという。

ベリ・ラムは、チャクラヴァルティンの定めに照らして、コ・イ・ヌールは国家の宝石、すなわち権力の象徴であって、パンジャブの獅子あるいは、その後継者として選ばれた息子、どちらの私有財産でもないと考えていた。それゆえ、ジャガンナートに遺贈するというのは良心が許さなかった。コ・イ・ヌールはパンジャブに属するもので、パンジャブの地に存在して、誰であろうと次の王の上腕に飾られるものだと考えていたのだ。その考えは皇太子であるカラク・シングには都合がよかったが、宰相のディアン・シングもまた、自分たちの願いを明白に表明していた。コ・イ・ヌールはどんな場合でもラホールを去るべきなのだと。

三十七歳のカラク・シングは、王ランジート・シングの、八人の息子のうち最年長だが、能力的には最下位といっていい。医師ヨハン・マルティン・ホーニヒベルガーは父親のランジート・シング以上に、このカラク・シングを軽蔑し、彼が戴冠《たいかん》した一八三九年九月一日を暗黒の日と記している。「カラク・シングがグッディ［王位］に就いたが、この男はでくのぼうである上に、父親以上にアヘンに淫している。日に二回、頭を吹っ飛ばして夢境に遊び、それ以外の時間もひたすらぼうっと過ごしている」

戴冠式まではまだ間があったが、一八三九年六月に父親の葬儀が行われたあとは、王の位《くらい》に就いて権力の甘い汁をむさぼっていた。贅沢な宴を催してひたすら飲み続け、宰相（厳しいディアン・シング）を無視し、王国の中枢である高官たちのほとんどを敵に回した。敬虔《けいけん》なカールサ教団も、新王の正道をはずれた行動を蔑《さげす》むようになり、それはもはや彼らだけにとどまらなかった。ドラッグや酒や踊り子たちに溺れる以上に、国事にまったく集中できない彼に、将軍や相談役らも愛想を尽かし、結果、王位に就いてからわずか四か月のうちに、カラク・シングの暗殺計画が企《くわだ》てられるのである。

サフィーダ・カスカリー（鉛白）とラス・カンフォー（水銀の合成物）が王の日々食する料理やワインのなかに仕こまれた。最初その毒は、酔っ払ったような症状を引き起こすのみだったが、だんだんに言葉の発音が不明瞭になり、手足がうまく動かない時間が増えてくる。やがて目が見えなくなったかと思うと、謎のかゆみが全身を容赦なく襲い、数週間のうちに関節に焼けるような痛みが走って、ところかまわず皮膚が破けて血が流れるようになった。毒が入って六か月もすると、臓器が次々と機能を停止し、とうとう寝台から出ることができなくなって、横になったまま四六時中苦しみ、死を待つばかりとなった。

ゆるやかな殺人はゴールまで十一か月に及び、その間カラク・シングの十八歳の息子、ナウ・ニハール・シングが都に呼びもどされた。ハンサムな若い青年で、兵士としても勇敢なナウ・ニハールには宮廷政治の経験はほとんどなく、父が政務を行えないので強制的にラホールに呼ばれ、宰相の指示の下、自らの名で政務を行った。証拠はまったくないものの、この宰相ディアン・シングが毒殺計画の黒幕であると、大方の者は信じていた。

ナウ・ニハールもまた、父の殺害計画に一枚嚙んでいたといううわさはなかったが、父に対してはずいぶんと冷淡だった。今も生にしがみついているカラク・シングは、息子に会いたいと毎日懇願したが、ホーニヒベルガーがそっけなく書いているように、ナウ・ニハールはめったに父のもとを訪れなかった。一八四〇年十一月五日にカラク・シングがとうとう息を引き取ったのは、いわば神の思し召《おぼしめ》しだったと思える末期《まつご》だった。正式な告知では、突然襲った謎の病気が死の原因とされて、数か月にわたって苦しんだことにはまったく触れられなかった。ホーニヒベルガーの目には、誰も王の死を悲しまず、死の原因に疑問を呈す向きもいないように見えた。

ここで再び外国人医師は、パンジャブの国葬を間近で見ることになった。回想録のなかでは、「王の三人の妻も一緒に焼かれる、この見るも哀れなおぞましい儀式にわたしも参列した……」とあっさり触れられている。その日は奴隷の娘十一人も一緒に焼かれたのだが、ホーニヒベルガーはおそらくもうサティの儀式には慣れっこになっていて、わざわざ書かなかったのかもしれない。

カラク・シングが父親の火葬薪に火をつけたように、ナウ・ニハールもまたカラク・シングの最後の儀式で点火役を務めた。父親とは対照的に、その姿はどこから見ても立派な王にふさわしい。ナウ・ニハールは廷臣にも庶民にも人気があり、父が〝病気〟の間、生まれながらの君主というべき素質を発揮していた。わずか十八歳でありながら年齢を超える成熟ぶりで、長いこと指導者を待ち望んでいた人々にとって、ナウ・ニハールこそ、コ・イ・ヌールを身につける価値のある人間だった。

火葬が終わると、「国の習慣に従って沐浴《もくよく》をする」ため、皇太子は廷臣を引き連れてラヴィ川へ向かう。本来ならそれにも参加するべき医師は、この機に乗じて誰にも気づかれないよう家に帰った。パンジャブの「おぞましい」儀式にはもう十分耐えたと思ったし、注意して見てやらなくてはならない患者がひとりいた。しかし、もどってようやく診察をしようとしたところで、少年の従者がひどく興奮した様子で宮殿からやってきた。すでにナウ・ニハールの一行は川を出て、ハズリ・バグを通って宮殿へもどっていた。ハズリ・バグは一八一八年にランジート・シングがコ・イ・ヌールを迎えたことを祝って建設した落ち着いた庭園だ。その門は手のこんだ巨大な構造物になっていて、そこを皇太子一行が通ったとき、なぜかアーチ道から大きな石のブロックが落ちてきた。ブロックはナウ・ニハールと連れのふたりの上に落ち、連れのひとりは即死だった。ナウ・ニハールはありがたいことに重傷を免れ、少年の従者によると、ほとんど無傷で助かったという。

ホーニヒベルガーは薬箱をつかんで宮廷へ駆けつけた。軽傷を負って震えているであろう若き王の手当をしてやるつもりだった。ところが彼を迎えたのは、顔面蒼白になった貴族たちだった。宰相のディアン・シングが手招きをして彼を皇太子のもとへ案内する。

宰相はわたしをある天幕へ連れていった。そこに皇太子がいる。宰相は力強い口調で、今回のことは絶対に他言無用だとわたしにいった。皇太子は寝台に寝ていたが、頭が恐ろしいほどつぶれていて、回復の見こみはとてもなかった。誰にもきかれないよう、そのことを宰相に小声でそっと耳打ちした。「医術の力では、不運な皇太子を救うことはできません」

ナウ・ニハールの〝事故〟が起きた状況はまったく不透明で、目撃者の報告も人によって大きく異なった。落ちてきた石のブロックで即死したのは宰相の甥であり、少年の従者の話によると宰相は、自分の甥と同じようにナウ・ニハールもハズリ・バグで重傷を負ったと断言している。ランジート・シングの軍隊で傭兵から砲兵隊の大佐に出世したアメリカ人、アレクサンダー・ガードナーは、それとはまったく異なる話をしている。ガードナーはブロックが落ちてきたとき、皇太子のわずか数歩後ろにいて、怪我した彼を担架に乗せて、部下の兵士たちに宮殿へ運ばせた。ガードナーの話では、ナウ・ニハールは意識もはっきりしていて、自分の足で歩いて帰れるほどで、ただ水を求めたという。そこをガードナーが大事を取って、担架で宮殿の寝台まで運んでいかせたのだった。

それからわずか後に、ホーニヒベルガーが目にした新王は、歩くことはもちろん、しゃべることさえできなかった。ナウ・ニハールの頭蓋は陥没し、敷布は血と脳の組織にまみれていた。あまりに重傷で、それから数時間後に息を引き取ったが、皇太子死亡の事実は、それから三日間、民には伏せて置かれた。火葬薪用に密かに白檀が集められ、廷臣らは空席となったガディ、すなわち王座を埋めようと躍起になり、舵を失ったパンジャブは恐慌状態に陥る。

三日後、〝異常事件〟の知らせがとうとう公《おおやけ》にされ、そこにガードナーが事後の詳しい報告を加えて人々の憶測をあおった。ナウ・ニハールを寝台に運んだ砲兵隊の兵士五人のうち、ふたりが謎の状況で死亡し、ふたりは休暇をもらって二度ともどらず、ひとりはどういうわけか、あっさり消えたというのである。ナウ・ニハールもまた、父親と同じように、内密に行われた国王殺しの被害者になったようだった。

二年のうちに三度目となる王の葬儀がパンジャブで準備されるなか、人々の意識はコ・イ・ヌールに向いた。それをめぐる陰惨な歴史に、コ・イ・ヌールこそ伝説に謳われる神々の宝石スヤマンタカであるという思いこみが合わさって、インド人はつねに、コ・イ・ヌールを邪悪な力と結びつけて考えてきた。古代ヒンドゥー教の経典によれば、賞賛に値しない人間が保持すれば、その宝石は不運をもたらすという。コ・イ・ヌールは偉大なる獅子には目をつぶったものの、それより劣る後継者はひとりずつ倒す心づもりのようだった。

一八四〇年十一月九日、ナウ・ニハールは火葬され、十代の妻ふたりが彼とともに火に巻かれた。最年長の妻は妊娠初期にあったので命を助けられ、もうひとり若い娘を、ナウ・ニハールの叔父シェール・シングが仲に入って助けた。ホーニヒベルガーがこのときのことを記している。「ふたりの若い夫人が彼［ナウ・ニハール］とともに炎の犠牲となった。十二歳の妻は引き留められた……この子は未熟で、サティの儀式にはそぐわないといって……」

少女を救ったシェール・シングは、カラク・シングの異母兄弟だった。恰幅のよい身体と漆《しっ》黒《こく》のあごひげが人目を引く、目つきの鋭い男で、少女を火葬薪から引き離すだけの権威はあっても、王座も、コ・イ・ヌールも、自分のものだと主張できる立場にはなかった。それでも今、若き甥ナウ・ニハールが焼かれるのを見ながら、シェール・シングも少しは溜飲《りゅういん》が下がったことだろう。

第七章　少年王

　シェール・シングは、ランジート・シングの次男として一八〇七年に誕生した。今は亡きカラク・シングより五年あとに生まれ、双子の兄弟ターラーとはわずか数分しか違わないが、この双子の兄弟と、パンジャブの王座との間には、深い溝が口をあけている。母親のマハラニ・メタブは四歳のときに、まだ六歳でしかなかったランジート・シングと婚約。メタブという名がペルシャ語で〝月の光〟を意味するとおり、その透き通るような白い肌が人目を引く女児だった。それとは対照的に見栄えのしない痩せこけた少年のランジート・シングは、このときすでに疱瘡《ほうそう》で片目を失っている。このまったく不釣り合いなふたりが一七九六年に結婚した。

　結婚生活はうまくいかなかった。メタブ・カウラは裕福な両親の下に生まれた誇り高い女性であるのに、夫のランジート・シングは妻にほとんど目もくれず、誰もが認めるパンジャブの王者となるために結婚生活の十年を戦いに費やしてきた。しかも彼の隻眼《せきがん》が見つめる先はあちらこちらへ移ろって、愛人を次々とつくる始末。自尊心を傷つけられたメタブは、都から北東へ進むこと六十マイルの、バタラにある母親の実家へ帰ってしまう。その後もランジート・シングは義母の家にメタブを訪ねたものの、ふたりはもうどう見ても夫婦としては破綻していた。

それから数年の間にランジート・シングは新たな女性数名を妻に迎え、美女ばかりを集めた大規模なハーレムを維持する。やがて別の妻ダタール・カウラとの間にもうけたカラク・シングが生まれると、メタブの母親は、娘に王との和解をせっついた。この新生児は宮廷におけるメタブの地位を脅《おびや》かすもので、メタブ一家の命運はひとえに王の愛顧にかかっていた。

その甲斐あってか、一八〇三年にメタブはイシャル・シングを産んだ。しかしこの男児は最初の誕生日を迎えてまもなく死亡。心痛に狂わんばかりの娘に、母親はまた王を誘惑するよう背中を押す。しかしこの頃はそれも難しくなっていた。今やランジート・シングはモーランという踊り子に夢中になって、それ以外の女は眼中になかったのだ。それでも長い三年を経て、ようやくメタブは妊娠し、双子の男児、シェール・シングとターラー・シングを出産する。二重の吉事にバタラは喜びに沸き返るものの、お祝い気分はすぐに冷めた。

意地の悪いうわさが赤子の産声《うぶごえ》をかき消したのだ。じつはメタブは女児を出産したものの、王位には就けないからと、こっそりよそへやったというのだ。代わりに庶民の子どもふたりを自分の子に据えたのだが、ひとりは織工の子、もうひとりは大工の子だという。真偽のほどは定かではないが、ランジート・シングはこの双子の男児ふたりを嫡出子《ちゃくしゅつし》とは認めなかった。それでいて縁を切ることもしない。かくしてパンジャブの王子として育ちながら、ランジート・シングから無言の非難を受けたシェール・シングとその兄弟は永遠に王になることは叶わず、欲しいものが何でも手に入る環境にいながら、父には見向きもされない恥辱《ちじょく》のなかで成長していったのだった。

ナウ・ニハールの突然の死によって、宮廷はふたつに分裂した。シェール・シングこそ正統なる後継者であると宣言する一派と、ナウ・ニハールの母親であり、カラク・シングの妻である、マハラニ・チャンド・カウラに味方する一派である。後者はナウ・ニハールの妊娠した妻が息子を出産するまで、皇太后のチャンド・カウラが王位に就くことを期待した。しかし六か月後に生まれた男児は死産で、母親は悲しみに打ちのめされ、ラホールは恐慌状態に陥った。チャンド・カウラは都の門を封鎖するよう命じた。こちらが悲嘆に暮れている間に、これ幸いとばかりにシェール・シングが大胆な行動に出るだろうと気づいたのだ。これまでは嫡出子ではないといわれ、生き残った最年長の男であるにもかかわらず王位に就くことは叶わなかった。しかし正統の血が途絶えた今、彼の出世を邪魔する者はいない。しかもシェール・シングは、準備万端整った軍隊をいつでも動かすことができる。切羽詰まった皇太后はラホールの貴族らに呼びかけて緊急会議を開き、シク王国の支配者として自分を支えてくれるよう懇願する。しかし時はすでに遅かった。今後の出方について貴族たちが討論している間に、シェール・シングは行動を起こしていた。

死産の知らせが届くと同時に、彼はバタラの屋敷を出た。七万強の軍隊がシェール・シングを先頭に進軍し、城塞の門が封鎖されていると知るとラホールを包囲した。五日にわたって、バタラの軍は近隣の市場を猛烈な勢いで略奪し、人々を恐怖に陥れながら、日々、その圧倒的な規模の軍勢を印象づけた。もはやこれまでと絶望した貴族たちは、チャンド・カウラに城門を開けるよう圧力をかけた。チャンド・カウラは城門を開けるのと引き換えに、寛大な和解条件と、自身と悲嘆に暮れる嫁を宮殿から安全に脱出させる保証を取りつけた。

一八四一年一月十八日、コ・イ・ヌールを腕につけ、シェール・シングはパンジャブの王として即位した。誰もが認める王者として黄金の王座にすわりながら、シェール・シングは、チャンド・カウラが生きている限り、最大の脅威であり続けることに気づいていたのだろう。

一八四二年六月十一日、チャンド・カウラが自宅の御殿で血だまりのなかで死んでいるのが見つかった。息子のナウ・ニハールと同様に皇太后の頭蓋もつぶされていた。しかし今回はその死因に謎はまったくない。皇太后の髪をすいていた侍女らが、レンガで打ち据えて殺したのだった。現場から逃げようとしたところを、侍女たちは門番に見つかって捕らえられ、シェール・シングの宮殿へと引きずられていき、そこで審判を待つことになったが、その間ずっと無実を訴えていた。

シェール・シングはこのとき狩猟の旅に出ていて、共謀の疑いはまったくかからなかった。それで宰相のディアン・シングが侍女たちを罰することになり、鼻と耳をそいで、両手を切り落とし、ぞんぶんに血を流した上で、まだ息のあるうちに町なかに遺棄せよと命令を出した。なんなら舌ももぎとってしまうべきではなかったかと、ホーニヒベルガー医師が書いている。というのも、ラホールを去りながら侍女たちは、自分たちは王の命令に従っただけだと叫んでいたからである。

これで自分の地位は安泰と思ったかもしれないが、シェール・シングの在位もそう長くはなかった。一年後の一八四三年九月十五日、王が自分の狩猟小屋に行くと、そこでふたりの信頼する男が待っていた。いとこの、アジト・シング・サンドハンヴァリアとレナ・シングの兄弟だ。シェール・シングが武器類に目がないのを知っていて、ふたりは彼に新型の〝二連発式猟銃〟を見せにきたのだった。その銃口がシェール・シングの胸に向けられているとき、銃が暴発した。ふたりは事故だったといいはったものの、なぜ二発目が彼の顔に向かって暴発したのか、またシェール・シングの愛息も「サーベルで切り刻まれて」死んでパドハニア庭園で見つかったのはなぜなのかについては、ほとんど説明がつかなかった。三人の王の下で生きのびた、策略に長《た》けた宰相ディアン・シングもまた、それからまもなく殺された。

　ランジート・シングの死から四年のうちに、パンジャブは三人の王と、ふたりの皇太子と、皇太后ひとりと、無数の貴族を失った。一八四三年十二月の時点で最後に残ったのは、あどけない目をした小さな子どもで、その名をドゥリープ・シングといった。何がなんでも統一国家としての象徴が欲しいと願い、廷臣らは全員一致でランジート・シングの五歳の息子を君主に仕立てたのである。

　一八三八年九月八日に生まれたドゥリープ・シングは父の顔を知らない。一歳になるかならないかのうちにランジート・シングが死に、父の葬儀の前に、ラホールからこっそり連れ去られていた。後継者争いの嵐が近づいていると察知して、母親のラニ・ジンダンが赤ん坊をジャムに移していたのだ。都から遠い場所に身を潜めていれば、暗殺者の魔手から逃れられると思ったらしい。今考えてみれば、ジンダンのような保護者を持ったのは幼い王子にとって幸いなことだった。高貴な血統の生まれではないが、それを補ってあまりある強靭《きょうじん》な生存本能が、このジンダンには備わっていたのである。

一八一七年に生まれたジンダンは、獰猛《どうもう》な猟犬に囲まれて育った。父親のマンナ・シング・オーラクは犬の飼育係としてランジート・シングの猟犬を管理しており、ジンダンが思春期にさしかかるのとほぼ同時に、まだ幼い娘を獅子の前に差しだした。策略に長けた野心家のオーラクは老齢にさしかかった王に、この子を妻にすれば、きっと王の股間に再び炎が燃え上がるでしょうと甘言《かんげん》をつかい、結婚を勧めたのである。一八三五年、ランジート・シングはとうとうそれに屈して、十八歳のジンダンを十七番目の妻に迎えた。

ジンダンは、卵形の顔に、鷲鼻《わしばな》と、強い光を放つ大きなアーモンド形の目が印象的な美しい娘で、その物腰は踊り子のように優雅だったといわれている。生まれながらの官能性が、対した相手からことごとく落ち着きを奪い、信奉者と同じくらい多く、誹謗者《ひぼうしゃ》をつくった。それとは対照的に、その頃のランジート・シングには、戦争と国政の重圧に耐えてきた長年のつけが回っていた。長い髪と胸まで届くあごひげは雪のように白く、風雨にさらされたあばただらけの顔はなめし革そのもので、深いしわが刻まれている。そんな右半身が麻痺した夫と、美しい妻が立ち並べば、これ以上不釣り合いな夫婦はいなかった。そんなわけで、二年後にジンダンが妊娠すると、待っていましたとばかりに宮廷に悪いうわさが広がった。

まだ揺りかごにいるときから、シェール・シングの評判が地に落とされたのと同様に、生まれた瞬間から、赤ん坊に関する疑惑がささやかれた。老衰した見苦しい王が、あの年でどうして子どもなどつくれよう？　ジンダンは使用人の誰かと同衾《どうきん》したに違いない。疑惑の矛先《ほこさき》はひとりの水くみに向けられた。見目麗《うるわ》しい若者で、卑《いや》しい生まれの妃と見つめ合っているところをしばしば目撃されていた。なるほど、いわれてみればあの赤ん坊は、獅子の種から生まれたにしては、あまりに華奢《きゃしゃ》で美しすぎるのではないか？

意外なことに、ここでランジート・シングは自ら民衆に向かってきっぱりと、ドゥリープ・シングは嫡出子であると宣言。ジンダンにまつわる不適切なうわさをだまらせた。そうすることで、妻を寝取られた、だまされやすい男というイメージを払拭《ふっしょく》するとともに、自身にはまだ生殖能力があると示したのである。宮廷はしぶしぶ、ジンダンと赤ん坊のために席をあけたが、いずれこの赤ん坊が自分たちの王になり、ジンダンがパンジャブの王座にすわるなどとはよもや思いもしなかった。

五歳のドゥリープ・シングがパンジャブの王として即位した一八四三年九月十八日、宮廷の貴族は自分たちの指図に従う傀儡《かいらい》を王に据えたものと思っていた。しかし無教育で、後ろ盾になる貴族の係累《けいるい》もいない二十六歳のジンダンには別の計画があった。犬の飼育係の娘は、奥まった婦人部屋の几帳《きちょう》のうちを出て、自分が息子の名においてパンジャブを統治すると宣言し、宮廷をあっといわせたのである。

ぷっくりした柔らかな腕にコ・イ・ヌールをしばりつけたドゥリープを膝の上にすわらせて、

ジンダンはインド屈指の強力な帝国を支配することになった。その決断に憤慨する声は、ジンダンが実の兄ジャワハル・シングを新宰相に据えたことで、なおいっそう大きくなった。その兄というのが、パンジャブ広しといえど、これほど忌《い》み嫌われる人物も珍しいという、鉄面皮《てつめんぴ》に粗暴の鎧を着てこの世を渡ってきた男だった。ここに来て自分に転がりこんできた富と地位は、ひとえに妹頼みであることをわきまえているジャワハルは、宰相になるや否や、ジンダンの権威に刃向かう者をつぶしにかかった。

数々の悪巧みに、しばらくは周りも耐えていた。しかし一八四五年九月十一日、甥っ子の治世もちょうど二年目に入ったところで、とうとうジャワハルはやりすぎてしまった。その頃、ドゥリープの腹違いの兄弟で、ランジート・シングのまだ生き残っていた子息のひとり、ペシャーワラ・シング・カンワル王子が不穏な動きを見せはじめていた。二十三歳の王子はドゥリープのように立派な嫡出子であるとのお墨つきをもらってはいなかった。それでも同じ立場にある義兄のシェール・シングが、非嫡出子という身分をものともせずに王座に就いたのを見ていたものだから、自分もまた権力の座に就けると思うようになっていた。王座をめぐってドゥリープと正面切って対決しようと、ペシャーワラは自身の軍を組織。しかしシェール・シングとは違って彼の軍隊は、ジンダンの、一丸《いちがん》となった王国軍の強い抵抗に遭った。戦場では多勢に無勢で、降伏を余儀なくされたが、降伏の前にペシャーワラはジンダンに取り引きを持ちかける。この身に危害も恥辱も及ぶことなく、残りの寿命をまっとうさせてほしい。それが叶うなら、もう二度とあなたの息子に刃向かうことはしないと。

約束が結ばれて、ペシャーワラ王子は自宅へ送り届けられることになったが、その途上でジンダンの兄ジャワハル・シングが、王子を兵団から引き離し、首を絞めて殺した。これが、高貴な生まれの貴族たちの目には、許されぬラインを越えたものと映った。約束違反であるのはもちろん、王族の血を引く王子の殺害は、カーストを平然と無視する、道義にもとる行為だった。結果、ジンダンの兄は裏切りに対して代償を支払うことになる。九月二十一日、ラホールにもどったジャワハル・シングは、シク教のカールサ団の会議に呼びだされる。カールサ団は、パンジャブの宗教的リーダーで、シク王国の道徳律を支える立場にあって、違反者には一歩も譲らないことで知られていた。

我が身に危険が迫っているとジャワハルは察知したが、重鎮らの呼びだしを無視するわけにもいかない。それで、王のゾウに乗って出かけることにし、自分の正面にドゥリープが来るよう膝の上にしっかりすわらせた。

見よ、このジャワハル・シングは妹とその息子から保護を受けている身なのだぞという、これはカールサ団に対する見せびらかしに他ならなかった。ジャワハル・シングを攻撃することは、自らの王を攻撃するのと同じこと。自分は万全に守られていると安心したジャワハルは、小さな甥っ子にしがみつきながら、会議の場所へ向かった。しかし彼は敵の怒りを甘く見ていた。カールサ団と、あたりに散らばっていた近衛兵たちはすぐさまゾウを囲み、脅えてすすり泣く甥をジャワハルの手から乱暴に奪った。これで王を傷つける心配はないと安心したところで、カールサ団はジャワハルに襲いかかり、宝飾で飾った輿《こし》から彼を突き落として土の地面に転がした。倒れ伏して命乞いするジャワハルを、カールサ団はめった斬りにして殺した。ドゥリープは兵士たちの手で危険が及ばぬよう守られてはいたが、伯父の生温かい返り血を浴び、伯父を切りつける残酷な一刀一刀をことごとく目《ま》の当たりにした。脳裏に焼きついたその場面は終生忘れられぬものとなる。宮廷の廷臣らに無理矢理兄の最期を見せられた母の悲鳴に、自分の悲鳴が重なる。事が終わると、宰相を殺した者たちは、泣いている子どもの前で頭を下げ、あなた様への怒りは微塵《みじん》もありません、我々はこれから死ぬまで王に忠誠を尽くしますといった。

ジンダンは悲しみと恐怖に溺れたかに見え、これで邪悪な兄ともども妹も厄介払いができると貴族たちは安心した。ところがジンダンが宮殿内の大奥であるゼナナに引きこもったのはつかのまで、ものの数週間もしないうちに、周囲の期待に反して部屋から姿を現し、摂政として再び義務の遂行にあたるのだった。荒れ狂う感情を胸の奥深くに押しとどめて、ジンダンは何食わぬ顔で謁見室《えっけんしつ》にすわり、自分の兄と、最も強力な味方をいちどきに殺すことを目論《もくろ》んだ男たちに囲まれた。そして、このドラマが展開する現場から何百マイルも離れたところから、興味津々で事の行方を見守っていたのが、イギリスの東インド会社だった。

一八四〇年代に入ると、イギリスは地政学的な観点から見てインドを自由に操れる立場にあることが明白になってきた。貿易と征服を通じて、インド南東部のマドラスから、シク王国の北、天然の国境であるサトレジ川に至るまで領土を急速に拡大してきたのだ。ランジート・シングの強力な軍隊はすでに領土拡大をやめていたが、彼の死と、その後数年続いた動乱によりパンジャブの防備は極めて弱体化していた。

一八四三年、ドゥリープ・シングが即位したまさにその年、東インド会社の騎兵隊がサトレジ川の南に集結しだした。イギリスのインド駐在官らは、表向きジンダンに近づいて支援の手を差し伸べながら、その裏で、摂政を倒すのに力を貸しましょうと、宮廷で一番力を持つ人間たちに予備交渉を行っていた。ラニ・ジンダンとドゥリープ・シングは野心に満ちたしたたかな男たちに囲まれたわけだが、なかでも最も高位の人間が、驚くほどあっさりと敵に与《くみ》していた。

ドゥリープの伯父ジャワハルが殺害されて三か月後、ジンダンとカールサ団との間にいまだ蟠《わだかま》りがくすぶるなか、イギリスが行動に出た。はるばる西ベンガルから兵を動員し、サトレジ川近辺で野営する比較的小さな集団を軍隊にまとめあげたのである。この露骨な軍隊集結をシク王国は侵犯行為と解釈し、一八四五年十二月十一日、侵犯したイギリス軍を押しもどすために、シク王国の騎兵隊がサトレジ川の南へ渡った。二日後、自身の領地を侵されたとして、イギリスの総督サー・ヘンリー・ハーディングが宣戦を布告する。

イギリス対シク王国初の戦闘が激しく続くなか、ドゥリープもジンダンも、宮廷で強権を握る人間がすでに自分たちを裏切っていることを知らなかった。殺されたジャワハル・シング宰相の後釜にすわったラール・シングが、自国の砲兵隊の配置をイギリスのスパイに暴露し、戦闘に投入される兵の数と戦略を明かしていたのである。さらにシク王国軍の司令官テージ・シングがそれを上回るひどい裏切りに出ていた。一八四五年の十二月二十一日から二十二日にかけて争われたフェロゼシャーの戦闘は、イギリス軍にとってこれまでにない激しい戦いとなり、甚大な被害を出した。弾薬と食料は底を突き、総督のハーディングは前線で身動きが取れなくなった。切れ目なく続く銃砲の攻撃に四六時中さらされて、日が沈んでも兵士はまったく休息が取れない。シク王国軍は「恐ろしい連続砲撃」で彼の陣地を攻撃し続け、暮れゆく空が砲火に明るく照らされた。曙《あけぼの》を迎えるまでの長い時間を、ハーディングは「恐怖の夜」と表現している。今にも敵軍が陣地に攻めこんでくるというとき、彼は政府関係書類を焼却することを命じた。負けることが確実となったときに行う鉄則だった。それから一番貴重な私物である、かつてナポレオン・ボナパルトが所有していた剣を副官に贈呈した。

今こそシク軍が決定的なダメージを与える好機であるはずが、司令官テージ・シングは攻撃には出ずに退却を命じた。敵を側面から包囲しようと思ったのだと後に弁明しているが、これは明らかに自軍の兵士と王への裏切り行為であると大方の者は見なした。テージ・シングの命じた破滅的な退却命令のおかげで、集結の時間をたっぷり与えられたイギリスの援軍はシク王国軍を徹底的に粉砕するのである。

フェロゼシャーで大敗を喫してまだ二か月も経たない一八四六年二月十日、気がつけばシク王国軍は、編制も新たに重装備で集結したイギリス軍によって、苦境に立たされていた。立て直しと再武装のためにシク王国軍の兵士は、ラホールの南東四十マイルにあるソブラーオンだけを残して、ことごとくサトレジ川を渡って撤退した。橋頭堡《きょうとうほ》を守るために唯一残された疲弊《ひへい》した一大隊は、激しい砲火にさらされながら、降伏も退却もしない。兵士の数でも負けて、武器の性能でも絶望的に劣るなか、彼らは一歩も後に引かなかった。弾薬が尽きれば、剣を振りまわして重砲の砲火のなかを突き進み、接近戦に持ちこんでイギリス軍と戦った。この勇猛により、戦いの潮流が変わるかに見えた。しかし、自軍の兵士をこれ以上誇らしく思うときはない、まさにこの瞬間、テージ・シング将軍はまたもや彼らを裏切る。自分が川を渡って安全な北岸にたどり着いたところで、サトレジ川にかかる橋を焼くように命じたのである。身動きの取れない兵士は、これで援軍の望みを完全に絶たれてしまった。イギリス軍と川の間に挟まれて敗北するしかない兵士らを、仲間は川の反対側で見守るしかない。しかし状況は絶望的だとわかっていながら、シク王国軍の兵士はその日、ひとりとして降伏しなかった。奔流《ほんりゅう》を背にして、彼らはイギリス軍の重砲がサトレジ川に沈黙をもたらすまで戦った。シク王国軍の犠牲者はおよそ九千人にのぼったといわれている。

第一次シク戦争として知られるこの戦いでイギリスは天晴《あっぱ》れな勝利を収めたものの、この地域ではまだ数の上で極めて劣勢に立たされているとわかっていた。勝者としてラホールに入った彼らは、自分たちの地位を堅固なものにせねばならず、そのためにドゥリープ・シングの力が必要だった。それでイギリスは巧妙な戦略を思いついた。動揺が広がるラホールで、彼らは王を王座に残すのみならず、王の支配力を保護しようと請け合ったのである。

一八四六年三月九日、まだ子どもに過ぎない王を相手に、イギリス軍はラホール条約にサインをし、自分たちがここにとどまるのは、ドゥリープ・シングが十六歳になるまでだと誓った。ただしそれには条件があり、地方長官として、英国人のインド総督代理をラホールに置くことを王が許し、その総督代理が国事のあらゆる問題について全面的な権限を持つものとする、というのである。ドゥリープが十六歳になれば、自身で国を統治できるようになり、そのときにはイギリス陣営は友人として国を去るものとされた。条約書のインクが乾くまもなく、イギリス軍はラホールに兵士を配置しつつ、これらの法的書類の修正案を作成した。

表向きはイギリス軍が幼い王を守るとされているものの、彼らは王に仕えるのであって、その滞在費はドゥリープ・シングがまかなうよう強制された。つまりは、王が自国に占領軍を潜入させる費用を持つ一方で、総督代理が王国軍の規模を縮小させるよう働くというのである。最初のうち、宮廷では以前と何も変わらないように見えた。貴族たちはこれまで同様の地位を維持することが許されたからである。イギリス人が何をしているのか、その実態を見ぬいていたのは、摂政であるドゥリープ・シングの母、ラニ・ジンダンだけのようだった。

完全に言いなりになっている相談役らに烈火のごとく怒って、ジンダンは腕のバングルを投げつけた。おまえたちは女より弱い、まったく愚か者だ。水面下で併合が進んでいるのがどうしてわからぬ？　イギリスは息子の王国を切り刻み、戦争の賠償として少しずつ売り飛ばそうとしているのだと毒づいたが、周囲は聞く耳を持たなかった。もともとの合意条件を手直しした修正案が息子に押しつけられると、予言を信じてもらえぬギリシャ神話のカッサンドラのように、ジンダンは貴族たちにどうか目を覚ましてほしいと懇願した。我らの王が、我らの目の前で退位を迫られている、これはゆゆしき事態なのだと。条約の第一項と二項では、二国間の友情とドゥリープ・シングの支配権を記しているものの、第三項では、ドゥリープ・シングの要塞の支配権はイギリスに委譲すると書かれていた。第四項と五項では、ドゥリープの国庫を機能不全にする賠償について定められており、第七項と八項では、王の軍備を大幅に縮小し、あらゆる重砲を放棄する旨が書かれていた。反逆者テージ・シング将軍が、カシミール丘陵の麓《ふもと》にある地区、シアールコートのジャーギール（貴族の給与地）を与えられると、ジンダンはもう耐えられなかった。これではその地区から得られる税収がすべて裏切り者の手に渡ってしまい、まるで王室の一員であるかのようにテージ・シングが気取って歩き回るのを許すことになるからだ。こんなふうに息子を貶《おとし》めるやり口を許せるはずもなく、こうなったらラホールの全住民の前でイギリスに公然と反抗し、裏切り者の将軍を辱《はずかし》めるのだと、息子に言い聞かせた。

シアールコートの徴税権が認知されるには、王自身が濃黄色と朱色のしるしをテージ・シングの額につけて祝福しなければならない。ここで屈してしまえば大変なことになると十分わかっているジンダンは、イギリスの相談役らに何をいわれようと、絶対にいいなりになってはならないと息子に命じた。

大勢が参列するラホールの公開儀式で、テージ・シングは王からしるしを賜《たまわ》るべくひざまずいたが、ドゥリープ・シングは断固として染料の入った壺に指を入れなかった。テージ・シングは立つ瀬がなく、イギリス陣営も激怒した。結果、問題の多い摂政の扱いは、新任のインド総督代理、サー・ヘンリー・ローレンスに任された。彼のもとには、ジンダンの「反イギリス」的な行動と「恥ずべき不品行な」行いが殴り書きされた、日増しに苛立《いらだ》ちを募らせる手紙がぞくぞくと送られてきた。ついに基本方針が定められたが、これはジンダンにとって、まったく寝耳に水だった。ジンダンはラホールからも、ドゥリープからも、完全に引き離されることが決まったのである。体裁をよくするために、イギリス側はこれを、倫理に基づく決定だと、もっともらしい理由まででっちあげた。母親を引き離すことで、ドゥリープ・シングは救われる——「彼女の生活全般における素行の悪さと、習い性となった悪巧み。これだけで息子から引き離される理由は十分で……イギリス政府は王の保護者であるゆえ、母親の邪悪な行いが感染せぬよう引き離す権利がある……」

一八四七年十二月、わずか九歳の王はシャリマール・ガーデンに送られた。その間に宮殿から移動させられるジンダンは、泣き叫んで引きずられていきながら、周囲にいるシク王国の人間に目を覚まして戦ってくれと懇願した。しかし誰ひとり援助の労を取らなかった。ジンダンはラホールの砦に十日間幽閉された後、そこから二十五マイル離れたシェーフープラの要塞に移された。独房の閉鎖空間のなかからジンダンは、ひとり息子を返してほしいとイギリスに懇願するのだった。

なぜ公明正大でない手段をつかってわたしの王国を奪うのです？　なぜもっと堂々とやらないのです？……これ以上残酷な仕打ちはありません！……子宮のうちで十月《とつき》の間大事に育てていた息子をわたしから奪うとは……あなた方が信奉する神のために、あなた方に塩を与えてくれる王のために、息子をわたしに返してください。こんなふうに引き離されるのは耐えられません。いっそのこと死んだほうがまだまし……

ジンダンはヘンリー・ローレンスの人間愛に訴えた。

息子はまだ本当に幼いのです。何もできません。王国には見切りをつけました。わたしには必要ありません……なんの反対もいたしません。あなた方のいうことも聞き入れます。息子にはそばにいてやれる人間がいないのです。姉妹も兄弟もいない。伯父はもちろん、年上年下にかかわらず係累がまったくいないのです。父親も失いました。いったい誰があの子の面倒を見ているのでしょう？

これにはローレンスも心穏やかではいられなかった。反乱の恐れがある者を幽閉するのと、子どもを母親から引き離すのは、まったく別のことだった。しかし上司のサー・ヘンリー・ハーディングのほうは、そんなことは露《つゆ》ほども気にしなかった。「この手の手紙が来るのは想定内だ」と彼はローレンスを安心させる。「気の強い女が精一杯しおらしく見せているが、それもこれも、復讐心を満たすためか、あるいは目的を達成するための手段……」

ジンダンがいなくなったので、イギリスは王の名の下に、好き勝手ができるようになった。一八四八年イギリス側は、戦争で疲弊したハーディングの代わりに新総督を任命した。その名はジェイムズ・アンドリュー・ブラウン・ラムジー、すなわちダルハウジー卿だ。彼が総督になったことで、王と王国全体の運命が決まった。

ダルハウジーはシク王宮つきの新総督代理として、サー・フレデリック・カリーを任命した。カリーが最初にやったのは、枯渇したイギリスの国庫を満たすために税を上げることだった。この策は受けがよくなく、パンジャブの中心部から離れた僻地《へきち》は高額の税を求められて大きな打撃を受けた。結果、パンジャブ屈指の歴史ある大都市ムルターンが不満の温床になった。ムルターンの長官、ディワン・ムルラジはいかなるときでもランジート・シングとその係累に忠誠を誓ったと知られており、イギリスとしては、彼の代わりにもっと自分たちを支持する役人を置こうと考えた。それでラホールの宮廷から、一番御《ぎょ》しやすい無名の役人サーダー・カーン・シングをムルターンの長官に任命することにした。

ムルラジは一八四八年四月十八日、ムルターンの町を明け渡すよう命じられた。新長官カーン・シングは、パトリック・ヴァンズ・アグニューという名のイギリスのインド駐在官と、東インド会社のアンダーソン中尉とともに城門に立っていた。最初のうち、長官の交代は平和的に行われると期待されたが、その模様を見物しに来た民衆が怒って暴徒と化したものだから、期待は大きく覆《くつがえ》された。それに続く展開は、あらかじめ仕組まれていたことなのか、それとも誇りを傷つけられたと感じたムルターンの住人の自然な反応なのかは不明だが、とにかく熾《し》烈《れつ》な争いが繰り広げられ、ヴァンズ・アグニューとアンダーソンが暴徒に襲われて、めった斬りにされて死んだのは間違いない。これがイギリスに開戦理由を与え、いずれパンジャブの完全な併合とコ・イ・ヌールの喪失につながる最終決戦の火蓋が、ここに切られたのである。

民衆の暴動は計画的だったといわれて、あっさりムルラジが悪者になった。これで、東インド会社、もっと正確にいえば、ダルハウジー卿が、求めてやまなかった攻撃の標的が見つかったのである。イギリスは宣戦布告し、パンジャブに軍隊を速やかに集結させた。ムルラジは、ドゥリープ・シングと、その味方であるイギリスの打倒を目論む、血に飢えた暴君に仕立てられた。ムルラジを王の敵とすることで、パンジャブの他の地域は傍観を決めこむものとイギリス側は期待していた。ところが、イギリスの策略もさすがにぼろが見えてきて、伝統ある王国軍がムルターンの反乱軍に加わって、紛争は王国じゅうに広がった。

ムルターンに近いバヌーに配属されたイギリスの駐在官ハーバート・エドワーズは、暴徒を退却させるため、パターン族の非正規兵とシク王国の連隊をいくつか送りこんだ。これらが一丸となってムルラジの軍隊と交戦状態に入ったのが一八四八年六月十八日、キネイリの戦いだった。そこでイギリスの総督代理カリーは、ベンガル軍から小さな軍隊を呼びだして、ムルターンの町を包囲攻撃するよう命じた。反乱分子の中心を徹底的につぶそうとしたのである。十一月には東インド会社の軍隊も戦闘に加わった。

チリアンワラの戦闘はこの上なく凄絶なものとなった。一八四九年一月十三日に戦いの火蓋が切られてから、東インド会社は最終的に二千人近い死者を出すことになった。この戦いは、かつてパンジャブを支配していたインド王ポロスが、紀元前三二六年にアレクサンドロス大王に敗北したのと同じ、ムルターンの北東二百五十マイルの地域で争われた。ポロス王の軍同様、敗北という選択肢はないかのようにシク王国軍は戦い、その激しさにイギリス兵の多くが面くらい、現場を目の当たりにした者がこう綴《つづ》っている。「［彼らは］悪魔のように戦い、獰猛な獣《けもの》さながらで……これだけ大規模な兵の一団を見たことはなく、それがみな獅子のように勇敢なのだ……銃剣ですぐさま襲いかかって、立ちすくむ敵を刺し貫き……」

チリアンワラではどちらも領土を得ることなく、ともに勝利を宣言したが、他の戦闘ではもっと明白に勝敗が分かれた。以降パンジャブに集結するイギリス軍と東インド会社の兵が日ごとに増えていった。やがてムルターンは陥落し、あらゆる反乱分子が一掃または降伏を余儀なくされた。一八四九年二月二十一日、グジラートの戦いで勝敗が決した。優れた火力で武装した東インド会社が、最後まで残っていたシク王国軍の兵を敗北させたのだ。

第二次シク戦争は一年近く続いたが、その終わりには、パンジャブにわずかに残っていた王国のインフラはすべて壊滅した。

今回ダルハウジーにはイギリスの征服をゆるぎないものにしたいという思いがあり、彼の命令に従って、東インド会社は引き続き地域一帯に兵士や大砲を投入し続けた。数千人の命が失われたあと、一八四九年三月十二日、寄せ集めの抵抗軍の生き残りが降伏した。ムルラジをはじめ、反乱の首謀者らが駆り集められ、ラホールの地下牢に送られて裁判としかるべき処刑を待つこととなった。

反対する者は死んだか鎖につながれたかで、邪魔者がいなくなった一八四九年三月二十九日、新しい法的な文書がドゥリープ・シングに押しつけられた。これには受ける側が誰も予想しなかった、降伏に関する厳しい条件が記されていた。つい最近国内で起きた戦争にいまだ脅える幼い王は、異国の者たちに取り囲まれた。母親からは引き離され、わずかに顔を並べたパンジャブの貴族もまったく無力か、腐り切っているかで、支えてはもらえない。そんな王にイギリスは、王国と財産と未来とを引き渡すよう迫ってくる。イギリスは味方であって、国内の混乱から王を守れるのは自分たちしかいないといって、完全なる黙従を要求してきたのである。コ・イ・ヌールは要求を列挙したリストのなかでも上位にあり、選択の余地がほとんどないなか、十歳の王はいわれるままに書類にサインし、恐ろしく一方的な条件に合意したのだった。

Ⅰ　ドゥリープ・シング王は自ら退位し、その後継者及び後任者もあらゆる権利、肩書きを放棄し、パンジャブの君主を名乗ることなく、いかなる統治権も主張しないものとする。

Ⅱ　どこで見つかったどのようなものであろうと、国家のあらゆる財産は東インド会社に押収されるものとする。これはラホール政府によってイギリス政府が負った借金と戦争費用の一部に充当される。

Ⅲ　シャー・シュージャ・ウル・ムルクから奪ったコ・イ・ヌールなる宝石は、ラホールの国王からイギリスの女王に譲渡されるものとする。

Ⅳ　ドゥリープ・シング王は、本人及び親戚や国家の役人の生活を援助する年金を、東インド会社から受け取るものとする。その金額は会社のルピー換算で、一年につき四ラーク以上、五ラーク以下とする。

Ⅴ　王は敬意と礼節を持って扱われるものとする。マハーラージャ・ドゥリープ・シング・バハドアーの称号は維持され、イギリス政府への従順を守り、インド総督の指定した場所に居住し続けるという条件で、前項の年金の、自分の割り当て分を生涯受け取るものとする。

この最終的なラホール条約にサインしたことで、今やパンジャブは完全にイギリスの領土となった。コ・イ・ヌールはイギリスの財産であり、ドゥリープ・シングはイギリスの悩みの種となったのである。そのような結末は、ランジート・シングの治世には考えられないことで、大方はインドの新総督が鉄の意志で敢行したことだった。

三十五歳のダルハウジー伯爵は一八四七年にハーディングの後任に収まったとき、インド総督としては史上最年少だった。彼がラホールに来る一年前に書面で交わされた条約では「……イギリス政府とドゥリープ・シング王との間に、恒久の平和と友情」が約束されていた。ここにはまた、ドゥリープが成年に達したとき、イギリスはインドから手を引くという約束もしたためられていた。しかし領土を返還するというのは、領土拡張発展主義のダルハウジーには考えられないことだった。ムルターン陥落後の幼い王への要求は、自分の力が試される最初の仕事であるだけでなく、このような取り決めにサインをした前任者らに、異議申し立てをする好機でもあった。

ダルハウジーはイギリス人魂の最たる部分を見せつけたと、前インド担当長官アーガイル公爵のように彼を評価する者もいた。「ダルハウジー卿のパンジャブ統治ほど成功した例は世界の歴史に類を見ない。最高の徳でもって、民族集団を征服し支配した」しかし、それ以外の人間は、ダルハウジーのやり方は褒められたものではなく、反乱の種を自ら蒔《ま》いたと見なしていた。詩人で歴史家のエドウィン・アーノルドは、第二次シク戦争はダルハウジー自身が引き起こしたとまでいっている。「個人の口喧嘩が国どうしの戦争に発展するまでムルラジを放置するという作戦が功を奏し、ムルターンで暴徒化した六千人が、チリアンワラでは三万人の戦士に膨れ上がった。これは褒められるべきことではない」この言にダルハウジーの支援者はかちんときて、アーガイルのように、表立って彼を擁護する人間が現れた。それに対してアーノルドは次のように述べている。「インドは我々に与えられ、今後も維持していくことになる。統御しながら救済するという高度な仕事であるからして、情を解さぬ人間が性急に事を進めるのではなく、心細やかに協議し、機敏に行動に移されるべきなのである」

一八四九年にドゥリープ・シングが降伏文書にサインしたという知らせが届くと、ダルハウジーは狂喜乱舞した。友人のひとりに宛てた手紙に、「狙っていたウサギを捕まえた」と書いている。領土を併合したのと同じぐらい、コ・イ・ヌールをものにできたことは大きかった。

彼は友人への手紙に意気揚々と書き加えている。「摂政の補佐機関と王は、イギリスの権力に降伏する文書にサインし、コ・イ・ヌールはイギリスの女王に献上されることになった。ラホールの城塞にイギリスの国旗が掲げられ、パンジャブの土地はその隅々までインドにおけるイギリス帝国のものであると宣言されたのである」

得意の気取った文章で、彼は自分の行動に対するイギリス政府の反応を次のように予測している。

もし彼らが承認し認可するなら（正常な思考の持ち主なら当然するだろう）、それは諸《もろ》手《て》をあげてなされるだろう。イギリス政府の一役人が、大英帝国に新たに四百万人の臣民を加え、ムガル帝国の歴史的な宝石を女王の王冠に追加するというのは、そうあることではない。それをわたしはやってのけた。これを歓喜せずにいられようか。

ダイヤモンドとドゥリープ・シングの運命は今や完全にダルハウジーの手のうちにある。幼い王は条約にサインはしたものの、そのときすでにインド総督が、彼をパンジャブから追いだし、慣れ親しんだものたちから遠く引き離そうと心を決めていたことは知るよしもなかった。そこから六百マイル離れたファテガーヒル要塞（現在のウッタルプラデシュにあるファルーカバード地区）に王を追放することに決め、実際にそこで彼を養育する養父母も選んであった。スコットランド人の医師ジョン・スペンサー・ログインと、その妻リーナが、幼い王が成人するまで面倒を見ることになったのである。
ダルハウジー卿は自身で予測したとおり、最終的には侯爵に叙せられ、コ・イ・ヌールはイギリスへ差し向けられることになった。インドは二度とその宝石を見ることは叶わない。パンジャブは王を失った。

ジョン・ログインはインドで最も誠実な男だとイギリス陣営から見なされていた。それだけ篤《あつ》い信任を置かれているがゆえに、インド併合後には、トシャカーナの鍵を託された。宝庫に入って、コ・イ・ヌールをはじめとするシク王国の宝物の目録をつくることになったのだ。財宝の山に囲まれながら、東インド会社のために、各々《おのおの》の特徴、大きさ、推定貨幣価値などを記していく。彼の仕事ぶりを観察しながら、ラホールの弁務官補佐ロバート・R・アダムズは、そこにまったく私心がないのに驚いていた。そうしてログインの妻に、こんな手紙をしたためている。

奥様自身、このトシャカーナに入っていかれ、驚くべき宝物を見ていただけたらどんなにいいでしょう。あふれるばかりに収蔵された金銀財宝の山。なんという量、そしてなんという贅沢さでしょう！　なかでもコ・イ・ヌールはわたしの想像を遙かに超えていました……そして、これらすべてが彼に託されたのです。何がどれだけあるのかを記したリストも、公《おおやけ》の文書もないなか、その整理と値踏みと売却のすべてを彼がやってのける。それもこれも、彼の人柄によるもので、この仕事の適任者はこの者以外にいないと認められたからです。思うに、これほど絶対的な信頼を受けた人間はそうざらにはいないでしょう。

前任のミスル・ベリ・ラム同様、ログインは宝庫における自身の任務を極めて深刻に受けとめ、宝を盗もうという同国人の企《くわだ》てを自ら阻止している。ある晩、遅くまで働いていたところ、宝物を収蔵する部屋のひとつに、イギリス人兵士らがトンネルを掘って忍びこみ、番兵を殴って意識を失わせた後、持てるものをすべて持って逃げた。しかし、コ・イ・ヌールは別室で番兵が命を賭《と》して守っていたので無事だった。これを受けてログインは警鐘を鳴らすのみならず、自ら追跡団を率いて飛びだし、最終的に犯人をつかまえたのである。さらにはイギリス軍兵舎と近所の花壇もしらみつぶしに捜した結果、持ち去られた貨幣もことごとく見つけた。

ログインの献身的な働きに首を傾げる者はほとんどいなかった。というのも、彼とインドの結びつきは、十年以上前にさかのぼり、その頃よりつねに模範的な行動を取ってきたのだった。一八三九年から四二年のアフガン戦争の時代には衛生兵として仕え、その後は、発展していく大英帝国の要職を務めた。信仰の篤い人間で、何をするのでも、その根幹にゆるぎないキリスト教信仰があった。

コ・イ・ヌールを守る役目に任じられたのは栄えあることとログインはわかっていたが、その仕事を嬉しくは思わなかった。自分より前にこれを守っていたミスル・ベリ・ラムとその助手ミスル・マクラージから、コ・イ・ヌールの秘める邪悪な力について、頻繁にささやかれていたからだ。マクラージはトシャカーナを管理するログインの助手としてまだ残っていたが、「自分ひとりが［そのダイヤに対する］責任を負わないでよくなったのが嬉しいと、心から安心した様子」を見せた。そしてコ・イ・ヌールをログインに引き渡すとき、こんなこともいった。「この宝石に関わった者たちの多くが破滅しているのですから、その責任を今後も負い続けたいなどと誰が思うでしょう！」

心のうちではログインもできるだけ早くダイヤモンドが自分の手から離れていくことを望んでおり、可能なら最高値をつけた人間に売ってしまいたかった。彼の計算では、相当な高値がつくと見られ、その売却金があれば、戦争で枯渇したイギリスの国庫が潤《うるお》うばかりでなく、かなりの余剰金も出るはずで、「コ・イ・ヌールを手放したインドの再建」につかうことができると考えていた。

ところがダルハウジーは、貨幣一枚たりとも残すことなく、すべてイギリスへ送るべし、現地の人間のために一ペニーの金もつかってはならぬと明瞭に通達してきたものだから、ログインは心穏やかではなかった。それはキリスト教の教えにある慈愛と公正の精神に反するものであるし、そもそも第二次シク戦争を引き起こしたこと自体、法的あるいは倫理的に許されていいのかという疑問もあった。

〝悪人ムルラジ〟こそ、紛争を引き起こした張本人であるとダルハウジーは決めつけていた。ムルターンの長官は狡猾《こうかつ》で冷酷な戦士で、イギリス打倒のために手段を選ばない。そんな悪辣《あくらつ》な人間に脅かされているならイギリスが交戦するのは当然のことで、大義名分が立つというわけだ。しかしログインは宝庫だけでなく、城塞の地下牢の鍵も持たされていて、その地下牢の独房のひとつにムルラジが鎖でつながれていた。囚人を管理し、裁判の日が決まるまで幽閉しておく仕事もログインに任されていたのだ。

ログインは妻に宛てた手紙で、「ムルラジは血に飢えた反逆者であり、我らが同胞のひとりを殺害したと新聞は報じているだろうが、実際にはとてもそんな人間には見えないと打ち明けている。「むしろ気が弱く臆病で、自分が正しいと思うことができずにいて、周囲の悪玉連中の手のうちで完全に踊らされている感がある。彼にパトリック・ヴァンズ・アグニューを傷つける意図があったとはとても思えない……」

とはいえログインにはいつまでも悩んでいる時間はなかった。トシャカーナの管理を任されている上に、今やドゥリープ・シングについても責任を負わされていたからだ。諸々《もろもろ》準備を進めて、幼い男子が自分たちに懐《なつ》くようにしないといけない。その子にはとにかく優しく接しようと彼は心を決めていた。他人の行いによって罰せられたわけで、幼い子にはなんの罪もないと信じていたのだ。そしてそのように感じていたのはログインばかりではなかった。

ラホール駐在の総督代理サー・ヘンリー・ローレンスは、ラニ・ジンダンの手紙による訴えには無視を決めこんでいたものの、ドゥリープ・シングの苦境には心を痛めていた。そもそも軍事作戦の決行には反対しており、ドゥリープ・シングを王位に就かせたまま相互に利するような同盟を現地の人々と結ぶべきだと考えていた。「総督の裁決［王国を併合するというダルハウジーの裁決」は、寛大な総督代理にとっては心痛の種であり、心のうちで温めていた様々な希望と計画に水を差すものだったことでしょう」と、後にリーナ・ログインが述懐している。イギリスのメディアはそういった心痛とはまったく無縁で、併合のニュースを誇らしげに伝え、苦境に陥った幼い王を自業自得とした。「……［世界最大で最も貴重な］この有名なダイヤモンドはラホールの王の不実によって没収され、今やゴインドガー要塞にてイギリスの銃剣に守られている……」と『デリー・ガゼット』紙は報じている。「数々の素晴らしい戦利品のひとつであるそれは、インドにおける我々の輝かしき武勇のしるしとして、まもなくイギリスに到着するものと期待されている」

ドゥリープ・シングもまた、コ・イ・ヌール同様に、「イギリスの銃剣の下で安全に守られている」として、ダルハウジーはわずかの憐憫《れんびん》も見せなかった。「ビシティ［水運び人］との間にもうけられた子どもとのうわさどおり、こそこそと動き回る男子で、そういう人間がヴィクトリア女王の子息であり得ないのと同様、あのランジート・シングの息子とも、とても思えない……」そうやってドゥリープ・シングを貶め、非嫡出子であるとの疑いをかけたダルハウジーだが、彼自身も、まだ幼い子どもである王の処遇について疑問を投げかけられもした。それに対して彼は、こんな言い訳で受け流している。「広大な領土を持っているとはいえ、まだほんの子どもに過ぎない……個人的にはかわいそうだとは思うものの、大局的に見れば同情には及ばない……」コ・イ・ヌールを失ったところで、ドゥリープ・シングにはほとんどなんの影響もなく、やがて大きくなれば、イギリスが自分のためにしてくれたことに感謝するだろうとダルハウジーはいっている。「彼［ドゥリープ］は、それ［コ・イ・ヌール］のことなど露ほども気にかけないだろう——生涯多額の給付金（しかも非課税だ）が定期的に支払われ、立派な紳士として死ぬことができるのだから。別の状況ならそんなわけにはいかない」

『マイニング・ジャーナル』という無味乾燥な技術刊行物がドゥリープ・シングの苦境をインド総督よりも正確に描写している。「最近ムルターンで起きた戦争と動乱により、ラホール駐在のイギリス軍は、まだ少年の王ドゥリープ・シングを人質として確保することになり、それと同時にコ・イ・ヌールも手に入れた」

今やドゥリープ・シングとコ・イ・ヌールは完全にイギリスのなすがままになったのである。

第八章　イギリスへの道のり

　ドゥリープ・シングの新生活は一八四九年四月に幕を開けた。その日ラホールで初めて、養い親に正式に紹介されたのである。最初の顔合わせは、子ども以上にログインのほうが緊張し、予想を遙かに超えて首尾よくいったことに胸を大きく撫で下ろした。「幼い子はわたしを大変気に入ってくれたようで、事はすらすらと運んだ……神経の細やかな男子で、知性と美貌に恵まれている」

　ログインは妻に宛てた手紙で、十歳のドゥリープを「大変魅力的」で、人を喜ばせるのが好きな男子だと書いている。大きな黒い瞳をカールした長いまつげが縁取り、母親の端整な顔立ちをそのまま受け継いでいる。絵を描くのも本を読むのも好きだが、ペルシャの詩と鷹狩りに見せる並々ならぬ情熱は紛れもない王族のしるしであり、多くの子どもと違って、うちにこもり、ひとり静かに過ごすことを好むのは、別に悲しいのではなく、持ち前の内省的な性格からくるものとログインは見ていた。夫妻はともに、母親とコ・イ・ヌールの話題には触れぬよう大変気をつかった。

　王国を失ってドゥリープが最初に迎えた十一歳の誕生日に、ログインは盛大なパーティを開くことにし、「あの子のために、できるだけたくさんの子どもを集めよう」と考える。その日を可能な限り完璧にするために、ログインはドゥリープの宝庫から「一ラーク相当分の宝石を選んで彼にプレゼントしたい」とイギリス政府に願い出た。

もしまだドゥリープが王国に君臨していたなら、その日を記念して、超一流のエメラルド、ルビー、ダイヤモンド、尖晶石などなど、贅沢な宝石がふんだんに贈呈されたはずだった。それに劣らぬ日にしたいとログインは願うのだが、そのためにはドゥリープから奪い、トシャカーナで自分が目録を作成した宝石のうちから、いくつかを彼に返すしかないのだった。ダルハウジーがこれを許可してくれれば、ドゥリープの誕生日に宝石をプレゼントし、かつての栄光を彷彿《ほうふつ》とさせる立派な姿で人前に登場させてやれる。贈呈された宝石はほんの数週間前には彼のものだったという事実は、誰にも知らせる必要はなかった。

ドゥリープの宝石は今や戦利品なのだと、ダルハウジーは譲らなかったが、それでもその数たるや膨大なもので、インド総督が度量を見せられないこともなかった。ログインは「種々雑多な宝石」について目録を作成したが、あまりの数の多さに、しばしば杜撰《ずさん》な扱いがなされることがあったと書いている。「一度など、非常に大きなエメラルドが馬の鞍《くら》の前橋《ぜんきょう》（鞍の前の突起した部分）から見つかったのである！　その鞍はもはや使い物にならず、分解するか、廃棄処分にするものとされていた。見れば、シクの貴族が盛装をして馬に乗る際ターバンや手回り品に乱れがないか確認する鏡を置く場所に、緑のガラス（そのときはそうとしか見えなかった）が置かれていたのだ」

ちょっとした記念の品をという願いは叶えられ、ドゥリープに一揃いの宝石が贈呈された。王国を持たない王ではあるが、誕生日のドゥリープは、まさにマハーラージャそのものだった。しかし、膨大な喪失から彼の気をそらそうというのがログインの目的だったとしたら、結果はあまり芳《かんば》しくなかった。「無邪気にも、『昨年の誕生日にはコ・イ・ヌールを腕につけました』」とドゥリープが口にしたことを、ログインは妻に報告している。

コ・イ・ヌールの名を耳にするたび、ログインは心穏やかでいられなかった。その宝石がイギリスの所有物になった経緯に、まだどうしても納得できない。伝説の宝石が失われたという事実以上に、ドゥリープ・シングの転落を雄弁に物語るものはなく、その不面目な事実と少年との間に距離が置かれることを切望していた。誕生日の数週間後、そんな彼を元気づける知らせが届く。「『我らが親愛なる女王陛下』の面目躍如《めんもくやくじょ》というべきか。このような状況下でコ・イ・ヌールを贈答品として受け取ることを女王は遠慮したといううわさが、過日の郵便が届いて以来広まっているというのである。これが本当なら、わたしとしてはこれ以上に嬉しいことはなく、女王の臣民の多くがわたしと一緒に喜ぶこと間違いなしと思えた」

女王陛下もまた、ダイヤモンドの処遇について自分と同じような不安を抱えているのだとログインは思いたかった。イギリス政府がどうしてもコ・イ・ヌールをロンドン塔へ移したいというなら、それ相応の対価を支払うことによって、不公平感を多少なりとも減じるべきだと考えたのである。「購入に必要な資金を計上するのは簡単なはずであり、そのように対処するほうが、女王は相手国に敬意と礼儀を持って対したと臣民が見るわけで、結果的に女王にも利すると思え……」

興奮するあまりログインは、コ・イ・ヌールの売却によって得られるであろう大金の用途について早速考えはじめた。「まずその大部分は、ここにいる新たな臣民の生活向上に充てられるべきで、そのためにパンジャブを庭園のように開花させ……路頭に迷う十万人の失業者に雇用を創出し、道路、橋、運河、学校を建設する。そうすることで、我々はいかなる物も私欲のために奪ったのではないことを示し、結果、コ・イ・ヌールの所有者は呪われるどころか、祝福されるという伝説が新たに生まれ……」

しかしログインの希望はすぐに打ち砕かれた。結局うわさはうわさでしかなかったのだ。女王も内輪ではドゥリープ・シングの処遇と彼の最も貴重な宝物の扱いについて心配をもらしていたかもしれないが、ダイヤモンドを拒絶するまでには至らず、ドゥリープの養い親にログインをあてがうというダルハウジーの計画に口を挟むこともしなかった。ドゥリープが母親のもとにもどる可能性はまったくなかった。

一方、それから数か月のうちに、ラホールとロンドンを行き交う通信文書において、ジンダンの評判は落ちに落ちていく。人を性的に食い物にする女とか、見境なく男と性交するクラウディウス帝の妃になぞらえて、「パンジャブのメッサリナ妃」とまでいわれるようになる。美貌を武器に男を誘惑し、反乱を手助けするよう仕向けているといい、これが彼女を隔離する理由になった。

ふしだら女という汚名が定着したところで、次にダルハウジーはジンダンに親失格の烙印《らくいん》を押す。そうすればバッキンガム宮殿は彼女と完全に縁を切るとわかっていた。ダルハウジーはヴィクトリア女王に、ジンダンは残酷な母親で、息子に暴力をふるっていたと注進。イギリスが介入したことで、そのような女から少年は救われたのだという。「[ドゥリープには]母のもとへもどりたい気持ちは毛頭ありません。母親は日々息子を殴り続け、完全に信用を失っているのです……」

ヴィクトリア女王はダルハウジーの言葉をそのまま受け取ったものの、ドゥリープの健康状態や暮らしぶりをこまめに報告するよう求め、自分に代わって彼に優しく接するよう強く求めた。ヴィクトリア女王の長男である英国皇太子バーティはドゥリープとほぼ同じ年であり、少年の苦境に女王はひどく心を痛めていたのだった。

ログインがドゥリープの誕生パーティを計画しているとき、母親のジンダンは幽閉されてから、十六か月が過ぎていた。ラホールからシェーフープラへ移されたわけだが、ここはカリーからさほど離れていなかった。それで一八四八年七月、ジンダンはさらに辺境に移されることになり、そこから百マイル離れたチュンナー砦の独房に入れられた。高い岩の露出部（現代のウッタルプラデシュのミルザプール地区）にそびえる古代の堂々たる石の要塞だ。

風吹きすさぶ寂しい独房からは広大な平野を見おろすことができ、息子が今どうしているのか、どんなにわずかな情報でもいいから教えてほしいとジンダンは切望した。怒りのみによって生きながらえているような彼女だったが、パンジャブが併合され、コ・イ・ヌールも奪われたという知らせには、絶望の淵に完全に沈められた感があった。ドゥリープが条約にサインをしてから数週間が経った一八四九年四月十九日、ラニ・ジンダンはチュンナー砦を脱獄する。着ていた服をお針子《はりこ》のぼろ服と交換したのだった。そのお針子は、植物の葉から皿やカップをつくる仕事のためにチュンナー砦で働いていた下級の使用人だった。闇に乗じて逃げながら、ジンダンは自分を捕らえたイギリス人たちを愚弄《ぐろう》し、看守にメモ書きを残していた。「人を檻に入れ、鍵をかけて監禁したつもりだろうが、魔法によってわたしはそこを出た……あまりいい気になるではないと、はっきりいっておいたはずだ――わたしは逃げたのではない。つき添いもなく、ひとりでそこを出はしたが……盗賊のように逃げたと思うなかれ」

ひとけのない荒野を行き、大きく回り道した末に、ジンダンは八百マイルの距離を踏破してネパール王国にたどり着いた。王国の首都カトマンズで、首相のジャンガ・バハドゥルの慈悲にすがった。ジンダンは知らないことだったが、じつはそれより先にイギリスの使節がやってきていて、ジンダンに安住の場所を提供してやってほしいと首相に頼んでいた。ただしそれは、一連の厳しい禁令にジンダンを従わせるという条件つきだった。二度とインドの地に足を踏み入れてはならない。息子と連絡を取ろうとしてはならない。パンジャブで反乱を起こしてはならず、イギリスの支配にいかなる形でも抗議してはならない。これらの禁令を破った場合には、即刻インドの監獄に収監し、そこから二度と逃げることはできないとされた。

肉体的にも精神的にもぼろぼろになったジンダンはこの条件を呑むしかなかった。

ジンダンがネパールで痩せ衰えていた一八五〇年の二月初め、古都ラホールの通りには涙に暮れる民衆が立ち並んだ。王の一隊がパンジャブを離れて追放の身になる最後の瞬間を見届けようというのである。人々には、ランジート・シングの伝説もまた、ドゥリープ・シングとともに消えていくように思え、古くからの廷臣らはとても見ていられなかった。ジョン・ログインは、この旅が一種の冒険であるかのようにドゥリープに思わせたかった。新しい家は数百マイル離れたファテガールにあり、そこに行けば狩りで凄い獲物が捕れるし、これまでにない体験ができると、〝普通の〟家庭で過ごす幸せな子ども時代への期待を少年の耳にささやいた。

ログインが提供する家庭というのは、すなわち彼自身のものだった。妻のリーナと子どもたちがファテガールで合流し、そこにはマハーラージャの遊び相手となる子どもたちも大勢いるはずだった。不安と恐怖の日々を何年も過ごしたあとで、ほっと一息ついて、子どもらしくふるまえる自由をドゥリープに与えようと思っていた。

ログインの楽観には根拠があった。過去に暮らしていた場所から距離が隔たれば隔たるほど、ドゥリープの気分が晴れるように感じたのである。さらに、旅も終わり近くなってふたりで話をしたところ、もしかしたらドゥリープをインドから完全に切り離すことも可能ではないかと、ログインの楽観はさらに大きく膨らんだ。ログインが喜んだことに、マハーラージャはイギリスに魅了されるような態度を見せはじめたのである。イギリスにはどういう人たちが暮らしているのか、文化や女王のことなど、頻繁に質問を投げてくる。「マハーラージャはイギリスについて知りたいと多大な興味を見せているようだった。サー・ヘンリー・ローレンスは、イギリスで彼を教育したらいいと思っている。このまま何をするのでもなくインドにいて、自分が失ったものとイギリスが得たものについて、考えをめぐらせているよりはそのほうがずっといい……柔軟性のある子どものうちが勝負だ、と」イギリスがドゥリープのダイヤモンドを受け入れるなら、ドゥリープ本人を受け入れる余地もあるのではないかと、ログインは考えたのである。

イギリスのメディアは偉大なダイヤモンドがイギリスにやってくるということで早くも大騒ぎだったが、その宝石の前保有者にはほとんど興味を示さなかった。「我々は本当に〝光の山〟を目にすることができるのだろうか？……あの有名なコ・イ・ヌールは本当にイギリスに向かっているのだろうか？　そのような宝物がロンドン塔に本当に収蔵されるのだろうか？」と、国民の大きな興奮と期待を『ロイズ・ウィークリー』が書き立てている。新聞はコ・イ・ヌールの到着に喜んでいたが、その押収に関わったダルハウジーの役割については少しも喜んでいなかった。

ダルハウジー侯爵はドゥリープ・シングが女王に譲ったという形で、実質的に宝石を女王に贈呈する役割を果たした。しかし譲渡というのはまやかしで、幼い王は命令に従っただけであり、相手がインディアンのチェロキー族だったとしても、同じように引き渡したはずなのだ。目の前に置かれた書類に何が書かれていようとお構いなしにサインをし、完全に総督の思うがままだった……

傲慢な男であるとの、本人にとっては嬉しくない評価をした上に、新聞はさらに、ダルハウジーはインドにおける職務を逸脱することで東インド会社の雇用者に裏切りを働いたのだと続ける。まるでダイヤモンドを女王に贈呈するのはこの自分である、といわんばかりの行為は許されざる不遜なものであり、そんなことをする権利はどこにもない。そのダイヤモンドは、征服地であるパンジャブに存在する他のあらゆる物品と同様に、東インド会社に属するもの。女王へ贈答すべき主体者はあくまで東インド会社なのであって、我が身の栄誉を欲しがる一介の使用人ではないのであると書いている。

批判にさらされたばかりでなく、コ・イ・ヌールを女王に贈呈する計画について、今後一切ダルハウジーを関与させないと東インド会社が決定したことで、彼はさらなる恥辱《ちじょく》を被《こうむ》ることになる。会社側の決定を受け入れはしたものの、その態度は潔《いさぎよ》いとはいえなかった。監督局の局長であり、最終的には東インド会社の責任者である公使となるジョン・ホブハウスへの手紙に怒りをぶつけている。ロンドンのレドンホール・ストリートにある東インド会社本社の人間はただのひとりも、あのダイヤモンドをイギリスのものにするために手を貸していない。ダルハウジー、そうダルハウジーただひとりが、コ・イ・ヌールが女王の手に渡るまでの道を切り開いたのだと、そう書いているのである。

レドンホールにいる我が〝情け深い友たち〟が、何をいおうとかまわない。少なくともきみだけは、コ・イ・ヌールに関するわたしの働きを認めてくれるだろう。ラホールのマハーラージャが、降伏のしるしとしてそれをイギリスの女王へ引き渡したのはひとえにわたしの力なのだ。時を経るに従って、コ・イ・ヌールはインド征服を果たした歴史的勲章になった。それが今、正しい休息所を見つけたのである。

内輪では、ダルハウジーは礼儀などわきまえずに、友への書簡で痛罵《つうば》していた。「わたしをマヌケだと思うなら、同じ言葉を返してやろう。我々はお互いを同じように見ているのである」

コ・イ・ヌールを直接女王陛下に贈呈することは許されないものの、それがイギリスに無事到着するよう手配する仕事がまだダルハウジーには残っていた。ラホールの宝庫とその収蔵物に関する責任は、今や三人の男から成る管理局に任されることになった。前総督代理のサー・ヘンリー・ローレンスと、その弟ジョン・ローレンス、そして昔から公務に服してきたチャールズ・G・マンセルである。三人のうち、背が高くて男ぶりもいいジョン・ローレンスは最もカリスマ性を持ち、他のふたりとは趣《おもむき》を異にしていた。第一次シク戦争に従軍して武勲を立てた彼だが、併合後はパンジャブの農民から〝パンジャブの救世主〟として熱烈な支持を受けた。過酷な税から彼らを救うために戦ったからで、〝敵〟の代表ではあるものの、パンジャブの人々はジョンを味方と見なすようになっていったのである。

イギリスへ運ぶ準備が整うまでコ・イ・ヌールを守るようにいわれて、ジョン・ローレンスはいささか驚いていた。今の今まで、その貴重だといわれる宝石にほとんど興味がなかったからだ。辞令は一八四九年のクリスマス直前に三人の男宛にダルハウジーから文書で届いた。三人は総督の願いを読み終えるとすぐ、トシャカーナからダイヤモンドを運びだし、ジョンが正式に預かることになった。公認の伝記作家のいうことを信じるならば、ジョンはそれを容器から恭《うやうや》しく取りだし、チョッキのポケットに入れて家に帰り、すぐさまその存在をすっかり忘れてしまった。

六週間後の一八五〇年一月十二日、ダルハウジーのまがうことなきサイン入りのメッセージがシムラから届いた。偉大なダイヤモンドをヴィクトリア女王のもとへ送りだす手はずが整ったという。兄のヘンリーがその書状を読み終えるなり、ジョンは厳粛《げんしゅく》ながら興奮した声で、「すぐにここへ運ばせよう」と答えた。その言葉が口から出るか出ないかのうちに、兄が驚いて声をあげた。「おまえが持ってるはずだろう!」

ムガル帝国の夢見がちな皇帝フマーユーンは、水浴びに行った際、川岸にバーブルの偉大なダイヤモンドをふくむ宝石の入った巾着《きんちゃく》を忘れてきたが、ジョン・ローレンスもまた自分に託された宝石のことをすっかり忘れていたのだった。さあコ・イ・ヌールを出せという段になって、果たしてそれをどこにどうしたものか、さっぱり記憶がない。狼狽《ろうばい》を隠しながら、じゃあ今行って取ってくるからと、仲間に明るく言い放ってその場を辞したものの、問題のダイヤモンドに関する記憶はまったくなかった。「これこそ人生最大のピンチ!」と自分を叱りながら、最後にあのダイヤモンドを見たのはいつどこでだったか、必死に思いだそうとする。

家に帰り着くと、「口から心臓が飛びだしそうになるほどあわてて」ジョン・ローレンスは年老いた召し使いを呼んだ。「ずいぶん前に、わたしのチョッキに入っていた、小さな箱を知らないか?」

「それならとってありますよ、ご主人様」と召し使いはいい、傷だらけのブリキの箱を差しだした。「開けてなかを見てみろ」とジョン・ローレンス。戸惑う召し使いがコ・イ・ヌールを掲げて見せる。「別にたいした物じゃ、ありません。ただのガラス玉です!」

ジョン・ローレンスはこの話をネタにして正餐をごちそうになったが、同時代の人間はそんなばかな話があるものかと一笑に付している。ふだんなら表立って物をいわないリーナ・ログインさえ、そんな貴重な宝石をチョッキのポケットにしまうはずがないと意見を述べている。貴重なダイヤモンドが一時行方不明になったという話の真偽は定かではないものの、すでに様様な伝説に彩られたコ・イ・ヌールに、また新たな一面《ファセット》が加わったことは確かだった。

海を渡るのに面倒な問題はないが、ムンバイの港まで運ぶのは簡単ではなかった。数百マイルに及ぶ陸路は危険が一杯で、念には念を入れた周到な準備が必要だった。厳重な護衛を大々的につけた隊列で運ぶというのは人目につきすぎる。かといって護衛を最小限の騎馬隊だけにしては、あまりに弱い。あらゆる選択肢を考慮した結果、防御力よりも秘密性を重視することが大事だとダルハウジーは考えた。片手に収まる数の最も信用できる人間にだけ事実を打ち明け、自らムンバイまでダイヤモンドを運ぶことにした。常日頃からラホールにはしょっちゅう顔を出しているわけで、いきなりやってきてすぐまた出発したからといって、注意を引くこともなさそうだった。総督がダイヤモンドの運搬人になるという考え自体、ばからしすぎて笑いのタネにもならず、だからこそ、この手しかないとダルハウジーは考えたのだった。

秘密を知る者を最小限にとどめて、総督は妻のレディ・ダルハウジーに小さな巾着を縫うよう頼んだ。ちょうどダイヤモンドがぴったり入る大きさの、なんの変哲もないデザインのものを指定した。シャツの下に隠したときに夫の肌が擦りむけないよう、妻は格別柔らかいキッド革を素材に選んだ。そうしてできあがった巾着は、一本の革ベルトの内側に二重縫いで縫いつけ、ウエスト回りにぴたりと装着した上にシャツをかぶせるようにした。さらに、細いチェーンを一本袋の底に取りつけ、それが夫の胴体をはいあがって首の後ろに引っかかるようにした。これなら、もし暑くなってシャツのボタンをはずしても、ロケットか十字架の首飾りをつけているようにしか見えず、いらぬ注意を引くこともない。

ムンバイまでの危険な旅のお供に、ダルハウジーはジェイムズ・ラムジー大尉を選んだ。ラムジーは、叙勲を受けた熟達の兵士であり、自分と血を分けた人間だった。ダルハウジーは、この甥っ子ラムジーだけに計画を話した。他にあとふたり、ダルハウジーの家からこの任務のためにふたりが徴用されたが、どちらもおそらく事の重要性に気づいていなかっただろう。またダルハウジーの飼い犬バンダとバロンも、野営地で寝泊まりするときに毎晩天幕内の寝台に鎖でつながれて、番犬の任にあたることになった。万全の計画に満足して、一八四九年十二月七日、ラホールで小さなセレモニーが執り行われた。ジョン・ローレンス、ヘンリー・ローレンス、マンセルの他に、インド政府の事務官サー・ヘンリー・エリオットが参列するなか、ダルハウジーはコ・イ・ヌールの受領書にサインをした。そうして秘密の巾着にダイヤモンドをしまい、ラホールからムンバイを目指す長い旅に出発した。

ダルハウジーが大きく胸を撫で下ろしたことに、これといった事件はなく、コ・イ・ヌールは終始総督の肌身に添い、「昼も夜も、片時たりとも我が身を離れることはなかった」と後に本人が書いている。そんな巾着が一度だけ身を離れるときがあったが、それはまだ出発してまもない頃のことだった。どうしてもはずせぬ所用ができて、ダルハウジーがデラ・ガージ・カーンと呼ばれる場所まで馬を走らせ、野営することになったのだ。そこはパンジャブの領地でも場末にあたり、危険なことこの上ない悪名高い場所で、たくさんの盗賊が跋扈《ばっこ》していた。ダルハウジーはコ・イ・ヌールを慎重に我が身からはずし、それを甥に託した。後に手紙で友人に打ち明けているところによると、このときラムジーに、かなり風変わりな命令を下したという。「わたしはそれを宝物箱に入れて鍵をかけ、［今では共同責任者の］ラムジー大尉に託し、自分がもどってくるまでずっとこの上に腰かけているように命じたのである！　これで大きな責任が自分の肩から下りた。なんという解放感だろう！」そのあとのラムジーが、どれだけばかげて見え、自分を恥ずかしく思ったかは想像するしかない。ピストル片手に、一個の荷物の上にすわり、天幕のなかで何時間もひとりでいたのである。

二月一日、緊張続きの旅が二か月近くを経過したところで、汗まみれの革の巾着に収まったコ・イ・ヌールはとうとうムンバイに到着した。ダルハウジーもラムジーもほっとするあまり目眩《めまい》を起こしそうになったが、まもなくダイヤモンドは、そこからさらに二か月間、自分たちの責任で隠しておかなければならないことが判明する。ただちに海へ送りだしたいというダルハウジーの望みは打ち砕かれた。ダイヤモンドをイギリスへ輸送できる艦艇が数週間先までないのだった。適当な船はすべて行き先が極東に決まっていた。不審を抱かれずにダイヤモンドを急送することはできなくなり、ダルハウジーはまたしばらくの間心配を引きずるしかなかった。

コ・イ・ヌールはまず小さな鉄の金庫に頑丈な鍵をつけてしまわれた。それからその金庫を、公文書用の赤い送達箱に入れる。こちらにも鍵がついている。この送達箱は赤いテープと蜜蠟《みつろう》で封をして、ウェストミンスター行きの公文書を入れる外交通信文書入りの郵便袋に見せかける。それからそれをまた別の収納箱に収める。この収納箱はふたつの鍵をつかわないと開かないよう特別につくられていた。こうして何重にも守られたダイヤモンドはムンバイの国庫に保管され、次の旅程まで特別な番兵により厳重に防備されることになった。

一八五〇年四月六日、コ・イ・ヌールはとうとう英国軍艦メディアに載せられる。手練《てだ》れの海軍司令官ウィリアム・ロッキャーが船長を務めるスループ型機帆船だ。ロッキャー船長は二重鍵をつけられた鉄の収納箱が自分の船に載せられるのを見ていたが、その中身の重要性について知らされるのは、船が出帆してからだった。ダルハウジーはこの船に甥のラムジー大尉も乗せており、ダイヤモンドの最後の旅に随伴させた。さらに東インド会社の本社にいる高官らから、ダイヤモンドの随行団に社の人間を加えるよう要望があったため、J・マッケソン大佐を加えた三人が、軍艦メディアでの船旅でコ・イ・ヌールの護衛をすることになった。ムンバイの海岸線が遠くにぼやける頃、ラムジー大尉は四つの鍵を取りだして見せた。それぞれ、収納箱、送達箱、金庫を開ける鍵で、そのうちふたつを自分で持ち、残りふたつをマッケソン大佐に預ける。こうなると、ダイヤモンドを隠し場所から取りだすには、この三人が共謀しなければならず、取りだしたところで、四方を海に囲まれていては、どこへ持ち逃げすることもできない。ダイヤモンドは安全だった。

海に出て十日を過ぎたところで、ロッキャー船長は自分の船にこっそり乗せられた別の〝乗客〟を発見する。メディアはコレラを運んでいた。百三十五人の乗組員のうちふたりが船倉で死んでおり、他の者たちも吐き気や下痢を訴えだしたのを見て、初めてこれに気づいたのだった。過去にコレラの大発生で乗員が全滅した事件もあったが、周囲をインド洋に囲まれている状況では、ロッキャー船長に恐ろしい病の進行をとめることはできない。ただひとつ、モーリシャス島が近いという幸運に、船長は感謝を捧げたことだろう。島には薬があり医者がいる。モーリシャスに着きさえすれば新しい補給を得て医者にも診てもらえるといって、乗員たちを安心させるよう精一杯努めた。

しかし到着した軍艦メディアをモーリシャスの住人は拒絶した。コレラに感染した船と関わりを持ちたくなかったのだ。即座に船と乗員を出発させるよう要求し、ロッキャー船長がこれを拒否すると、ならば射撃を開始して船を破壊すると脅した。船と島の人間との間で難しい交渉を経て、最終的にロッキャーは、百三十トンの石炭を船に積む了解を得た。それを動力源に、できるだけ速やかに岸を離れようというわけだ。島民はわずかな量の薬を投げ入れてくれたが、それだけではとうてい足りず、食料も水ももらうことはできなかった。恐怖におののき、発熱に苦しみながら、乗員たちは救済を祈りつつイギリスまで旅を続けるしかなかった。

救済は訪れなかった。まもなく英国軍艦メディアは、強風にまっすぐ突っこみ、乗員たちは永遠とも思える時間、激しい風に揉まれ続けた。索具は伸びに伸びて今にも切れそうになり、衰弱した男たちは本帆を波から守ろうと必死の努力を続ける。いっとき嵐は船をまっぷたつにしそうなほど激しくなった。船員たちがなおも必死に祈るなか、ロッキャー、マッケソン、ラムジーの三人は、コ・イ・ヌールにまつわる呪われた伝説を知っており、ひょっとしてこの宝石は自分たちを地獄へ引きずりこもうとしているのかと危ぶんだ。嵐が十二時間続いたあと、空が晴れ、海面が穏やかになった。

英国軍艦メディアは一八五〇年六月三十日に這々《ほうほう》の体《てい》でプリマスに入港した。すでにコ・イ・ヌールの到着は予告されていて、出迎えに大勢の群衆が波止場に集まっていた。このときの状況は数多くの新聞が報じ、『モーニング・ポスト』は、船の積み荷は波止場で降ろされたがコ・イ・ヌールは乗船したままだったことを伝えている。「極めて貴重なコ・イ・ヌールが到着した……その宝石は船から降ろされることなく、軍艦メディアでそのままポーツマスまで運ばれていき、昨夜一晩を船のなかで過ごしたのである……」

翌日、船がとうとうポーツマスに着いたときには、歩兵第二十二連隊の将校らと、東インド会社の社長秘書であるオンズローという男が待ち受けていた。何重にも守られたダイヤモンドを受け取ると、疲れ切ったラムジーとマッケソンに伴われて、彼らはロンドン行きの特別列車に乗って、レドンホール・ストリートにある東インド会社の本社へ向かった。社に到着すると、木製の箱と四つの鍵が恭しく社長に引き渡された。女王の代理として、社長のジョン・シェパードがそれらを受領したのである。ついにコ・イ・ヌールがイギリスに上陸したというので、マスコミは、ダイヤモンドの血塗られた異国の歴史に好きなだけ想像をたくましくした。新聞の紙面はランジート・シングと、その息子でまだ少年の王に関する逸話で埋め尽くされた。そのダイヤモンドを所有した者には恐ろしい呪いがかかるという逸話はイギリスの朝食の席でさかんに読まれ、最近起きた事件をダイヤモンドの到着とからめて考えるのも不思議はなかっただろう。

軍艦メディアがイギリスの領海に入る準備をしていた頃、ヴィクトリア女王はロンドンにいる瀕死の叔父を訪ねていた。叔父の家はピカデリーにあるケンブリッジ・ハウスと呼ばれるパラディオ様式の豪邸で、そこを出て帰ろうとする女王の馬車に、こぎれいに着飾った男が近づいてきた。男は鉄の持ち手がついた細身の黒いステッキを女王の頭に振り下ろした。女王のボンネット帽はつぶれ、血が流れた。この襲撃者はロバート・フランシス・ペイトという名のイギリス陸軍士官で、どう考えてもそんなことをする動機が見当たらなかった。

他の新聞同様『スタンダード』紙がこの事件を報じており、コ・イ・ヌール到着のニュースと並べて、女王襲撃事件の詳細を書き立てたものだから、コ・イ・ヌールは邪悪な力を持つというわさが、ますますあおり立てられる結果となった。

二日後の七月三日、ヴィクトリア女王は目の周りの黒痣《くろあざ》と、額にできた傷が目立つ顔で、監督局局長のサー・ジョン・ホブハウスと、東インド会社の社長及び副社長を迎えた。ステッキでつけられた額の傷は、それから数年女王の顔に残ることになる。この日、世界で最も貴重な宝石を受け取りながら、女王は気もそぞろだった。かけがえのない腹心の友であり前首相である、サー・ロバート・ピールの死を悲しんでいたのである。当時政界の巨人と呼ばれていたピールは四十年にわたって政府の高官を務め、首相も二度経験している。六十二歳という年齢の訃報はあまりに突然だった。六月二十九日、いつもの習慣で宵《よい》の口から馬に乗ろうとしたピールは、この日彼の厩舎《きゅうしゃ》で新顔の馬一頭を選んで鞍を載せた。サラブレッドを交配した猟馬で、ほんの数週間前に入ってきたばかりだった。

ピールは知らなかったが、この馬は蹴り癖があり、後足を跳ね上げることで有名だった。バッキンガム宮殿に近い、コンスティテューションヒルを通るとき、馬がピールを路上に振り落とした。ピールはうつ伏せに道路に倒れ、驚いた馬が彼につまずいて身体の上にのしかかり、重傷を負わせた。ピールは肋骨と鎖骨を折った。後にひどい内出血も起こしていたことが判明。七月二日、コ・イ・ヌールがロンドンに到着した当日に彼は息を引き取った。三日、女王は国喪のさなかに、ホブハウスから貴重なダイヤモンドを贈呈されたのだった。

ヴィクトリア女王のその日の日記は八ページにわたり、「傑出した臣民であり、敏腕の政治家であり、善良な男である」ピールを失った悲しみが綿々と綴《つづ》られている。このときヴィクトリアは自身の悲しみだけでなく、夫であるアルバート殿下の悲しみとも折り合いをつけねばならなかった。結婚以来アルバートはヴィクトリアの臣民からの人望が薄く、サー・ロバート・ピールはそんな彼にとって頼れる相談役かつ強い味方であった。ピールはアルバート殿下の評判を上げようと心を砕いていたのである。国民の感情を要約して、ヴィクトリアは次のように書いている。「その程度に差こそあれ、彼のような地位にある一個人の死が、国民の間にこれほど多くの悲しみをもたらすというのは歴史上そうあることではない。下流上流を問わず、あらゆる人間が、父と友を同時に失ったことに気づいたのである」

それとは対照的に、コ・イ・ヌールは女王の日記のわずか数段で触れられているのみだった。

サー・J・ホブハウスが東インド会社のトップふたりを連れてきた。サー・ジェイムズ・ホッグとミスター・シェパードで、ふたりは短い話のあと、世界最大のダイヤモンドである著名なコ・イ・ヌールをわたしに贈呈してくれた。もとはラホールにあり、ランジート・シングがシャー・シュージャから手に入れたものだった。評価額およそ五十万ポンドで、その両脇に並ぶダイヤモンドふたつは一万ポンド！　細工は施《ほどこ》されておらずカットも拙《つたな》く、それがために見た目は……

とうとうイギリスに上陸したというのに、〝光の山〟は女王の目を輝かせることに見事に失敗した。

感謝の心が見られないことに、インドにいるダルハウジーは激怒。友人に手紙で怒りをぶつけた。

七月十六日付のきみからの手紙を昨日受け取った。ダイヤモンドが到着して以来イギリスで悲しいことやら悪辣《あくらつ》な事件やらがいくつかあったようだね。あまりに悲しすぎて想像もしたくない。それもこれもわたしのせいで、コ・イ・ヌールを送ったからだときみは書き足していた。コ・イ・ヌールはいつでも不運をもたらすらしいからと。そういう話をどれだけ物のわかる友人から聞いたのか知らないが……歴史にも伝統にも明るくないやつに違いない。

ダルハウジーはそれからコ・イ・ヌールの歴史についてざっと説明する。

大昔の皇帝までさかのぼるのは遠慮しておくが、かつてそれを所有していたナーディル・シャーは生涯羽振りがよかったとされている。彼からコ・イ・ヌールを受け継いだランジート・シングも、下級徴税地主のせがれから、インド最強の王となり、イギリスの最も手強い敵かつ最愛の友として生きて死に、なかなかに繁栄を謳歌したとされている。伝説によれば、もとの持ち主シャー・シュージャは、ランジート・シングにコ・イ・ヌールの価値はどれほどのものかと問われて、「それは幸運と等価です。なぜならそれを持つ者は、あらゆる敵に勝るからです」と答えたそうだ。

手紙の結びでダルハウジーは、コ・イ・ヌールを貶《おとし》めようという連中のために、しっかりした証拠を突きつけてやったと書いている。「おそらくきみの友人はこのあと、偉そうに反対のことをいいだすだろう。というのも、わたしから女王にシャー・シュージャの逸話を送ったからだ。女王陛下は使者から事実をお聞きになるはずだ」

これによって十四世紀以来、コ・イ・ヌールにつきまとっていた悪いうわさのすべてが消えることをダルハウジーは願っていた。後年彼はダイヤモンドの呪いの話が何度も繰り返されるのにうんざりして、こんなことを書いている。「不運をもたらすと女王陛下が考えているなら、わたしに返せばいい。その憶測でしかない不運をひっくるめて、ありがたく受け取ろう」

第九章　万国博覧会

コ・イ・ヌールを受領した日は日記でも控えめな扱いだったが、それをふくめ諸々《もろもろ》の宝物を世間に公開する日は、ヴィクトリア女王にとって歓喜の極みだった。一八五一年五月一日は女王の治世において最も期待の大きい日であり、その日を思っただけで、他の臣民同様、女王自身、我を忘れるほどに興奮するのだった。「この日は我が治世で最も意義深い、最も輝かしい日であり……それを思っただけで、我が胸は感謝の気持ちに大きく膨らみ……」

ロバート・ピールの死はヴィクトリア女王にとってもアルバート殿下にとっても大きな打撃だったが、一世一代の大イベントがふたりを悲しみの淵から引きあげたようだった。万国博覧会——正式には万国の産業成果の万国博覧会——は世界最大のショーであり、それがヴィクトリアの帝国の中心であるロンドンで開催されるのである。

ピールがこの万国博覧会の推進役であったことも、ふたりにとっては大きかった。ピールはこのイベントのために、数か月の時間と専門知識を捧げ、馬から落ちた運命の日にも運営会議に出席していた。ヴィクトリアとアルバートは彼の努力を無駄にしてはならないと心を決めた。万国博覧会は文化と産業と美の粋《すい》を見せる祭典であり、アルバートは計画から始まって、あらゆる段階で力を注ぎ、ときに甘言《かんげん》も弄《ろう》しながらイギリスの官僚を根気よく説得し、ついにハイドパークでの開催にこぎ着けたのだった。

夫妻は万国博覧会の成功によりアルバートの人気が上がることを望んでいた。ヴィクトリア女王の臣民はアルバートを、イギリスの小さな州よりかろうじて大きい、平凡で貧しい国、サックス＝コーバーグ＝ゴータの弱小王族だとして、女王より下に見なしていたのである。議会もまた、普通なら君主の配偶者には五万ポンド支給するところ三万ポンドまで削減しながら恩着せがましく手当を支給し、アルバートに貴族の地位を与えることを拒否した。ヴィクトリアは〝女王の夫君〟という肩書きをアルバートに与えたかったのだが、ピールの前に首相を務めたメルバーン卿があてつけのようにそれを阻止した。結果としてアルバートはひどく見くびられた気分を味わうことになった。

そんな彼にとって万国博覧会は自分の真価を見せるチャンスだった。ヴィクトリアは叔父であるベルギー王レオポルドに、夫を誇らしく思う気持ちをみなぎらせた手紙を書き送っている。

「愛する叔父様へ――一八五一年五月一日、この日は我々の歴史上最大の、極めて美しく、極めて壮大で、極めて感動的な……まったく驚くべき夢のようなショーが開催されます。叔父様に見ていただけたらどんなに嬉しいでしょう。大勢が歓喜の声をあげ、深く心を打たれ、敬虔《けいけん》な気持ちで胸が一杯になるはずです……」

万国博覧会が開催されるのはクリスタル・パレス、すなわち水晶宮という鉄骨にガラス張りの建物で、このイベントのために特別に建設された。ロンドン最大の緑地のひとつハイドパークにあって巨大な規模を誇り、長さにして千八百四十八フィート、幅四百八フィート、およそ十九エーカーの面積を占めた。それだけ広いので、水晶宮のなかにはたくさんの樹木を取りこむことができた。世界中から船で運ばれてきた一万三千点あまりの物品や骨董が、巨大なガラス天井の下、趣味よくつくられた展示スペースに並んだ。水晶宮の中央には一本の巨大な大通りが延びており、それに沿って街路樹、噴水、彫像などが並んで会場の背骨を構成し、まるでそこにパリの町並みが出現したかのような雰囲気を醸《かも》しだしていた。この美しい建物だけでも珍しく、人々の興奮を大いにかきたてたが、ある特別な品が展示されるということで、各紙が報じるイベントの予告はそれ一色に染まり、他はすっかりかすんでしまった。つまりは、この万国博覧会にはコ・イ・ヌールが出品され、イギリス初の展示物を来場者はじかに見ることができるというのだ。まさに万博の一番の呼び物であり、その画像と名前が多くの紙面を賑わして人々の興味をあおった。一八五一年の五月一日から十月十一日の間に、イギリス全人口の三分の一に相当する約六百万人の人々が博覧会の会場を訪れることが予想された。

会場の扉を開ける日、ふだんは真面目で落ち着いた論調の『タイムズ』紙が、明らかにはしゃいでいるとわかる記事を発表した。

人間の記憶にある限り、これほど巨大な群衆が出現したことはない。大国間の戦闘で、あらゆる人種が召集されたとしても、五月一日にロンドンの通りを埋めた群衆ほどの大軍にはならなかったはずだ……透明なガラスのアーチ形天井が熱い陽光に照り映え、鉄骨とガラス面はさながらコ・イ・ヌールのように輝いている。

太陽がまだ昇らない頃から、イギリス市民が会場に集まりだした。朝食の頃には、ハイドパークに通じる通りはどこもかしこも人で埋め尽くされ、ほとんど身動きが取れない状態になっていた。とてつもない数の群衆が、そろいもそろって巨大なガラスの建物を目指して進んでいるのだった。「ショーを見ようと、午前八時にストランド街かホルボーンに入ろうとする人間がいたら、すでに目の前に『全世界』があるのだから、会場へ行っても意味はないと判断し、引き返そうという気を起こすかもしれない」

あらゆる社会階層の人間が一番いい服を着てやってくる。あまりの道路渋滞に貴族は途中で馬車を降り、ごったがえす庶民のなかに交じって歩いていく。水晶宮行脚はしつこい霧雨のなかで敢行され、富者も貧者も同様に泥まみれ。ようやく建物の入り口までやってきても、そこでさらに立って数時間待つことになり、その間にも雨はどんどん激しくなる。それでもくじけず、バッキンガム宮殿から女王が到着するのを辛抱強く待つ。ちょうど正午になる直前に雲間から太陽が「奇跡のように」顔を出し、王宮のトランペットの華やかなファンファーレとドラムロールが響いた。「女王陛下万歳」が朗々と歌われるなか、側面を速歩で進む近衛騎兵連隊に守られて、女王を乗せた幌型の馬車が水晶宮に到着した。ヴィクトリアは「感無量」という様子で万国博覧会の開会を宣言した。

待ち構えていた群衆はコ・イ・ヌールの展示場へまっしぐらに向かった。それは金箔《きんぱく》を貼った鉄のかごに入れられて、贅沢な赤いベルベットの上に飾られていた。群衆を寄せつけないように待機していた警官は、一気に殺到する人々に押されて浮き上がりそうになっている。

初日の幕が下りると、このダイヤモンドは、どこか非常におかしい、という事実が明らかになった。なんとか近くで見ることのできた客が、一様に不満をもらして去っていったのだ。『イラストレイテッド・ロンドン・ニューズ』は万国博覧会を派手に前宣伝していた出版物のひとつだが、結果は多くの人々を失望させたと書いている。

ダイヤモンドというものは通常無色であり、最上級のものになると、いかなる傷や欠陥もなく、純粋な水のしずくに似ている。コ・イ・ヌールはその純粋さと輝きを最大限に発揮できるようにカットはされておらず、大きな期待を胸に、人を押し分けて覗いた、すべての人とはいわずとも、多くの観客を失望させた。

かごのなかに囚《とら》われたコ・イ・ヌールは見栄えがせず、アルバート殿下の輝かしい瞬間が、悪評によって曇らされる恐れが出てきた。アルバートは数日のうちに、観客にもっと美しい輝きを見せようと、ダイヤモンドの周りにガス灯を置くよう命じたが、あまり効果はなかった。訪れた人々はまもなくコ・イ・ヌールに背を向けはじめ、素通りしていくようになった。

アルバートは落胆し、こうなったら展示の仕方を抜本から変えて観客を振り向かせようと、早速仕事を命じた。観客が押し合いへし合いするなか、ついたての向こうで格子越しにガス灯を配置してみたり、角度をつけた鏡をかごの周囲に置いてみたり、様々な工夫が試みられた。それによって多少は改善されたものの、コ・イ・ヌールの評判は依然として芳《かんば》しくない。さらなる調整が必要だった。

六月十四日、装《よそお》いを新たにコ・イ・ヌールが一般公開されることになり、今度こそ面目躍如《めんもくやくじょ》と、アルバートは自信満々だった。再デビューを印象づけるため、ヴィクトリア女王とアルバート殿下の他に、ふたりの子息も開幕式に参列することになった。新しい展示では、ガラスの天井や窓から差しこむ自然光を完全に遮断するため、コ・イ・ヌールは木製の小屋のなかに置かれた。これによって、ガス灯や鏡が効果的に働く。ダイヤモンドの下に敷かれていた濃い赤のベルベットは、もっと明るくて強烈な色のベルベットに取り替えられた。あれはショッキング・ピンクだ、いやインペリアル・ヴァイオレットだと、新聞記者たちはその珍しい色合いについて口論した。

主催者がここまで神経質になる展示会は他になく、その努力は無駄でなかったことが初期の新聞報道からうかがえる。

尋常では考えられない驚くべき変貌を果たしたのがコ・イ・ヌールのダイヤモンドだ。一時はその価値と信憑性《しんぴょう》に疑問が投げかけられ、昼日中ではその輝きを十分に堪能するのは難しいとささやかれていた。そこで主催者は、かごに入れたコ・イ・ヌールを、襞《ひだ》をたっぷり取った豪華な緋色の垂れ布の上に置き、人工の光を照射した。するとこれが、じつに美しい輝きを放ったのである。ダイヤモンドは見事試験を突破し、これで完全に名誉を回復した……それが安置されている小屋に入るのが難儀だという問題が残るが、ダイヤモンドの庭を訪れたアラジンの苦労に比べればいかほどのこともない。コ・イ・ヌールは今や有名な宝石としての魅力と魅惑を完全に取りもどしたのだった。

新しい展示では、ダイヤモンドに近づくのは、もどかしいほど厄介だった。「なかに入れるのは一度にひとり――かごは、八分の一を残してあとはすっぽりピンクの布で覆われており、半ダース以上のガス灯の光が後ろから照射され、さらにその光を一ダース以上の小さな鏡が反射してダイヤモンドにあてる……。

近づきがたいという点は、ダイヤモンドが一度失った神秘性を回復することにもなった。さらに、コ・イ・ヌールの傷ついた評判を回復しようと、各紙が過去の記事を磨き直して発表し、このダイヤの不思議な由来と強い象徴性を読者に思い起こさせた。この展示とダイヤを支える台がそのまま、イギリスの支配権を象徴しているというのである。

対象を際立たせる深紫の豪華なベルベットを背景に、ダイヤモンドの一番端を両側からそっと支える、優美で華奢《きゃしゃ》な黄金の手。それがそのまま現在の所有者である英国を暗示している。ダイヤモンドを守る堅牢な鍵は、あらゆる敵を寄せつけずに万全の態勢で守る有形無形の力を表し、この力はラホールの三重の城壁よりも効果的にダイヤモンドを守ることができるのである。

コ・イ・ヌールのセキュリティは万全で、〝チャブ〟という、発案者の名前がついた仕掛け錠がつかわれた。

壊せない錠をつくることで名を馳《は》せたジェレミア・チャブは、一八一七年に最初の〝探知錠〟を考案して特許を認められた。その錠はあまりに有名で、シャーロック・ホームズの物語にも、こじ開けられないチャブ式錠として登場したほどだ。職人としての腕前に強い自信を持つチャブはあるとき、錠前づくりを職としていた囚人に自分のポケットマネー百ポンドと政府からもらった赦免状を提供した。この囚人が、チャブの差しだす錠をことごとくこじ開けたからだった。しかしそのこじ開け名人をもってしても、チャブの〝探知錠〟だけは三か月かけてもこじ開けることができなかった。コ・イ・ヌール用につくった金庫は、彼が今日《こんにち》までに産みだした最高傑作と見なされていた。「ミスター・チャブの素晴らしい金庫は、不思議なことに、周囲を覆うガラス・シェードに触れると、なかに入れてあるダイヤが、まるで敏感な植物さながらに身を縮め、不浄な手から逃げるように堅牢な要塞へ下りていくといわれている」実際にはダイヤモンドは身を縮めるのではなく、誰かが盗もうとしたとたん、小さな落とし戸からすとんと落ちて、分厚い壁に囲まれた金庫に収まるのだった。

こういう有名な工夫に引かれて、また新たな観客が集まったが、小屋のうちの耐えがたい温度のせいで、観客の興味もすぐに蒸発してしまった。いくつものガス灯と鏡に加えて分厚い布が、そこをサウナ室のように変えてしまい、観客は数分もしないうちに頭がぼうっとしてくるのだった。コ・イ・ヌールはまるでひねくれっ子のように扱いにくいと、新聞各紙は失望を交えて非難した。

どうやらこの宝石には手に負えないところがあって、光をたっぷりあててやっても本来の輝きを発揮しようとしない。土曜日に訪れた客は、息苦しいほどの暑さのなかでダイヤモンドを見るより、比較的涼しい――といっても二十八度から二十九度だが――大通りに早く出たいと気がせいて、ダイヤモンドには少しも満足せずにそこを出ていくのだった……

十月、万国博覧会が終わり、コ・イ・ヌールはとうとう鉄のかごから出られることになった。大衆から辛辣《しんらつ》な目で値踏みされ、「興奮と驚きはつかのまで、大勢の人間から冷笑された長い日々も終わった。勤務で五月一日からずっとかごに張りついていた警察官も大きく胸を撫で下ろした」。

それ以上の恥辱《ちじょく》にさらされることなく、ダイヤモンドは宝庫にもどされたのだった。

第十章　最初のカット

コルカタではダルハウジーが、コ・イ・ヌールの社交界デビューの模様を失望と苛立《いらだ》ち交じりに追っていた。これほど凄いダイヤモンドはないと、ずっと褒めちぎってきた彼は、ここに至って〝傲慢〟に加えて〝誇張癖〟のレッテルまで貼られてしまった。そんなわけで、今度は自分も一緒になって、最初のお披露目に失敗したのはダイヤモンドに欠陥があるせいだと批判した。「[それは]カットが稚拙《ちせつ》なためなのだ――ブリリアントカットではなくローズカットを施《ほどこ》されており、当然ながら、後者は前者のようには輝かないのである」また、あえて名前は出さなかったが、アルバート殿下にもダイヤモンドが辱《はずかし》めを受けた責任があると思っているようだった。「あれは広々とした場所で公開するものではない。トシャカーナでは、ドクター・ログインがテーブルに黒いベルベットの布をかけ、ダイヤモンドひとつを布に開けた穴から見せていた。そうすると黒い背景でダイヤモンドが際立って美しく見えるのだ」

アルバートもまた、ダイヤモンドの公開に失敗したことをひどく気に病んでいて、なんとかしたいと思っていた。それで科学者と宝石職人を呼び集め、どうしたらもっと美しく見えるようになるか、意見を求めた。

この問題を相談するのに最も適任だと思えたのは、著名な物理学者サー・デヴィッド・ブルースターだ。〝現代実験光学の父〟として知られるブルースターは、万華鏡を発明して、光学分析と光の偏光物理学の限界を押し広げた人物だった。この物理学者がコ・イ・ヌールを入念に調べ見たところ、相談者を地獄に突き落とす診断が下された。このダイヤモンドは中心部の平面に斑点が広がっており、そのうちの大きなひとつが光の反射能力を減じているというのだ。下手にカットをすれば、ダイヤモンドそのものが台無しになる危険性が高い。この欠陥を手当するには、どんなに適切な処置を取っても、今のサイズを大きく減じることになるだろうという。

これはアルバート殿下の求めていた答えではなかった。もっと希望に満ちた診断を得たいと願って、ロンドンにある女王御用達の宝石商、ガラード社にこの分析結果を送った。それを受けてガラード一族は、世界屈指のダイヤモンド研磨工を呼び寄せて、意見を求めた。オランダ最大の著名なダイヤモンド商、モーゼス・コスターのオランダ人職人らが分析データを研究した結果、ダイヤモンドが持つ欠陥に関するブルースターの見解は正しいことを確認した。しかし科学者とは違って職人である彼らは、コ・イ・ヌールを間違いなくカットできるという。輝きを増すだけでなく、ダイヤモンドの見事な大きさも損なわないと殿下に請け合ったのである。女王夫妻は作業開始を命じた。

ロンドンはピカデリーのヘイマーケット二五番地に、特別に設計された工房が建設された。ガラード社が雇った名工、レヴィー・ベンジャミン・ヴールザンガーとJ・A・フェダーの両人が、アムステルダムから遠路はるばるイギリスへやってきた。彼らにはモーズリー・サンズ・アンド・フィールドというイギリスの誇る船舶機関会社が設計したスチームエンジンが提供された。これは、精密なカッティングを可能にする高速回転の研磨機を動かすのにつかわれる。女王の鉱物学者ジェイムズ・テナントの監督の下、エンジニアたちが工房で賑々《にぎにぎ》しく準備を進めるなか、コ・イ・ヌールと、その欠陥について、再び新聞が大きく報じた。「一八五一年の万国博覧会で大きな目玉となった貴重な宝石コ・イ・ヌールは、昨年多くの注目を集めたが、実際に目にした人々は、その輝きに不満の声をもらした……あれほど大々的に宣伝されながら、まったく期待外れであり、〝光の山〟という呼称に偽りありだというのだ」

ヘイマーケットにある工房は厳重な警備で守られていて、外から内部を覗くことはできない。それなのに、七月初めの週から見物人が着実に増えていた。室内で動く旋盤や機械の音を聞くだけで満足なのか、手術室の外で患者を心配する親戚連中さながらに、みなじっと待っている。気を揉む日々が数週間続いた後、一八五二年七月十六日、ついに"患者"がロンドン塔を出て、オランダの職人たちのもとへ届けられた。物々しい軍隊の護衛つきでやってきたのだから、それだけで圧倒されるところだが、野次馬連中は厳重に守られた門のうちにダイヤモンドが入ってしまってからも、去ろうとしない。みなイギリスのメディアが広めたうわさを信じて、辛抱強く待っていればきっといいことがあると思っているのである。

新聞報道によると、ワーテルローでナポレオンを苦しめ、輝かしい戦績を上げた勇者ウェリントン公本人が、ダイヤモンドに最初に刃を入れるらしい。あの〝鉄の公爵〟が、戦闘で鍛えられた鋼鉄の手をつかってコ・イ・ヌールを研磨すると報じた新聞もあった。ダイヤモンドと鉄、ふたつの伝説が出会う場面を目撃するチャンスには誰しもあらがえず、群衆はその場に執拗にとどまった。しかしそう長くは待たないで済んだ。七月十七日、御年八十三歳のウェリントン公が馬の背に乗り、大歓声に迎えられて到着。はなはだしい賞賛を受けるといつも落ち着かなくなる彼は、群衆にかすかにお辞儀をしただけで、護衛が守る工房の入り口を速やかに抜けていった。

その特徴のある容貌から、公爵は親しみをこめて「オールド・ノウジー（老練な鼻）」と呼ばれ、国中の酒場で、その偉業が謳《うた》い上げられた。幼い少年たちは金持ちも貧乏人も等しく、ブリキの兵隊をつかって一八一五年のワーテルローの戦いごっこをした。ナポレオンを負かしてからすでに三十七年が経っていたが、その勝利は愛国心の強いイギリス人の胸に今も鮮やかに残っていた。そんな偉大な戦士が、なにゆえ一個の宝石に興味を示すのか、みな理解に苦しんだことだろう。

しかしウェリントンは、コ・イ・ヌールに特別な思い入れがあったのだ。そのダイヤモンドはインドそのもので、今の彼をつくったのがインドだった。ウェリントン公アーサー・ウェルズリーは、インドのマハーラージャ、ランジート・シングが生まれる十一年前にあたる一七六九年、イングランド人とアイルランド人を祖先に持つ貴族の家に、ごく普通の男児として生まれた。兄のリチャードとは違って、アーサーは名門イートン校に通いながら少しも芽が出ず、未熟な息子を母親はしょっちゅう心配していた。

　彼が十六歳になったときに父親が亡くなり、一家は経済的に危うい状況に陥った。ウェルズリーは母親に軍隊に入って成功するよう勧められた。おぼつかない出発ではあったが、二十四歳で彼は歩兵第三十三連隊に入った。一七九六年五月、連隊はコルカタに到着。イギリスはマイソール王国との激しい争いに巻きこまれていた。まだ実際の交戦状態には至っていないものの、それ以前の三度にわたる抗争から、両者の衝突は急速に拡大するものとイギリスは覚悟していた。

　東インド会社とマイソールの藩王ハイダル・アリーとの遺恨は三十年以上前にさかのぼる。アーサー・ウェルズリーがインドに到着したとき、ハイダル・アリーはすでに死んでいたが、その息子ティプー・サーヒブが父親以上に手強い敵であることがわかった。ティプーはイギリスを憎み、あらゆる機会をとらえてその憎悪を表明し、客人の娯楽として、実物大の虎がイギリス人兵士の首をぐちゃぐちゃに噛むところを模型で見せたりもする。歯車とパイプをつかった巧妙な仕掛けで、虎の牙を食いこませながら、兵士は腕をばたつかせるのだ。

　マイソールから九マイル離れたセリンガパタムの町が戦闘の中心地になった。一七九八年八月、ウェルズリーと彼の歩兵三十三連隊が到着したとき、そこには二万四千人のイギリス軍が展開していた。先頭に立つウェルズリーに導かれて、歩兵三十三連隊は雄々《おお》しく戦い、ティプーの軍隊を退却に追いこんだ。その成功に勢いを得て、一七九九年四月、インド総督モーニントン卿（偶然だがウェルズリーの兄でもあった）は、セリンガパタムにおいてウェルズリーに最終突撃を命じた。ジョージ・ハリス将軍の指揮の下、現地とイギリスの、合わせて五万人の兵が、ウェルズリーとその連隊とともに城塞に守られた町に攻撃を加えた。

イギリス軍は小さな突破口をつくり、五月四日、最後の徹底攻撃を仕掛けた。ウィスキーと乾パンで力を得た七十六人の兵が先頭を切って銃剣で砦へ突っこんでいく。ウェルズリーと三十三連隊もそれに続いた。結局ティプーは、砦で起きた次の戦闘中に殺された。致命傷ではなかったものの、ウェルズリーが速やかにその場に現れ、かがんでティプーの死を確認した。こうして第四次イギリス対マイソール戦争は終わった。

ウェルズリーはインドでさらに輝かしい武勲を立て、マイソール長官を務めた上、後にデカン高原におけるマラータ人との戦いで軍を率いて見事な勝利を収めた。マラータ人は誇り高い好戦的な民族で、これまで戦ったあらゆる戦闘のなかで、アッサイェの戦いほど「その人数に比して残忍な戦いはなかった」とウェルズリーが書いている。

つまり、インドで手柄を立てて認められたおかげで、ウェルズリーは後年ナポレオンとの戦いで前線に立つことができたのであり、そのフランスとの戦いで輝かしい戦績を上げた結果、ウェリントン公爵に叙せられたという流れがあったのだ。インドがなければ、そのような栄誉を受けるチャンスは決してなく、インドに借りがあるとの思いから、世界屈指の悪名高いダイヤモンドに魅せられたのかもしれない。「ウェルズリー公爵閣下は、貴重な宝石に多大な興味を示しておられる。閣下が最初の輝かしい栄誉を得た東の国との結びつきが非常に強い宝石ゆえに、新たなカットを施す、その準備段階から数度参加されているのである……」

しかしながら、ウェルズリーがダイヤモンドのカットに関わるというのは、普通ではまず考えられないことだった。ガラード社の工房では、オランダ人の宝石職人が数週間をかけて、八十代の人間がダイヤモンドを大破することなく最初の切り子面を入れる方法を模索していた。しまいには、「最初の切り子面を入れる予定の凸角部分だけを除いて」コ・イ・ヌールを丸ごと鉛のなかに埋めこむことになった。「閣下は宝石をスカイフ――ほとんど計測不可能な速度で回転する水平の研磨盤――の上に置き、しかるのちに露出した角を摩擦によって取り除き、最初の切り子面をつくったのである……」自分の仕事を終えた後、ウェルズリー公爵はダイヤモンドから離れ、年老いた愛馬に再度またがった。そうして外で大騒ぎをしている人混みにかすかに会釈をしただけで帰っていった。

最初のカットがめでたく終わると、オランダの職人たちは仕事の続行を許された。見物人は徐々に減っていき、しまいにはひとりもいなくなり、もともとそう頻繁ではなかったコ・イ・ヌールの新着情報も新聞の最終ページに追いやられた。鉄の公爵その人は、新コ・イ・ヌールの完成を生きてみることは叶わなかった。自分で切り子面を入れた日から八週間と四日後の一八五二年九月十四日に致命的な卒中の発作に襲われ、その翌日に息を引き取った。

ダイヤモンドのカットはウェリントンの死の数日後に完成した。これに要した費用は全部で八千ポンド――現代の貨幣価値に換算すると百万ポンドを超える。しかし、コスターとガラード社があれだけ請け合ったのに、コ・イ・ヌールはもとの大きさを維持できなかった。完成したそれは、これがあのコ・イ・ヌールかと思うほどで、もとの一九〇・三カラットから半分以下に減って、九三カラットになった（一般的には、後出のブミカ・シングの発言のように約一〇五カラットになったとされる）。見事な輝きを見せたが、てのひらにちんまりと載る大きさといった印象だ。ひどく小さくなったとの知らせを受けてアルバート殿下は青くなり、マスコミと国民から厳しい批判を受けるものと覚悟した。

しかし結果として、アルバート殿下が批判の嵐にさらされることはなかった。おそらく、最初の大きさ自体、人々の記憶にあまり焼きついていなかったせいだろう。改良された新コ・イ・ヌールを賞賛する新聞報道はわずかな数にとどまった。もとの卵形よりも平べったい、宝飾職人が〝オーバル・ステラ・ブリリアント〟と呼ぶカットが施されていた。そのようなダイヤモンドは昔から、〝テーブル〟と呼ばれる上部の平面に三十三の切り子面を持ち、その下の斜面にあたる〝パビリオン〟に二十五の切り子面を持つ。しかし、オランダの職人は上部にも下部にも三十三の切り子面をつくって、コ・イ・ヌールを完全なシンメトリーに加工した。イギリスの薄ぼんやりした光の下でコ・イ・ヌールはついに輝くことを覚えたのだった。

美しく輝きだしたという知らせが広まって初めて、イギリス到着以来つきまとっていた呪われたイメージとは縁が切れたようだった。〝不運を呼ぶ宝石〟と同じぐらいしっかりと、今度は〝幸運を呼ぶ宝石〟というイメージが定着した。船の命名にコ・イ・ヌールがつかわれ、新聞は学生たちに、試験のときには〝コ・イ・ヌール鉛筆〟を使用すべしと勧めた。一八五三年、賞金の高い競馬の平地競走でチェシャー・ステイクスというレースがあり、これで優勝したのが、コ・イ・ヌールという馬だった。ウィルキー・コリンズの『月長石』という小説は、インドの呪われたダイヤモンドが、ある純真なイギリス娘の手に渡った結果、怒ったヒンドゥーの僧につきまとわれるようになるという筋であるし、ベンジャミン・ディズレーリの『ローセア』には、かつてインドのマハーラージャが所有していた未加工のダイヤモンドが入った巾着《きんちゃく》がもとで、ついには途方もない成功が訪れるという展開が見られる。

コ・イ・ヌールは今や本来の価値によって有名になり、異国からやってきたものというイメージは払拭《ふっしょく》された。それはイギリスのものであり、イギリスの女王の宝石だった。それをかつて所有していた少年に思いを馳《は》せる人間はほとんどいない。もし関心を向ける者がいたら、世間の注意がガラード社の工房に集まっている間、その少年もまた〝新たなカット〟を施されていたのを知っただろう。


一八五二年、コ・イ・ヌールがスカイフの上で変身を遂げている間、ドゥリープ・シングもまた、インドで同様のプロセスにあった。ログインに養育されて三年が経っており、今や十三歳となった少年は、夫妻を自分の両親のように思っていた。ドゥリープにとってはジョン・ログインの意見が何よりも重要で、養い親を喜ばすために熱心に勉強し、いつも朗らかで、室内ゲームにも加わった。じきにドゥリープはふたりに本物の愛情を抱くようになり、ジョンを〝マバープ〟――〝万能で万全の親〟を意味するインド独特の概念――と呼ぶようになる。

リーナ・ログインは当時、ドゥリープについて詳細な日記を綴《つづ》っており、彼から奪われた多くのものについて、よく思いをめぐらせていた。「あの子には深い同情を寄せずにはいられない。赤ん坊の頃から多くの召し使いにかしずかれて過ごしたはずなのに……」

ドゥリープが昔の生活を恋しく思っていたとしても、それを口にすることはめったになかった。たまに強い閃光のように、怒りか、はたまた苦渋のようなものを見せるときがあっても、長くは続かなかった。ログイン夫妻の教えの下、ドゥリープは英語を〝ブリティッシャー〟（英本国人）のように話すようになった。聖書を読み、ペルシャの詩をイギリスの詩に取り替えて、ブライティ（祖国としての英国）での生活が描かれた物語をむさぼるように読んだ。

まもなく、シク教の教えで生まれたときから伸ばしっぱなしにしていた長髪に刃を入れることさえした。外見から出自を思わせるものを削ぎ落としてしまうと、ドゥリープはさらなる変貌を夢見るようになる。工房からコ・イ・ヌールが新たな姿を現した日から約一年後、ドゥリープ・シングは幼い頃から信じてきた宗教を完全に捨てたいと養親に相談した。キリスト教徒になりたかったのだ。

ダルハウジー卿は複雑な思いでその知らせを受けとめた。幼いマハーラージャが改宗を強制されたとパンジャブの民衆が見れば、暴動の火種になりかねない。改宗の希望が誰かの差し金ではなく、本人の意志であることを示す証拠が必要だった。ある友人宛の手紙に彼はこんなことを書いている。

> 我が幼き友ドゥリープは、最近キリスト教徒になりたいといいだして、我々を驚かせた。インドの賢者のいうことはでたらめばかりだというのだ。聖書を読み聞かせてもらうよう

になり、自分の信じていた宗教を見る目が変わってきたのだろう……政治的には願ってもないことで、これで彼が故国から影響を受けることは永遠に心配しなくて済む。しかし、改宗は先延ばしにするべきだとわたしは思っている。今それをすれば、こちらが万事において、子どもの心を操っているように見られる危険性があるからだ。それは真相ではなく――改宗は彼自身の自由意志であり、決意が固いことは明らかなのだが。

同じ手紙の後半で、ダルハウジーはある逸話を引いている。実話というより、多分に教訓的な寓話であると思われるが、その話を彼は友人に〝悲しいこと〟として紹介している。「ある男が、ゾウの食べていたサトウキビを奪った。ゾウは男の首に長い鼻を巻きつけると、男の頭を自分の前足の下に置き、えいと踏みつけて卵の殻のようにつぶした。そのゾウはすこぶる温和だった。しかし犬であろうと骨を手放したりしないのに、一国を支配する巨獣がだまって手放すだろうか?」そこでダルハウジーは考える。「巨獣が自身の力を知らない、あるいはつかうのを恐れるのは、奪った者にとってありがたいことだ」

一八五三年三月八日、マハーラージャ・ドゥリープ・シングは十四歳と六か月でキリスト教に改宗した。彼の暮らすファテガールで静かな儀式が執り行われた。ドゥリープが改宗したという知らせはパンジャブに、怒りではなく悲しみをもたらした。恐れていた暴動は起きなかった。巨獣はまったく自身の力を知らなかったのだ。

遠いイギリスでは、マハーラージャの救済にヴィクトリアが大喜びしていた。ドゥリープが追放の身となってから、その近況報告をつねに心待ちにしていた女王だった。知らせを丁寧に読みながら、ドゥリープへの興味が募り、知れば知るほど、その子に魅了されていく。ドゥリープもまた、海の向こうで女王への興味を募らせていた。それで十五歳になったとき、イギリスへ行くことはできないかと養親に尋ねた。そんなことを許しては本人がのぼせ上がると大臣たちから警告されたにもかかわらず、ヴィクトリア女王は大喜びで少年の訪問を許可した。ドゥリープは荷物をまとめ、ログイン夫妻につき添われて長い旅の途についた。

第十一章　ヴィクトリア女王の「忠実なる臣民」

　王宮に一歩足を踏み入れたとたん、ドゥリープはヴィクトリアのお気に入りになり、女王はことあるごとに彼を褒めちぎった。「とびきりのハンサムで、完璧な英語を話すだけでなく、気品あふれる優美な物腰には威厳さえも感じられる。ダイヤモンドをふんだんにつかって美しく装《よそお》い……退位させられた哀れなインドの王子たちにわたしはいつも心が痛む……」

　活気に満ちたイギリスの宮廷で、ドゥリープは上級貴族の地位を授かり、まもなくヴィクトリアの家族の一員になった。ダルハウジーをはじめとする人間は、甘やかしすぎだと進言したが、女王はそれを無視して、宝石や自身のカメオ細工から始まって、サラブレッドの馬まで、ドゥリープに豪華な品々を次々とプレゼントした。ふたりはバッキンガム宮殿や、ワイト島にある女王の安らぎの場所オズボーン・ハウスで、互いの姿を絵に描き合った。ドゥリープが自分の子どもたち、とりわけ男子のなかの一番下のレオポルド王子に見せる優しさにヴィクトリアは強く胸を打たれた。

　レオポルドは血友病を発症しており、しばしば体調不良に苦しんだ。血のつながった兄たちは虚弱な弟になんの配慮もしなかったが、ドゥリープはいつでもレオポルドを抱き上げて自分の肩に乗せ、どんな遊びをするのでも、決してのけ者にはしなかった。アルバート殿下もまたドゥリープを心底好きになり、イギリスでつかう彼の紋章をデザインした。五角の星をいただく宝冠の下に獅子が立つ図柄で、アルバートは座右の銘まで選んだ——プロデッセ・クアム・コンスピキ、すなわち〝目立つよりも、善行をなせ〟。宮廷でただひとり褐色の顔をした人間であれば嫌でも目立つが、時を経るにつれてドゥリープは、人から注目されたい欲求を募らせていく。

一八五四年七月十日、バッキンガム宮殿の白の客間。そこでドゥリープは、特別につくられた台の上に立って、極力動かないように頑張っていた。ヴィクトリア女王が、著名な宮廷絵師フランツ・クサーヴァー・ヴィンターハルターに、自分のためにドゥリープの肖像画をキャンバスに描くよう頼んであったのだ。インド式のゆるいシルクのズボンに金糸でびっしりと刺繡《ししゅう》をしたシャツを合わせ、高価な宝石を飾ったドゥリープ・シングは、どこから見ても王そのものだった。刺繡を施《ほどこ》した室内履きは爪先がカールしており、頭には無数のエメラルドをこぼれんばかりに飾ったターバンを巻いている。首には象牙でできたヴィクトリアの細密肖像画をつり下げ、女王の肖像画はもう一枚、外からは見えない心にもピンで留めてあった。女王は日記に、「ヴィンターハルターは若きマハーラージャの美と気品に陶然《とうぜん》となった」と記している。

しかし、ドゥリープの豪華な装いにひとつだけ、歴然と欠けているものがあった。子ども時代に腕につけていたお守りである。失われたコ・イ・ヌールはずっと彼の心に大きな影を落とし、ヴィクトリア女王の心にも重くのしかかっていた。ヴィンターハルターがイーゼルを調整している間、ヴィクトリアはログイン夫人についてくるようにいって、客間の隅に行った。人に話を聞かれたくなかったのだ。リーナ・ログインはこのときの会話を日記に記している。「女王は公《おおやけ》の場ではまだコ・イ・ヌールをおつけにならなかった。ご本人がいうとおり、マハーラージャを思いやってのことだった。『レディ・ログイン、これまでマハーラージャはコ・イ・ヌールのことを口にしませんでしたか？　失ったことを後悔して、今一度見てみたいといったことはありませんか？』」

ヴィクトリアはログイン夫人に、次にここへ肖像画のポーズを取りに来るときまで、ドゥリープの気持ちを探るように命じたが、夫人にはもうはっきりわかっていた。

失われたダイヤモンド以上に、マハーラージャと、親類縁者、従者連の頭と会話を占めている話題はない。東洋において、あの宝石はインドの支配権を象徴するものであり、王国を失った以上に、コ・イ・ヌールを失ったことが、マハーラージャの心を苛《さいな》んでいるのがはっきりわかる。もしその話題がまた蒸し返されたら、彼の内側からどんな感情が噴きだすのか、恐ろしくてならない！

恐ろしいといいながら、レディ・ログインはその数日後、リッチモンドパークで馬に乗っているときに、その話題をドゥリープに持ちだした。またコ・イ・ヌールを見たら、どんな気持ちがするかしら？「もう一度あれを手にできるなら、何でもする！　条約に従って渡せといわれたとき、自分はまだ何もわからない子どもだった。大人になった今、自らの権利において、女王の手に渡すべきなんだ！」

これはまさにヴィクトリアが願っていた答えだった。しかし彼は、本当に女王の手に渡すべきだと思っているのだろうか？　翌日宮殿で、ドゥリープがドイツ人画家の前で再びポーズを取っている間に、お粗末な茶番劇が上演されることとなった。リーナ・ログインが見ていると、ひとりの使者が部屋に入ってきた。ロンドン塔から衛兵の護衛つきでやってきた彼は、両手で包むように小さな箱を持っていて、その箱を女王がそっと開けた。女王は夫のアルバートにも箱の中身を見せてから、ふたりしてドゥリープの立っている台へと近づいていく。ドゥリープを見上げて女王がいう。「マハーラージャに、お見せしたいものがあります！」ドゥリープ・シングは何が待ち構えているのか知らないままに、台から降りて女王に近づいた。女王は箱から宝石を取りだし、ドゥリープの伸ばした手に載せながらいう。「ずいぶんよくなったと思いませんか？　これがあれだとわかりますか？」

マハーラージャは窓辺へ歩いていって、ダイヤモンドを日ざしにかざした。記憶にあるよりずっと小さい。形もなんだかおかしい。手のなかにあるそれは以前よりずいぶん軽くなったように思えた。それでもコ・イ・ヌールに違いはなく、それに触れた瞬間ドゥリープは、「礼儀正しい態度はそのままに、しかし表情には、たぎるような感情をぐっとこらえているのが明らかで……思うにそれは女王陛下も勘づかれたようで、同情と不安の入り交じったような目で彼を見つめていらっしゃった……」とリーナ・ログインは書いている。

時間の流れがいきなり緩慢になり、室内に気まずいムードが広がった。「心のなかで十分葛藤した末に、とうとう意を決したというように、ドゥリープ・シングは深いため息をついて宝石から目を上げた。この瞬間、わたしは何が起きてもおかしくないと覚悟した。ドゥリープがふいに怒りを爆発させて、貴重な宝物を、開いた窓の外へ投げ捨てることさえ考えられた。［わたしもふくめ］その場にいるみんなの神経が今にも切れそうになったとき、ドゥリープはゆっくりと女王陛下の立っているところへ歩いていった……」まずはお辞儀をし、それからヴィクトリア女王の手に宝石をそっと置いた。「忠実なる臣民として、このわたくしが我が君主にコ・イ・ヌールをお渡しすることができるのは、この上ない幸せです！」マハーラージャはもはや自分のものではない大切な宝物を女王に贈呈した。これを最後にドゥリープも、彼のいかなる係累《けいるい》も、二度とこのダイヤモンドに近づくことはなかった。

第十二章　宝石と王冠

バッキンガム宮殿の客間で行われたダイヤモンド引き渡しの一幕は、ヴィクトリア女王がそれを所有することをマハーラージャが承認する儀式というよりは、一種のパフォーマンスだった。女王はこれまで身につけるのを躊躇《ちゅうちょ》していたが、世界一貴重な宝石であろうと、ダイヤモンドがイギリスに渡った経緯と、女王が彼に寄せる感情を思えば当然だっただろう。ドゥリープの手から直接贈呈されたあと、女王はコ・イ・ヌールを頻繁に、公然とつけるようになった。なかでも最も注目されるお披露目の機会が、それからちょうど一年後に控えていた。一八五五年、ヴィクトリア女王はフランスへ公式訪問する計画があることを発表した。これは重大発表だった。イギリスの君主がフランスを最後に訪問したのは四百年以上も前であるというだけでなく、フランスとイギリスがクリミア戦争において歴史的同盟を結ぶ機会でもあるからだ。

フランスという国はそれまで君主制とはなかなか馴染まなかった。王を立てては、またすぐ退位させることの繰り返しで、ヨーロッパ諸国の君主を不安にさせていた。一七九二年には、ブルボン王朝のルイ十六世が退位だけでは済まされずに斬首された。それに続いて残忍な形で次々と粛清が行われ、第一共和制が生まれた。しばらく君主はいなかったが、一八〇四年にナポレオン・ボナパルトが軍事独裁者から皇帝になった。彼の治世は十一年しか続かず、ウェリントン公爵の指揮する敵軍に、ワーテルローの戦いで壊滅的な敗北を喫して終わった。ナポレオンは南大西洋のセント・ヘレナ島に追放され、一八二一年、胃がんにより、その地でみじめに客死した。

一八一四年以降、多くの王がフランスを支配してきたが、一八四八年には第二共和制が樹立される。しかし一八五二年にフランスは突然、共和制から再び君主制に傾き、ボナパルトの甥ナポレオン三世を新たな皇帝に据えた。前任者とは違ってこちらのナポレオンは英国崇拝者で、ヴィクトリア女王と同盟を結ぶことに積極的だった。友愛を示すため、ナポレオン三世はヴィクトリアに、自分をパリに訪ねるよう懇願し、先方が断れぬよう、ベルサイユ宮殿でヴィクトリアのために華やかな舞踏会を開催することにした。格別豪華な催しであったため、これにはブルボン王家からの承認も得られた。

一八五五年八月十八日にパリに到着して皇帝から熱烈な歓迎を受けたヴィクトリアは、一週間後の舞踏会に堂々と登場した。この会には、およそ千二百人の客が招待され、ヨーロッパ貴族社会と美と音楽の精髄を見せつけた。素晴らしい庭園の随所に、異なるオーケストラが控えており、そのひとつはオーストリアの作曲家ヨハン・シュトラウスが指揮した。音楽家たちの演奏台は灌木《かんぼく》の茂みに隠されていて、「ダリヤやバラをはじめとする様々な灌木の間から、見えない楽器で演奏されたハーモニーが響くようだった」。

庭園が魅惑的なら、宮殿のなかはまさに魔法の世界だった。途方もない数のシャンデリアと枝つき燭台《しょくだい》がずらりと並び、その光がベルサイユ宮殿の有名な鏡の間に置かれた三百五十七個の鏡に反射している。「何千というシャンデリアや蠟燭《ろうそく》の光が鏡に反射して、ゴールドやダイヤモンドに覆われた客たちの豪華なドレスに光のせせらぎが流れているようだった」

ヴィクトリアの衣服の選択はたいてい、抜群に洗練されたパリの人間を感心させなかったが、八月二十五日の大舞踏会の夜だけは別で、誰よりも輝いていた。スカートが大きく広がった白いサテンのドレスはアルバート殿下がデザインしたもので、颯爽《さっそう》と登場したヴィクトリアに会場は息を呑んだ。スカートに金糸で施《ほどこ》された繊細な花の刺繡《ししゅう》と、鮮やかな色の対照が美しい肩に渡した青い飾り帯を誰もが賞賛したが、他のあらゆるものをすべてかすませて人々の目を奪ったのは、頭に載せた〝ダイアデム〟、すなわち王冠だった。ガラード社でつくられたもので、花々がからむ銀と金の格子には数百の小さな真珠と三千にも及ぶ小さなダイヤモンドがちりばめられており、そのひとつひとつが蠟燭の炎をとらえて、無数の小さな輝きを放っている。しかしそれさえも、王冠の正面にある末広がり十字に置かれた宝石の輝きに比べれば、すっかりかすんでいた。ヴィクトリアの額の上で第三の目のように輝いているその宝石こそ、紛れもないコ・イ・ヌールだった。

その王冠は、マハーラージャ自身が女王にコ・イ・ヌールを手渡した日より丸十二か月〝前〟につくられた。この事実から、その宝石を入手した経緯にいくらやましさを感じていようと、ドゥリープの反応がどうであろうと、女王はこれからもそれを保持して身につけようと考えていたことが推察できる。

ガラード社の送り状は王冠の製作にかかった費用だけでなく、その製作に携わった職人たちの繊細な技術についても明らかにしている。

このティアラは、マルタ十字架四つと、フルール・ド・リス四つ、そして大ぶりのダイヤモンドを一列に並べた両側を囲むように小さなダイヤモンドをぎっしり埋めた飾り輪からできている。大きな十字架とフルール・ド・リスは好みに応じ、二重のスプリングとソケットによって飾り輪から取り外すことができる他、可動式のステムとフックもついていて、必要なときにはブローチとしてつかうこともできる。

王冠もブローチも、新しいカットを施されたコ・イ・ヌールが最も美しく見えるよう特別にデザインされたものだった。「スプリングとソケット」は巧妙につくられたクラスプのことを指しており、コ・イ・ヌールをしっかり保持する強さを持ちながら、女王がダイヤモンドをブローチとしてつけたいときには簡単にはずすことができる便利なものだった。ガラード社の文書によれば、「二千二百三個のブリリアントカット」ダイヤモンドと、「六百六十二個のローズカット」ダイヤモンドが、コ・イ・ヌールの引き立て役としてつかわれているらしい。これら小さな宝石の値段と出所《でどころ》は個々に記されてはおらず、宮殿側で用意したか、あるいは現存する王冠についている宝石からはずしたものと考えられる。ドゥリープ・シングの〝光の山〟はヨーロッパ屈指の美しい王冠に新しい居場所を見つけたのだった。

頭の上に載った宝石の重量と価値にひるむことなく、ヴィクトリア女王はナポレオン三世皇帝と朝まだきまで踊り続けた。

六年後の一八六一年の終わり。大きな悲劇に襲われたヴィクトリア女王には、あのパリの日々が遠い夢のように思えていた。アルバート殿下が腸チフスにかかり、数週間苦しんだ後、ウィンザー城の青の間で、悲しみに沈んだ妻と、九人いる子どものうち五人に囲まれて四十二歳の若さで息を引き取った。その死によって、女王は配偶者を失っただけでなく、恋人と親友も失った。アルバートがいなくなってから女王の人生はすっかり色あせてしまったようだった。世間との間に壁をつくり、自身を悲しみでがんじがらめにした。従者には、自分の贅沢なドレスや宝石の類はすべて片づけるよう命じた。そのようなものを再び着ることは想像もできなかったからだ。代わりにヴィクトリアは、白いクレープ絹地のトリミングがある質素な黒のドレスを身につけ、四十二歳の頭に後家帽をかぶった。そうして死ぬまでその装《よそお》いを変えなかった。

ヴィクトリアの悲しみは数か月が過ぎても癒えず、女王としての職務さえも避けるようになった。アルバートが生きていた頃は、それ以前の君主がみなそうだったように、国会開会式に参加することが義務づけられていた。イギリスでの議会政治の始まりを記念するイベントで、今日《こんにち》に至るまで多くの深遠な儀式が行われて、ファンファーレが盛大に響き渡った。夫を亡くす前はヴィクトリアも、セレモニーや儀式に精力的に参加していた。その日は、四頭の馬が引く、濃紺と漆黒《しっこく》と黄金のお仕着せが印象的な儀式用の馬車に乗り、ウェストミンスターへ向かう。護衛をするのは独特の上着とゴールドの錦を着た近衛騎兵隊。行進曲に合わせて行列を成した馬と兵士が足並みをそろえ、ロンドンの通りを縫うように進んでいって、街道沿いに立ち並んで歓呼する臣民たちに迎えられる。国会開会式は女王にとって議会制民主主義への敬意を表明する場であり、臣民にとっては女王への愛を表明する場だった。

アルバートが亡くなったあと、ヴィクトリアはこの任務をこなすのが耐えられなくなった。あまりにも長く欠席を続けると、国民は女王に見捨てられた気分になりますと大臣たちは警告する。このままでは君主制自体が時代後《おく》れと見なされる恐れがあった。それでもヴィクトリアは大臣たちの懇願を無視した。欠席が三年続くと、女王は悲しみのあまり正気を失ったのではないかと、人々の間に憶測が流れだした。アルバート殿下の部屋は今もそっくりそのまま取ってあるという事実が広まり、いまだに従者は殿下の化粧室に毎日湯を運び、主のいないままに朝のひげそりの用意をしているといううわさもあった。

五年の長きにわたって、世間から離れて暮らしていたヴィクトリアだったが、一八六六年、ついに悲しみの淵からはいあがった。議会への参加もようやく了承したが、不承不承であることを隠しもせず、絶対譲れない一連の条件を提示した。トランペットによるファンファーレや華燭《かしょく》の類は一切禁止。儀式用の馬車には乗らず、盛装用のドレスも王冠も着用しない。女王は後家帽をかぶり、裾の長い黒のドレスを着用してベールをつける。君主としてのスピーチも自分ではせずに、大法官が女王に代わって読み上げるのにうなずくにとどめるという。

ヴィクトリアが議会に登場すると、全身黒の喪の装いのなか、一個の宝石がひときわ強い輝きを放った。飾り帯のてっぺんにピンで留めたコ・イ・ヌールが、イギリス君主の権力と勢力範囲を無言のうちに語っている。かつて世界屈指の強者たちを美しく飾った、そのダイヤモンドも、彼らの領地も、今はすべて彼女のものだった。

ドゥリープ・シングもまた、長い夢から覚めて現実が見えてきたようだった。イギリスに到着した瞬間から、彼はヴィクトリアを自分の友だと信じた。いや、実際は友以上で、代理母のようなものだった。イギリスの貴族として約七年間暮らし、重要なパーティにもれなく招かれ、国内有数の権力者たちと知己《ちき》になった。しかしながら、二十一歳になると、ドゥリープは実の母親に思いをめぐらせるようになっていく。

ネパールにいるラニ・ジンダンは事実上、監獄生活を強《し》いられており、長い年月のうちにすっかりやつれ、急激に老けてしまった。体重が激減し、視力も失いつつあった。ロンドンにあるインド局と宮殿の役人らは、母親の衰弱ぶりがドゥリープに伝わらぬよう、細心の注意を払っていたが、一八六〇年、どこかから心配なうわさがもれてきてドゥリープの耳に届いた。新しい友人たちはよく思わないと知っていたのか、ドゥリープは信頼できる従者のひとりに手紙を託し、母と密かに連絡を取った。

その手紙を盗み見たイギリス側はジレンマに陥った。子どもに母親と話をさせないなどということができるだろうか？　ドゥリープ・シングはヴィクトリア女王のお気に入りのひとり。彼は何も悪いことをしていない。遙か昔に母親が困り者だったからといって、子どもが苦しむ道理があるだろうか？

押し問答の末に、イギリスは慎重な結論を出した。母親と再び絆を結ぼうというドゥリープを、イギリスがとめることはできない、と。しかし阻むことは無理でも、コントロールすることならできるかもしれない。それでドゥリープ・シングはインドまで行って母親に会うことが許された。ラニ・ジンダンが塔に引きずられていって以来初めての再会だった。慎重な配慮のもとに、当局は再会の場所をできるだけパンジャブから離れたところにした。選ばれたのは、スペンシズ・ホテルという一八六〇年代において世界屈指の高級ホテル。そこで一八六一年一月十六日、ドゥリープは英国側の役人ふたりに両脇を守られて母親を待った。

パンジャブに伝わる民間伝承によると、息子のもとへ連れてこられたジンダンは、一言も口をきかない代わりに、息子の顔から身体までまんべんなく撫でまわしたという。一緒にいた最後のとき、息子は輝くばかりに美しかった。さてあの子はどのように成長しただろうかと思いつつ、盲目に近い状況になった今、ジンダンは指先の感触を頼りに想像するしかなかった。顔に触れようと手を伸ばしたところ、彼も大人になりましたといわれる。息子の頭を撫で、髪に指をすべらせたとたん、長きにわたって抑えこんでいた悲しみと怒りが、その口から咆哮《ほうこう》のように飛びだした。

ジンダンは息子に激しく食ってかかった。王国とコ・イ・ヌールを奪われたのは知っているが、宗教までも奪われるとは何事か。まったく信じられなかった。しばらくしてようやく落ち着くと、もう二度と息子と離れはしないと、イギリスの護衛に向かってきっぱり宣言した。そうなると、息子ともども母親をイギリスに渡らせるしかない。長いこと忌《い》み嫌っていた国で暮らさせることになる。

ドゥリープは一瞬ためらった後、宮殿と、かつての保護者であるログイン夫妻に、まるで詫び状のような手紙を送った。そこには母親の意志と、自分もまたそれに賛成する意向であることがおずおずとしたためられていた。それゆえイギリスの役人が、反抗的な皇太后に、イギリスに船で渡ることも可能であると教えたときには驚愕したに違いない。イギリス側は依然としてジンダンを警戒と愚弄《ぐろう》の目で見ていたが、彼女をイギリスに連れてくることは自分たちにとって大変都合がよかった。インドから完全に切り離せば、もう反乱を起こすことはできなくなる。しかもこれからずっと間近で監視できるのだから、一挙に問題が片づくというわけだった。パンジャブの同郷人の間でジンダンがどれだけ強い影響力を持っているか、もしイギリスが忘れていたとしても、この母子再会の機会に嫌でも思いだすことになった。

第二次アヘン戦争からもどってきたシク教徒の兵士を満載した軍艦輸送船が偶然コルカタのフーグリ川を遡行《そこう》していた。乗員たちの間に、追放された王がインドに帰り、ひどく不当な扱いを受けていたラニ・ジンダンも息子のもとにもどってきたとのうわさが広がった。まもなく何百万という兵士が疲労の色もなんのその、すこぶる興奮の面持ちでスペンシズ・ホテルを取り囲み、かつての王と皇太后に呼びかける歓呼の声で、ホテルの壁を震わせた。「ジョ・ボーレ・ソー・ニハル・サト・スリ・アカール！」――「この言葉を唱えるすべての者は真の喜びを知る。主なる神は永遠に！」

このあと、イギリスの役人たちは母子を速やかに船に乗せることができなかった。もどった瞬間からジンダンは、「盗まれた」コ・イ・ヌールの話を息子にさかんに吹きこんだ。この母親の影響下で徐々にドゥリープは、王宮で人気を博するペットから、彼らに公然と反抗する人間になっていく。友人たちが陰で悪くいえばいうほど、ドゥリープは母に引き寄せられていくようだった。レディ・ノーマンビーは、ドゥリープ・シングの味方を自任し、何くれと相談に乗っていた。マルグレイブ・キャッスルにある先祖代々の別荘を、ドゥリープが狩りをしたいときによく貸していた。ヨークシャーにある起伏の多い一万六千エーカーの地所は、狩猟には持ってこいで、豪華なパーティを開くこともできた。ドゥリープはそこに母を連れてくることもあって、レディ・ノーマンビーは陰でジンダンを侮蔑していた。自身の息子に宛てた手紙に、こう書いている。「あの人は……汚いシーツみたいなもので身をくるんで、木綿の靴下を穿《は》いたりするの。インドの女神みたいな服をまとって宝石をごてごて飾ったり……まるで奇妙なインド人が飛びまわっているみたいで、『野蛮な異教徒がわたしの先祖代々の家に来てしまった』と思うの」

ドゥリープはそういった陰口に気づいていただろうが、動揺はしなかった。代わりに、ハイドパークの向かいに広がるロンドンの高級住宅地、ランカスター・ゲート一番地に母の家を購入した。自分もそのすぐ近くの三番地に瀟洒《しょうしゃ》な家を買った。通行人は謎めいたジンダンの家に興味を示し、通りがかりに窓に鼻を押しつけて覗いていく。キッチンの大鍋のなかでぐつぐつ煮えている料理から、エキゾチックな香辛料の匂いがするのだ。

ロンドンにもどってまもなく、マハーラージャはずっと昔に強制的にサインをさせられた和平条件に疑問を持ちはじめた。驚くほどに一方的な条件だった。以前彼から〝マバープ〟と呼ばれていたサー・ジョン・ログインはドゥリープから、「パンジャブにあるわたしの地所とコ・イ・ヌールのダイヤモンドについて、どうしてもご相談したいことがあります」と書かれた手紙を受け取った。これは細心の注意を要すると判断し、ログインはバッキンガム宮殿にこの手紙を差し出した。

ヴィクトリアは夫の追悼に没頭していたので、女王の相談役でもある国王手許金財務官チャールズ・フィップス卿がこの問題に対処することになった。フィップスもログインと同じように心配して彼に返信を書き送った。「マハーラージャについてお聞きしたこと、まったく遺憾でありますーーあの母親はもちろん、インド現地のいかなる影響に屈しても、彼は壊滅的なダメージを受けることでしょう。あれほどしっかりした青年が、まさかそんなふうに……」フィップスは、ログインがもっと彼の生活に積極的に介入して、ジンダンの呪縛を解いてやるべきだと力説した。ドゥリープ・シングはかつて何よりも養父の意見を尊重していたのだから、きっということを聞くだろうというのだ。その一方でフィップスは、ドゥリープを結婚させる計画を練っていた。妻と新しい家庭を築けば余計なことは考えなくなり、ジンダンの影響も減じられると思ったのだ。そのためにインド局は、ロンドンから遠く離れた田舎に広大な屋敷まで見つけてきた。マハーラージャが新生活を築くのにぴったりな物件だった。

そういった計画の裏で、ジンダンをアジアへもどしてまた監禁しようという話も進んでいた。しかし一八六三年八月一日、イギリスがその計画を実行に移す前に、ラニ・ジンダンはロンドンの自宅で穏やかに亡くなった。享年四十六。外見はもっとずっと年老いていた。

ドゥリープの母親が死んだことで、問題はすべて片づいたとイギリス側が思ったとしたら、それは大間違いだった。ジンダンは息子の心に疑いの種を周到に蒔《ま》いており、それが真に花開くのは彼女が死んだあとだった。外から見れば、ドゥリープは依然として宮殿の意向に従っているようだったが、じつはあらゆる物事において、ちょっとした意趣返しをしていた。一八六四年七月七日、ドゥリープは素直に妻をめとり、新たな家庭生活をスタートさせ、インド局とフィップスのような男をすっかり安心させた。しかし彼の選択は控えめにいっても、奇妙の一言だった。バンバ・ミュラーは十六歳の美女だが、教育を受けていない無筆の娘だった。ドイツ人商人とアビシニア人奴隷との間に生まれた私生児で、生まれた瞬間からカイロにあるキリスト教社会福祉施設の閉ざされた壁のうちで暮らし、英語は一言もしゃべれない。じつはヴィクトリア女王からは、結婚相手として別の女性を薦められていた。彼と同じように国を追われ、キリスト教に改宗した、クールグのゴウランマ王女である。それを断り、ドゥリープはわざわざ骨を折って、宮廷生活にまったくそぐわない相手を見つけてきたのだった。だんだんに自分がよそ者のように思えてきた彼は、それを理解してくれ、できれば同じ思いを共有できる女性がよかったのだ。ヴィクトリアの知らないところで、ドゥリープは、カイロのキリスト教福祉施設に連絡を取っていた。初めてイギリスへ渡る船旅の途上で、補給のために船が停泊したときにそこを訪ねていた。ドゥリープは宣教師らに、善良なキリスト教徒で、自分がいかようにも変えることのできる、まっさらな娘を捜してほしいと頼み、宣教師たちの頭に真っ先に浮かんだのがバンバだった。施設の高い壁のうちで育ち、世間のことは何も知らず、ましてや将来の夫がその一員になった上流社会のことなど皆目わからない。

ドゥリープはまた、インド局がジンダンの呪縛を解くために見つけてきた屋敷も購入した。ノーフォークとサフォークの州境に建つ贅沢な邸宅で、今では親しい友となった皇太子がつかう、王室別邸のあるサンドリンガムからもそう遠くなかった。ドゥリープはそれから五年の年月と、かなりの財産を費やし、もともとあった立派な邸を完全に解体して、地元の人間から〝ウェディングケーキ〟とささやかれる、度を越して華麗な屋敷に改築する。その屋敷エルヴデン・ホールの内部にはムガルの宮殿を彷彿《ほうふつ》とさせるように、大理石の彫刻、金箔《きんぱく》を貼った家具、上等な絹の敷物などが所狭しと並べられた。はたから見れば満ち足りた生活に落ち着いたようだが、本人はもう二度と暮らしに満足することはないと思っていた。ヴィクトリア女王の身内に交じって笑って遊ぶ、のんきな若者にはもどれない。

結婚してまもなく、もともと美食家のところがあったドゥリープは大酒を飲むようになり、独身時代以上に派手に、踊り子やいかがわしい女たちと大宴会を開くようになった。そんな狂態は、妻や女王の耳にも入り、両者をともに辱《はずかし》めた。妻は年がら年中妊娠中で、結婚して最初の十年で六人の子どもを産んだ。ヴィクトリア女王には、末子の子どもの名づけ親になってほしいと頼んでおきながら、慣習に従ってその子にヴィクトリアと名づけることをせず、綴《つづ》りだけ少し変えて、奴隷だった祖母、ソフィアの名をつけた。この上ない忠誠を誓っていると見せながら、じつに手痛い背信行為を働くのだった。

ヴィクトリア女王は次々と報告される彼のショッキングな行動に十年もの間悩まされた。アルバートの死を乗り越えてようやく職務にもどった瞬間から、それが女王の一番の悩みの種になっていた。ドゥリープ・シングは湯水のごとく金をつかい、ロンドンのウエストエンドにあるいかがわしいミュージックホールのアルハンブラで酔っ払い、まるで菓子でも配るように踊り子たちに宝石をばらまいた。放蕩《ほうとう》としかいいようのない金遣いの荒さにインド局は苛立《いらだ》った。途方もない額の請求書が次々と送りつけられるようになると怒り心頭に発し、あっさり支払いを拒否することで嫌悪を表明することもあった。それと同時にエルヴデンにかかる費用がとにかく尋常ではなかった。ドゥリープが不毛の土地に大金をつぎこんで、そこをイギリス一の猟場にしようと企《くわだ》てたからだ。まるで今でもパンジャブを所有しているような暮らしぶりだった。ヴィクトリアはやり過ぎを穏やかにたしなめ、身のふるまいと、金の使い道をもう少し考えてくれるよう頼んだ。

一八七七年になる頃には事態はいっそう悪化し、イギリス政府はドゥリープへの資金提供を停止することにした。請求書は未払いのままドゥリープに突き返され、容赦のない二者択一が彼に突きつけられた——生き方を変えるか、それとも破産して破滅するか。これに対しドゥリープは、散財の度合いをエスカレートさせ、一家に伝わる五十万ポンド相当の宝石類を返せとインド局に挑戦。サインを強制された条約も、その資産については適用されないはずだと指摘し、さらに百万ポンドを超える価値のある先祖代々の領地も返せといいだした。

両者の緊張関係は着実に危険度を増していく。インド局はドゥリープの子どもたちにかかる衣料費も支払いを拒否した。これに負けずドゥリープのほうは、家の前で長々と列をつくる債権者を彼らの戸口に差し向けた。ずいぶん強気で、喧嘩腰に見えるが、ドゥリープも相当弱ってきていた。かつて宮廷絵師ヴィンターハルターをうっとりさせた紅顔の美少年は、今や腹の突き出た禿頭《とくとう》の短気な酔っ払いでしかない。まだ何くれと世話を必要としているエルヴデンの家族をまったく顧《かえり》みない夫に絶望して、妻もまた、酒に溺れるようになっていく。寄宿学校に入っている長男はそこで守られたが、崩壊する家庭に放置された他の子どもたちは、やりたい放題だった。

一八八〇年代の初め、イギリス政府はドゥリープに、これを最後に五万七千ポンドを無利子で貸しだそうといいだした。ただしこれには条件があって、ドゥリープが死んだら即エルヴデンは売却し、その収益をすべて政府への借金返済に充てるというのだ。ドゥリープは大きなショックを受けた。その条件を呑めば、子どもたちに何も残せない。みな家を失って路頭に迷い、自分を食い物にしたと彼が信じる国に身をゆだねることになる。債権者からは、これまでの支払いが完了するまで、一切の商品やサービスの提供を拒否するといわれ、銀行にも融資をはねつけられた。こうなってはドゥリープも最後の手段に出るしかなかった。エルヴデンだけは残してほしいと、ヴィクトリア女王に直接懇願する手紙を書いた。

長男がもどってきたら家がなかった。その場面を想像すると胸が張り裂けそうです。幼い頃からの思い出がぎっしり詰まった家を追いだされる。女王様、そのつらさをこのわたし以上にわかる人間は他におりません。生家を追いだされ、誕生の地から追放された。わたしと同じ苦しみをあの子が経験するかと思うと、どうにもやりきれないのです。

ヴィクトリア女王は心温まる返事を寄越《よこ》したが、具体的な解決策は何も示さなかった。

親愛なるマハーラージャへ

十三日付の手紙を拝見し、胸を締めつけられました。わたしがあなたをどれだけ大切に思っていたか、不運な状況におかれて自分の生国を去らねばならなかったあなたの苦しみを、どれだけ案じていたことか、おわかりだと思います。即刻ハーチントン卿［インド相］に手紙を書き、あなたを安心させ、子どもたちにしかるべき生活を保障するために何ができるか、問い合わせてみました。以前にも一度か二度お話ししたと思いますが、どうやらあなたは、浪費が過ぎるために将来が心配だと、そう見なされているようです……どうか奥様と、愛する子どもたちは大丈夫だと信じて……

しかしドゥリープ・シングのほうは少しも大丈夫ではなく、家族全員にとって、状況はさらにまずい方向へ転がっていった。

ドゥリープは影響力のある友人たちに頼ってみたが、彼のなれの果てにあきれて、ほとんどの人間は無視した。ならば裁判に訴えようとしたものの、ラホール条約の定めが不公平であることを法的に訴えた著書が、斯界《しかい》の権威の多くから鼻で笑われたため、告訴はあきらめた。それで新聞の紙面を通じて、政府に圧力をかけるよう国民に直接懇願することにした。新聞は彼の投書を掲載したものの、それと同時に、どんどん追い詰められていく彼をあざけった。

その間ヴィクトリアはといえば、かつてドゥリープにあれだけ慕われていながら、状況をだまって見守るだけで何も手が出せず、出せたとしても、彼のためにひと肌脱ごうという気持ちはないようだった。傷つき怒ったドゥリープは、そもそもこのような状況に陥った大もとがどこにあるのか、女王に手紙で思い起こさせた。

子どもの頃から政府の手にゆだねられ、自身の意志も行動の自由もなく、ただ彼らの善意にすがって生きてきました。今思えば、それは善意というより、将来をも見通した作戦だったのでしょう。身の振りようがないわたしに当座の間、必要最低限の援助はするが、その子どもたちや家族まで面倒を見る気はなく、世間に埋もれていくに任せるつもりだった。

どこからも支援の手は伸びず、ドゥリープはヴィクトリアが一番傷つくとわかっている部分を狙うことにした。改宗をあれほど喜んでくれていた女王に、キリスト教を捨てると宣言することにしたのだ。

女王様……わたしがキリスト教に改宗したのは、たまたま自分を囲んでいる人々がキリスト教を信奉しており、その行動が信仰に沿って首尾一貫していたためでした。我々シク教徒は生まれながらに粗野な人間ですが、自分たちの信仰における道義（つまらないものではありますが）を貫くことにやぶさかではありません。我々は口だけそれらしいことをいって、やることは別という態度は取らないのです。

女王の廷臣らにはさらに大胆な脅迫をした。イギリス政府が今後もひどい仕打ちを続けるなら、自分はイギリスの宿敵であるロシアと同盟を結び、復讐心に燃えるシク教徒を率いて戦争に突入しようというのだ。

一八八六年一月、ドゥリープはエルヴデン・ホールの中身をすべて競売にかけた。レンガとモルタルは借金の返済分として政府に持っていかれたが、それ以外は、家の家具から、孵化場《ふかじょう》に残っているキジの卵まで、すべて値つけをして目録に記載し、即刻売り払った。子どもの頃に奪われた資産の一部を、当然自分が受けていい援助を、なんとか自分のものにしようと五年にわたって奮闘したものの、結果はむなしかった。エルヴデンの売却によって手にした金で、自分と家族がインドにもどる船旅のチケットを購入したのだろう。彼はかつての王国を武力で取りもどそうという夢を心密かに抱いていた。自分が祖国の土を踏むと同時に我が臣民が決起し、援助がしたくてうずうずしていたロシア軍がアフガニスタンから雪崩《なだ》れこんでくると、そう計算していたのだ。

しかしドゥリープは、アデンから先へは行けなかった。一八八六年四月二十一日、乗った船がスエズ運河に到達する前に、ポートサイドで家族ともども逮捕された。最終的に釈放されたものの、大きな野望に心身ともに消耗して家庭は崩壊し、自身の健康も害してしまった。一八九三年十月二十一日、ドゥリープ・シングはペルシャの侘《わび》しい宿で無一文のまま、たったひとりで息を引き取った。享年五十三。子どもたちは跡継ぎに恵まれず、彼の死とともに、その家名も途絶えた。現在のパンジャブでもこの悲劇に胸を痛める人は多い。

第十三章「我々はコ・イ・ヌールを取りもどさねばならない」

ドゥリープの死去の報が一般に知れわたると、コ・イ・ヌールの呪いの話がまた息を吹き返した。一九〇一年にヴィクトリア女王が崩御し、コ・イ・ヌールは女王の跡を継いで新たにインド皇帝になった息子のエドワード七世ではなく、その妻アレクサンドラ王妃に受け継がれた。女性ならそれを所有していても問題はないが、男性が所有しようとすればことごとく破滅するといういい伝えがいつの間にか根づいていたのである。そのいわれについては誰も知らないようだが、ドゥリープ・シングの身に起きたことを思えば、そういった可能性をわざわざ呼び寄せるのは愚かなことと感じたのだろう。

雪のように白い肌に、深い栗色の巻き毛と、白鳥のように優美な首を持つアレクサンドラ王妃は無類の宝石好きで、イギリスの現在にも過去にも、ここまで宝石に情熱を傾ける女王や王妃はいなかった。一九〇二年八月九日の戴冠式《たいかんしき》には、蝶結び形のダイヤモンド飾りをいくつもスカートにピンで留め、そのひとつひとつに大きな宝石がつり下がっていた。ダイヤモンドをぎっしり埋めこんだ飾り帯を細いウエストに巻き、宝石をちりばめたボディスは、二千個のダイヤモンドと百十八個の真珠をゴールドにはめこんだダグマー・ネックレスの陰に隠れてしまった。ダグマー・ネックレスには、イエス・キリストの十字架の破片がふくまれているともいわれていた。首回りには、大きなダイヤモンドの花形帽章をつけ、何重にも連なる豪華な真珠と一緒に、見る者の注意を二分していた。王妃の首は、ヴィクトリア女王が戴冠式につけたネックレスの重みにもなんとか耐えられたようで、二十六個の大きなダイヤモンドもそこで誇り高い輝きを放っていた。

しかし最も注目されたのは、アレクサンドラ王妃のために新しくデザインされた王冠だった。ヴィクトリア女王が一八五五年にベルサイユ宮殿でかぶった王冠を改造したもので、ダイヤモンドをちりばめた八つのアーチがゆるやかなカーブを描きながら王冠の高みに集まって、ダイヤモンド一個をはめこんだ宝珠で結合されている。そして、戴冠式に授けられるこの王冠の正面中央、一番いい位置を占めるのは、またもやコ・イ・ヌールだった。

それに続く数十年、コ・イ・ヌールはふたりの王妃の戴冠式に登場した。将来のジョージ五世妃メアリーには、義母の王冠が派手すぎるように思え、一九一一年の戴冠式では、ガラード社に頼んでもっとシンプルな王冠をつくってもらった。二千二百個の小さなダイヤモンドをちりばめたそれは、戴冠式後はいくつかのパーツをはずして、飾り環として身につけることができるようになっていた。それでも昔から変わらない点がひとつあった。アレクサンドラ王妃や、その前のヴィクトリア女王と同様に、メアリー王妃もまた、コ・イ・ヌールを王冠中央の一番目立つ場所に置いたのである。結果、コ・イ・ヌールの輝きが見守るなかで、ジョージ五世は「イングランド王国、加えてそれに属する自治領を、議会が協議して制定した法としきたりによって治め……」と宣誓した。

その息子ジョージ六世も同じだった。もともと王になるべくして生まれたわけではなかった。兄が、離婚経験のあるアメリカ人女性ウォリス・シンプソンと大恋愛の末に、王位を放棄して結婚を決めたため、その穴を埋める形で王に即位した。ジョージ六世の戴冠式で、王妃のエリザベスは、再度王妃用の王冠を改造する。新しい王冠はプラチナの土台に二千八百個のダイヤモンドをちりばめてできあがった。クッションカットのダイヤモンドが大半を占めるなか、ローズカットやブリリアントカットのダイヤもつかわれた。光り輝く十字架と長方形がずらりと並ぶバンド部分の中央には一個の大きなダイヤモンドが埋めこまれており、これは一八五六年にトルコのスルタンがヴィクトリア女王に贈呈したものだった。このバンドから四つのフルール・ド・リスと四つの末広がり十字が突きだして、王妃の頭を取り巻いているのだが、その中央正面に君臨する大きな十字架に、コ・イ・ヌールが埋めこまれていた。エリザベス王妃は、議会の開幕時にスピーチをする夫に伴う際、毎回これを着け、さらに娘である、エリザベス二世の一九五三年六月二日の戴冠式の際にも、この王冠を身につけた。

コ・イ・ヌールの呪いがもたらされるのは男性君主のみとイギリスでは信じられていたものの、エリザベス二世は大事を取って、この宝石を身につけることを控えた。現在それはロンドン塔の英国王室宝器保存室に収まっているが、引退後もコ・イ・ヌールに安穏はもたらされなかった。

一九四七年、独立直後のインド政府がコ・イ・ヌールを返還するように求めた。同時にオリッサの聖職者会議も同じ要求を出した。マハーラージャ・ランジート・シングが死の床で、プリーにあるジャガンナートの寺に遺贈した話を持ちだしたのである。両者の要求はあっさりとはねつけられた。ダイヤモンドはその正当な所有者であるラホールのマハーラージャが、当時の君主ヴィクトリア女王に正式に寄贈したものであると、イギリス政府は声明を出した。さらに、将来への確固たる決意を示して、この問題については「交渉不可能」だとつけ加えた。エリザベス女王二世の戴冠式で、女王の母親の王冠の一部としてコ・イ・ヌールが登場した際、インドはまたもや同じ要求を出した。新しい君主は容易に動かされやすいと見たのかもしれない。しかしこれもまた、にべもなくはねつけられた。

一九七六年、イギリスは記録史上最も暑い夏を経験した。水は配給制となり、病院は緊急入院患者の激増に供えて警戒態勢を取らされ、通常の死亡者数を超えた〝過剰死亡〟を招く事態となった。熱暑はまた、緋色の背中に黒い点が並んだ愛らしい昆虫、テントウムシの大発生も引き起こした。二百四十億という数のテントウムシが空を埋め尽くし、作物は不作になり、からからに乾いた森に火がついた。独特のグリーンの上着を脱ぐことを禁じられた下院の職員たちは、うんざりして外へ出てしまうという歴史に残る事件を起こし、ビッグベンの時計が初めてにして唯一の大きな故障を起こした。三週間にわたって鐘は沈黙し続け、イギリスが邪悪な力に搦《から》め捕られたという気分が人々の間にますます濃厚に広がっていった。

同じ年の八月、パキスタンの独立記念式典前夜、ロンドンは最高レベルまで気温が上がった。

この日、パキスタンの首相ズルフィカル・アリ・ブットがイギリスの首相ジェイムズ・キャラハンに手紙を書き、コ・イ・ヌールを返還するよう求めた。それは町の宝庫から奪われたラホールの遺産の一部であるというのである。

「パキスタンが代々受け継いできた精神の権化ともいえるかけがえのない宝」が消えたことには怒りを禁じ得ないと、パキスタン首相は手紙で訴えている。コ・イ・ヌールをパキスタンに返還すれば、「それはイギリスが自主的に帝国の債務を償還する動きに出たことを示し、ひいては非植民地化へとつながるだろう」というのである。ブットは、ダイヤモンドの返還は「前時代の、武力で強奪する性質のものとは明らかに異なる、新たな世界的公正を象徴するものになるだろう」とつけ加えている。

まったく突然の求めで、すでに暑さでぐったりきている政府はまたもや大汗をかく事態となった。キャラハンは返答に一か月を要したが、答えはここでもノーだった。コ・イ・ヌールに関する「明白な条項」が定められて、「イギリスの王冠へ移された……ラホールのマハーラージャと和平条約を結んだ結果、一八四九年に戦争が終結したのです」といっておいて、さらに彼の言は続く。「コ・イ・ヌールのダイヤモンドをめぐる過去の混乱した歴史を顧《かえり》みれば、かつてイギリスが所有権を持ちながら、将来的にそれはおかしいと疑問を呈する向きがあるとするなら、その所有権を主張するものが多数出てくるのは必然であり、それがいかなる国であろうと、わたしから女王陛下に対して、特定の国にそれを引き渡すべきであるとは助言できないのであります」

役人らがその件に関するファイルを開いたところ、ブットの手紙と、妥協しないキャラハンの返事が収まっていた。コ・イ・ヌールをめぐる簡単な歴史も添付されており、英国政府の書記が、つい最近、女王の母親が娘の戴冠式でそのダイヤモンドを身につけたことを記している。そこに、「これは非常にまずい！」とキャラハンが走り書きしている。

何もなければブットは、その後もさらに突っこんで追及を続けただろうが、一年後に起きた軍事クーデターで免職に追いこまれ、その二年後に絞首刑になった。

一九九〇年、ロンドン駐在のインド高等弁務官、クルディプ・ナヤールがコ・イ・ヌールの返還について疑問を投げかけた。ブットと同じように、ダイヤモンドがイギリスに渡った経緯を非難し、これは国家支援の下に行われた窃盗であると訴えた。正当なる所有権はインドにあり、唯一無二の所有者はインドなのだと強調する。彼はその後こんな手紙を書いている。

イギリスにはわずかしかいられなかったが、それでもコ・イ・ヌールのことを話すたびにイギリス人は面目ないという顔をするのだった。コ・イ・ヌールをふくめ、インドのダイヤモンドを見に家族を連れてロンドン塔に行ったところ、イギリスの役人はわたしたちを案内しながら、非常に申し訳なさそうで、こんなことを口にした。「わたしどもはこれら「ダイヤモンド」をお見せしながら、恥ずかしく思っております。なぜなら、これらはあなた方の国のものだからです」と。ダイヤモンドを見たあと、うちの年老いた使用人ムルリが、「インドにもどったら、コ・イ・ヌールを取りもどさなくてはなりません」とそういったのを覚えている。彼の言葉こそ、インド一般大衆の意見そのものだった。ナヤールの願いもまた、どこにも届かなかった。二〇〇〇年のラジャ・サブハ（インド議会の上院）で、彼はもう一度この問題を提起する。

わたしは五十人あまりの下院議員から嘆願書にサインをもらった――野党党首のマンモハン・シングもそのひとり――イギリス政府がコ・イ・ヌールを返還するようインド政府が動いてほしいとの嘆願である。政府は間違いなくロンドンに、この問題を相談すると、当時の外務大臣ジャスワント・シングがわたしに請け合ってくれた。きっとすでに相談しているのだろう。

しかし実際にはそのような相談などなかったことが、後に明らかになっている。コ・イ・ヌールは謎めいた力を持つ古代の宝石から、現在も使用可能な外交における手榴弾に変貌した。ブットとナヤールの後、インドでもパキスタンでも、政府自体はコ・イ・ヌールをめぐってイギリスとの関係を危険にさらすのを望まないようで、以降ダイヤモンド返還の要求は、一般大衆から叫ばれるようになる。これに、デリーやイスラマバードにいる政府筋の人間はしばしばばつの悪い思いをし、苛立《いらだ》ちを募らせた。

〝盗まれたダイヤモンド〟を取りもどせとの声があがったのは、インドとパキスタンにとどまらない。二〇〇〇年の十一月にはタリバンが、「可能な限り早く」コ・イ・ヌールを返すようエリザベス女王に要求した。おそらく、爆撃で完全に破壊されたカブールの博物館にそれを飾りたいのだろう。タリバンの外務スポークスマン、ファイズ・アフマド・ファイズは、あのダイヤモンドはアフガニスタンの「合法的な財産」であると強調し、植民地時代にアフガニスタンから盗まれた「他の多くの物」も、戦争で崩壊した国をタリバンが再建するために返還するべきだという。「歴史をふりかえれば、あのダイヤモンドは我々からインドが奪い、インドからイギリスの手に渡った。我々にはインド以上に正当な所有権があるのだ」とファイズの言は続く。驚くべきことではないが、タリバンの要求はまったく無視され、アフガニスタン政府からそれ以上の働きかけはなかった。

それとは対照的に、インドとパキスタンはまだあきらめていない。何か事が起きるたびに、返還を要求する熱が再びかきたてられるのだ。二〇〇二年、イギリス女王の母親が亡くなり、遺体の安置された棺の上にコ・イ・ヌールをつけた王冠が置かれた。このときイギリス在住のシク教徒が放送を見て、〝盗んだ品物〟を自分たちの鼻先で見せびらかす行為だと非難した。アムリッツァルの黄金の寺にコ・イ・ヌールを返すようにとの要求もあった。電話で連絡してきたひとりは、「あのダイヤモンドはシク王国のマハーラージャが所有したものであり、当時まだインドは君主国として存在さえしていないのだから」と返還の根拠を申し述べた。

どれだけ時間が経過しても、コ・イ・ヌールを取りもどしたいという、インド、パキスタンの人々の情熱は一向に冷めることがない。二〇一〇年、当時の首相デヴィッド・キャメロンがパンジャブを公式訪問し、インドのメディアから攻勢を受けている。ダイヤモンドの返還が、イギリスによるインド統治時代の搾取《さくしゅ》への償《つぐな》いの始まりとなるが、どうだろうと提案されたのだ。それに対して首相が「わたしがもしここで返すといえば、気がついたら大英博物館はからっぽになっていたという事態になりかねない」と答えたのは、ロゼッタストーンやエルギンマーブルズをめぐる物議が頭にあってのことだろう。「残念だが、あれはそのままにしておくしかないだろう」

どれだけたくさんのイギリスの首相が、何度ノーといっても、コ・イ・ヌールの所有権を訴える人間は後を絶たず、二〇一五年はその訴えがとりわけ活発になった年だった。

その年の七月、〝光の山〟と自分たちを呼ぶ一団が、イギリスにコ・イ・ヌールの返還を求める訴訟を起こすと発表した。そのコンソーシアムは、実業家やボリウッドの俳優たちが組織するもので、慣習法に定められている〝物品に関する違反〟を盾に、自分たちに所有権があると主張し、イギリス政府はダイヤモンドを不当に所有していると訴えた。女優のブミカ・シングも、このコンソーシアムを構成するひとりで、「コ・イ・ヌールは単なる一〇五カラットの宝石ではなく、わたしたちの歴史と文化の一部であり、疑問の余地なく返還されるべきなのです」といっている。

この運動はゴア人を両親に持つ、当時イギリス下院議員を務めていたキース・ヴァズが本気で支援した。「大変な苦労を伴うが、なんとしてでも推し進めないといけない。金銭による賠償を求める手続きは複雑で時間もかかり、それでいて結局は何も得られなかったという事態になる可能性もある。それでもコ・イ・ヌールのダイヤモンドのように貴重な品を返還しないという事実には、なんら弁解の余地がなく、そのため長年にわたって運動を支えてきた」とヴァズはいう。

この声明は、ナレンドラ・モディが三日にわたる公式イギリス訪問を準備しているさなかに発表された。「モディ首相が延び延びになっていた訪問を終えて、ダイヤモンド返還の約束を取りつけてインドにもどってくることができれば、これ以上に素晴らしいことはない」とヴァズはいっている。

モディの訪英は二〇一五年の十一月に実施され、首相は国内をまわって数多くスピーチをし、メディアにも登場したが、いずれの場合もダイヤモンドの問題について言及するのは避けていた。首相は如才《じょさい》なく沈黙を守ったが、それから数週間後の十二月に、再びコ・イ・ヌールがニュースに登場した。コ・イ・ヌールを自身の国へ返還するのに力を貸してくれるよう、ラホールの高等裁判所に働きかけていたパキスタンの市民がいたのだ。その人物ジャワイド・イクバル・ジャフリーは嘆願書に、コ・イ・ヌールはイギリスが「違法に所有」する「パキスタンの資産」だと書いている。

イギリスのある新聞に載った記事によると、「過去半世紀にわたってジャフリー氏はダイヤモンドの返還を求めて、七百八十六通の手紙を女王とパキスタンの役人に送っていた。高等裁判所への嘆願書には、これらの手紙は女王が筆頭個人秘書を通じて送った一通を除いて、まったく返事が得られなかった」と書かれている。新聞はおそらく、この七百八十六という数字の重要性に気づかなかっただろうが、世界中に散らばるイスラム教徒はもれなく気づいたはずだった。アラビア文字は数字に置き換えることができ、コーランの冒頭にある「ビスミ・ッラーヒ・ッラフマーニ・ッラヒーム」（慈悲あまねく慈愛深きアッラーの御名において）の文字を数字に置き換えて合計すると、ちょうど七百八十六になるのだった。アッラーに助けを求めても、この問題に対するイギリスのかたくなな態度は変わらない。正式な政府の要求も出されていないので、当局はこれを一笑に付した。しかし二〇一六年になると、いくぶん緊張が高まった。

その年の四月、インド政府は気がつけば激しい論争のさなかにあった。インドのあるNGOが、ダイヤモンドを取りもどすよう最高裁判所に陳情書を提出していたのだ。政府を代表する司法次官のランジート・クマルは、そういった主張をすること自体、的外れだと指摘。コ・イ・ヌールは「イギリスの支配者に盗まれたのでもなければ、強奪されたのでもない」、一八四九年にランジート・シングが東インド会社に〝贈呈〟したというのである。このあっさりした声明が、水門と、山ほどの古傷を開き、結果、あざけりがどっと湧き起こった。どうしてランジート・シングがダイヤモンドを贈呈できるのか？　幽体離脱でもしない限りそれは無理だろう。その十年前にランジート・シングは死んでいるのである。〝贈呈〟という見方もまた、さんざんに揶揄《やゆ》された。退位させられた少年王の悲劇が詳細に分析され、二十四時間報道された。それを受けて、ダイヤモンドが押収された経緯について数え切れない数の新聞記事や意見声明が発表された。インドのメディアが出した結論はじつに簡単だった。コ・イ・ヌールは贈答品ではない。

わずか数時間でインド政府は方向転換したようだった。報道機関に発表したある声明では、文化省が司法次官のコメントと距離を置いているのがわかる。「繰り返しになるが、インド政府は友好的な形でコ・イ・ヌールのダイヤモンドを奪回するため、あらゆる努力を惜しまない……」と文化省はいい、さらに、そのダイヤモンドは「我が国の歴史に深く根ざす価値ある美術品」であり、ナレンドラ・モディ首相は取りもどす決意を固めているとつけ足している。

二〇一六年九月、政府は一通の宣誓供述書を裁判所に提出した。それには、返還を求める法的根拠はないと思えるが、友好的な方法でイギリスに返還を求めると書かれていた。政府はそこで、一九七二年に公布された、インドの遺物と美術品に関する法律を強調している。その法律では、法が効力を発する以前にその遺物が国を離れている場合、それの原産地であることを根拠に返還を要求する権利はないものとされている。加えて、ユネスコの国際協定もまたインド政府に味方はしてくれないと、宣誓供述書は続けている。これにイギリスとインドがサインしたときには、ドゥリープ・シングからダイヤモンドが奪われて、長い年月が経っていたからだ。

結局、状況は行き詰まったままだった。それでも、インド政府はなんとかして、ダイヤモンドを取りもどすために努力をするといいはった。イギリス政府のほうは相変わらずかたくなで、コ・イ・ヌールはロンドンにあるべきだという姿勢を一向に崩さなかった。

呪われているという伝説もあるこのダイヤモンドを、いったいどのようにすれば八方丸く収まるのだろうか。インドとパキスタンの国境沿いにあるワーガに、両国から入館できる珍しいタイプの博物館を建設し、そこにコ・イ・ヌールを置けばいいと考える者がいる。いや、いっそのことダイヤモンドを細かくカットして、インドやパキスタンをはじめとする、返還すべき正当な理由があるすべての国にひとかけらずつ返せばいいと考える者もいる。しかしそういったソロモンの知恵のような方策をイギリスは喜ばないだろうし、コ・イ・ヌールに関わるすべての集団を満足させることはとうていできないだろう。

コ・イ・ヌールは呪われているのか否かという疑問は、合理的精神を誇りにするヴィクトリア朝時代の人々を大いに興奮させた。これまで見てきたように、ダルハウジーは呪われてなどいないと固く信じ、その根拠として、「それを所有しているのは敵よりも力がある者たちだけだ」というシャー・シュージャがランジート・シングに語った言葉を引き合いに出している。そのダイヤモンドは歴史上最も幸運な、最も豊かな人間が所有してきたのであるとして、呪われている可能性など一笑に付している。

しかしこれまで書いてきたように、コ・イ・ヌールを所有した多くの者が実際様々な形で、苦痛の極みを味わっており、それはシャー・シュージャも例外ではない。いろいろな理由で盲目になる者がいれば、遅効性の毒を盛られたり、拷問で死んだり、油で焼かれたり、溺れさせると脅されたり、熱して溶かした鉛を頭に注がれたり、自身の係累《けいるい》や護衛によって暗殺されたり、王国を失って赤貧のうちに死んだりする目に遭っている。被害を受けるのは人間に限らない。コ・イ・ヌールを輸送していた軍艦メディアの船内ではコレラが蔓延《まんえん》し、そのうえ嵐で沈没しかけ、乗客乗員を旅の最後まで苦しめた。

　ムガル帝国が有した数々のダイヤモンドのなかに置けば、コ・イ・ヌールは最大ではない——もともとその重量はダルヤーイェ・ヌールやグレート・ムガル・ダイヤモンドと同じぐらいと考えてよく、アルバート殿下が新しいカットを施《ほどこ》した結果、現在コ・イ・ヌールの重量は世界で八十九位にまで落ちている。しかしそれと同じか、それ以上の重量を誇るダイヤモンドのどれを取っても、名声においては、コ・イ・ヌールが現在まで維持しているそれに敵《かな》わない。他の何よりも、この事実ゆえに、植民地主義による搾取の賠償において、最近コ・イ・ヌールの返還を求める声がひときわ高いわけで、自分たちのもとへ取りもどそうという試みが様々な方面で始まったのだ。

　コ・イ・ヌールの物語は、植民地主義に対する様々な態度における、いわば避雷針であり、歴史的に重要な問題を提起するのみならず、現代の問題をも浮かび上がらせる。つまり、そのダイヤモンドがロンドン塔に存在する事実そのものが、我々に問題を投げかけているのだ。植民地主義による略奪には、どういう対応をするのが正しいのか？　歴史の浮沈《ふちん》のひとつだとして軽く受け流すのか、それとも過去の間違いを今こそ正すべきなのか？

　ひとつ確かなのは、ごく近い将来に何が起ころうと、現在のショーケースからコ・イ・ヌールが出ていく可能性はまずないということだ。現在は新しい王妃の到来を待っており、いつの日か、チャールズ三世が王として即位した場合（原書の刊行は二〇一七年）、カミラ王妃の頭の上に鎮座するかもしれない。しかしそのダイヤモンドの荒々しい、しばしば悲劇をもたらした歴史を顧みれば、次の王妃が、そして君主制そのものが、あえてリスクを取ることを望むなど、まず考えられない。

ナーディル・シャーがムガル帝国を壊滅させ、偉大なダイヤモンドをデリーから持ち去ってから三百年近くが経ち、イギリスの手に最初に渡ってから百七十年が過ぎたものの、あの伝説の宝石スヤマンタカ同様、コ・イ・ヌールの不和と軋轢《あつれき》を産みだす力は今も少しも衰えていない。これからもその力がいかんなく発揮されるなら、コ・イ・ヌールがどこへ行って誰の身を飾ろうと、そこに不幸と幸福の両方をもたらすといえるだろう。

謝辞

まずはその学識をわたしに親切に分け与えてくださった、次に名を挙げるインド宝石の大家たちに感謝を捧げます。スーザン・ストロング、ナビーナ・ハイダー、コートニー・スチュアート、モミン・ラティフ、エバ・コッホ、デリク・コンテント、イラディ・アミニ、アミン・ジャッファー、アラン・ハート、ジャック・オグデン。そして、ブルース・ワネル、マイケル・アックスワーシ、キャサリン・バトラー＝スコフィールド、ロバート・マッケズニー、ウルスラ・シムズ＝ウィリアムズ、サキブ・バブリは、コ・イ・ヌールの忘れられた歴史をひもとく上で重要な鍵となる、ペルシャの資料について重要なアドバイスを惜しみなく与えてくださいました。感謝を捧げます。ナブテジ・サルナ、リリー・テクセン、リヤ・サルカル、イアン・トゥルーガーは、様々な調査や編集の端々《はしばし》で、貴重な支援をしてくださいました。ジャガンナートのナンディニ・メータ、パース・メヘロートラー、チキ・サーカー、そしてブルームズベリーのアレグザンドラ・プリングル、マイク・フィッシュウィックは、優秀で優しく創意工夫に富む、わたしのエージェント、デヴィッド・ゴドウィン同様、素晴らしい仕事ぶりで力を貸してくださいました。そんなみんなの力が結集して、ほんの思いつきでしかなかったものが、一冊の本になりました。そして、わたしの愛する家族――オリヴィア、イビー、サム、アダム――にも感謝を捧げます。みんなのおかげで、夏と秋の長い執筆の日々を、平常心を保ったまま、幸せに乗り越えることができました。そして最後に、ダイヤモンド狂という言葉があるなら、まさにそう呼びたい、わたしの素晴らしい共著者アニタに感謝を捧げます。

ウィリアム・ダルリンプル

＊

自分の時間と専門知識を惜しみなく分けてくださった上に、ドゥリープ・シングの素晴らしい資料の閲覧を許してくださったピーター・バンスに感謝を捧げます。本書に掲載した画像の多くは彼のコレクションで、ランジート・シング／ドゥリープ・シング時代の遺物の保存に、これだけ細心の注意と膨大な時間を捧げた人を他に知りません。いつでも親身にわたしを助けてくださいました。また、素晴らしいご指導と知識をいただいた、英国宝石学協会の会長アラン・ハートにも感謝を捧げます。彼は西ロンドンの薄暗いパブで、コ・イ・ヌールの物語を浮かび上がらせてくださいました。スー・ウールマンズ――わたしのすぐ鼻先にいた宝石のエキスパート！――にも、その熱烈な支援に感謝を捧げます。F・S・アイジャズディンは、ラホール宮廷に関する第一級の専門家であるばかりでなく、ご本人の家族の歴史とDNAがランジート・シングとその後継者の歴史とからんでいるという方です。彼の惜しみない指導は本当に貴重だったとつくづく思います。英国国立図書館とその有能な文書係、そして王室文書館と、わたしにシク教徒の歴史を案内してくれたアマンディープ・マドラにも感謝を捧げます。さらに、ドゥリープ・シングの物語に肉付けするのに大きな力を貸してくださったナブテジ・サルナと、わたしのエージェントであり賢い友人でもあるパトリック・ウォルシュにも感謝を捧げます。このプロジェクトに精力的に取り組んでくださったチキ・サーカー、アメナ・サイアド、アレグザンドラ・プリングル、マイケル・フィッシュウィックにも感謝を捧げるとともに、この本という〝赤ん坊〟が生まれるのに力を貸してくれたナンディニ・メータにも感謝を捧げます。まだ六歳の子どもの時、わたしの手を引いてコ・イ・ヌールを見せに連れていき、それがインドから失われた経緯について情熱をこめて話してくれた、今は亡き父にも感謝を捧げます。あれ以来ずっと、あのダイヤモンドはわたしの想像のなかで輝き続けていました。そして夫と息子たちにも感謝を。サイモンはわたしがこの本のために大海を渡っている間、わたしたちの小さな船を雄々《おお》しく指揮してくれました。彼の辛抱と支援がなかったら、この本を書き上げることはできませんでした。最後に、ウィリー・ダルリンプルに感謝を！　一緒に仕事ができたのはなんという喜びだったでしょう。これからもダイヤモンドのように輝き続けて！

アニタ・アナンド

訳者あとがき

英国王室の王冠に飾られているコ・イ・ヌールは、〝光の山〟という名に恥じぬ世界最大のダイヤモンドのひとつとして、遠い昔から数々の権力者に崇《あが》められてきた。しかし多大な富と力と、子孫繁栄をもたらすと信じられながら、それを巡る凄惨《せいさん》な歴史を鑑《かんが》みて、エリザベス二世は身につけることを拒否した。

現在ロンドン塔に所蔵されているコ・イ・ヌールは、数々の逸話を有しているが、それらは事実なのだろうか？　その真相を突きとめるために、ふたりの著者が立ち上がった。これまで翻訳もされずに埋もれていたペルシャやアフガニスタンの神話や歴史書をはじめ、数々の資料にあたりつつ、現代科学の粋《すい》を集めることで、謎のダイヤモンドを覆ってきた迷信と虚妄の分厚い霧を晴らす渾身《こんしん》のノンフィクションが本作である。

読みはじめたら、まず途中で本を置くことはできないから覚悟して欲しい。数百万年前のインドを出発点に、謎めいたダイヤモンドに導かれるまま時空を超えて、中央アジア、イラン、アフガニスタン、パキスタン、イギリス……と世界じゅうを回り、現代にもどってくるまで、文字どおり寝食を忘れて読みふけること請け合いだ。

恐ろしい毒が密かに盛られたとしても、ダイヤモンドを身につけた人間には効き目がなく、火で焼かれようと水責めにされようと、なんの被害もない。顔色は艶《つや》めき、仕事はことごとく成功して繁栄する。ヘビ、虎、盗賊も、このようなダイヤモンドを身につけた者からは飛んで逃げる。（『ガルーダ・プラーナ』紀元十世紀頃）

＊

かようにヒンドゥー教の経典にはダイヤモンドの持つ霊験がまことしやかに語られている。ゆえに人々は太古の昔からダイヤモンドを求めてやまず、なかでも当初、小ぶりの鶏卵大という破格の大きさを誇っていたコ・イ・ヌールは、強大な権力の象徴と見なされて、野心に満ちる者たちの間で垂涎《すいぜん》の的だった。しかし、ようやくそれを手にした暁《あかつき》に、みなことごとく凄惨な不運に見舞われるのはどうしたことか。

「盲目になる者がいれば、遅効性の毒を盛られたり、拷問で死んだり、油で焼かれたり、溺れさせると脅されたり、熱して溶かした鉛を頭に注がれたり、自身の係累《けいるい》や護衛によって暗殺されたり、王国を失って赤貧のうちに死んだりする目に遭っている。被害を受けるのは人間に限らない。コ・イ・ヌールを輸送していた軍艦メディアの船内ではコレラが蔓延《まんえん》し、そのうえ嵐で沈没しかけ」るのである。

王位に就いてコ・イ・ヌールの所有者となってまもなく、顔が腐りはじめる者もいる。「軍隊は十二万の規模にまで成長し、帝国はぐんぐん広がっていったが、腫瘍もそれと同じで、彼の脳をも蝕《むしば》み、喉や胸まで広がっていき、手足の自由を奪った」「……腐った鼻の上部から蛆《うじ》虫《むし》がこぼれおち、口のなかや食べている料理のなかに入った」というのである。

事実であるとは俄《にわか》には信じがたい凄絶な歴史が生々しい描写で綴《つづ》られていくが、そこに創作は一切なく、膨大な資料を丹念に渉猟《しょうりょう》して得た成果を目の覚めるような一大絵巻に仕立てている。つまり本書は、一個の希有《けう》な鉱物を軸に、大昔から現在に至るまで戦いに明け暮れて殺し合い、奪い奪われる、人間の歴史を描いているのである。

よって宝石に興味があろうとなかろうと、およそ人間の歴史に関心がある読者は、ひとたび読み出したが最後、心を鷲《わし》づかみにされ、徹夜覚悟の一気読みを敢行することになる。本書の原書を初めて読んだとき、訳者は無類の面白さとはこのことかと、途中何度も大きくうなずき、膝を打ち、息を呑んだ。そして読了後に本書を胸に抱き、「ああ、なぜあのとき、ロンドン塔に入らなかったのか!」と、激しい後悔にさいなまれたのである。

じつは以前、ひとり旅でロンドンを訪れた際、一度はロンドン塔の前まで来たものの、貧乏旅行ゆえに入場料の高さにひるみ、外から見るだけで終わったのである。

とはいえ、そのときもし入場していても、コ・イ・ヌールに見蕩《みと》れてその前に立ち尽くしたとは考えられない。「今日《こんにち》の観光客は、ロンドン塔に飾られているそれを見て、あまりの小ささに驚くことだろう。同じショーケースのなかにはそれよりずっと大きなカリナン・ダイヤモンドがふたつ飾られている。現在のところコ・イ・ヌールの大きさは世界で九十位くらいでしかない」というのだから。

ということは、本書を読む前にそのダイヤモンドを目にしたところで、おそらく普通の人は、これといった感興も湧かず、早々にほかの展示物へ移動することだろう。美しい輝きを放つ宝物は、ほかにいくらでもあるのだから。

まさに〝豚に真珠〟ならぬ、〝歴史を知らぬ者にコ・イ・ヌール〟である。

しかし本書を読んだあとで、ロンドン塔に立ち寄ってコ・イ・ヌールの実物を目にするなら、事情はがらりと変わるはずだ。一個のダイヤモンドを巡る長くも凄惨な歴史が頭のなかに鮮やかに再現され、それに翻弄《ほんろう》されてきた人間たちの歓喜や苦悶の表情が次々と浮かび、満足のため息や悲痛なあえぎ声が聞こえてくる。一種陶然《とうぜん》となってコ・イ・ヌールを見つめ、気がつけば数時間が経っていたということになるかもしれない。

はじめから終わりまで歴史の面白さが凝縮された本書ではあるが、圧巻はなんといっても、五歳でコ・イ・ヌールを腕に帯びて王座につき、シク戦争でイギリスに敗れ十歳で退位させられた、シク王国のラストエンペラー、ドゥリープ・シングを巡る物語だろう。イギリスに渡った少年時代、ヴィクトリア女王を慈母《じぼ》のように慕っていた彼だが、長らく引き離されていた実母と再会したことで認識が変わり、イギリスが自分から奪ったものを取り返そうとして身を滅ぼしていく。口絵の肖像画からもわかるように、目の覚めるようにハンサムなドゥリープは、ヴィクトリア女王の血友病の息子をつねに気遣う、素直で心優しい少年だったが、ままならぬ人生に絶望して酒食に溺れ、紅顔の美少年の面影《おもかげ》はどこへやら、胸に憎悪を飼い慣らす、禿頭《とくとう》で腹の突き出た中年男になっていくのである。

コ・イ・ヌールを所有して栄華を極めた者も、不運に泣いた者も、みな人間であるがゆえに、最後はことごとくこの世を去っていく。しかし、コ・イ・ヌールはそうではない。数百万年も昔、火山爆発によって母岩から吐き出され、川の流れに乗ってどこまでも運ばれていき、水が尽きたところで柔らかい砂のなかに埋もれた。安らかに眠っていたところを人間に起こされてからというもの、その一個のダイヤモンドは、野心や欲望や虚栄心を露《あら》わに次々と滅んでいく人間たちを目《ま》の当たりにしながら、永遠の命を長らえている。

そう考えると、〝光の山〟が放つ永遠の輝きは、限られた生のなかで必死にもがく人間たちを冷ややかに見守るまなざしのように感じられる。コ・イ・ヌールが今後どこにどのような形で存在しようと、同じ失敗を繰り返しながら少しも学ばず、敵から奪い、奪われることを繰り返す、愚かな人間の歴史を目撃し続けるのだろう。


本書は、サンデータイムズ若手作家年間最優秀賞や、ヘミングウェイ賞など、数々の輝かしい賞を授与されているデリー在住のウィリアム・ダルリンプルと、ラジオやテレビのジャーナリストとして二十年以上活躍しているロンドン在住のアニタ・アナンドのふたりの共著である。

本編第一部はダルリンプルが担当し、古代インドやペルシャの文献に丹念にあたりながら、遠い昔から人々を魅了してきたダイヤモンドを巡る伝説や迷信を紹介し、多くの権力者の手を渡ってきたコ・イ・ヌールが、インドのシク王国の君主ランジート・シングのもとに落ち着くまでを綴っていく。第二部はアナンドが担当し、ランジート・シングの死により一時この世から消えたと思われたコ・イ・ヌールが、再び姿を現し、様々な経緯によってロンドン塔に収蔵される現在までの歴史をひもといていく。

とにかく面白いノンフィクションが読みたい。そう切望する読者のみなさんに、自信を持ってお薦めするこの一冊。世界一有名なダイヤモンドと時空を超える旅に出て、とびきり贅沢なひとときを存分にお楽しみいただきたい。

最後になりましたが、訳稿をていねいに読みこんで貴重なアドバイスをくださった編集部の桑野崇さんと、人物名・固有名詞の表記確認や、ファクトチェックを綿密にしてくださった校正者の方々に心より感謝を申し上げます。

二〇一九年三月

文庫化に寄せて

本書の単行本の翻訳を終えてからちょうど一年が経った二〇二〇年三月。その数日後には、英国全土がロックダウンに入る宣言が出されるとも知らず、ロンドンひとり旅三度目の正直にして、ようやくロンドン塔に足を踏み入れた訳者は、真っ先に「ジュエル・ハウス」へ向かった。ここには代々の国王の王冠や宝飾品が展示されているのである。

さてコ・イ・ヌールは……。本書を訳しながら、想像のなかで途轍《とてつ》もなく大きく膨らんでいった伝説のダイヤモンドを実際に目にした印象は、覚悟していたとおり……小さい。しかも、「見蕩《みと》れてその前に立ち尽くく」すことはできなかった。見物人が集中しないよう、床はベルトコンベアー式になっていたのである。

余談はさておき、本書の著者ふたりがどれだけ精力的に調査しても、結局コ・イ・ヌールがいつどこで発見されたのか、明確には突きとめられなかった。それを思うと、このダイヤモンドは、人智を越える力が、何か神秘的な方法で人間世界に遣わしたのではないかと、そんなふうにも思えてくる。そうだとして、しかし、いったい何のために?

「それを所有しているのは敵よりも力がある者たちだけだ」というシャー・シュージャの言葉は、コ・イ・ヌールは「呪われてなどいない」と、ダルハウジーを安心させる材料になった。

しかしこの言葉を素直に受け取るなら、〝光の山〟コ・イ・ヌールは、道理や道徳を一切無視して、それを奪った武力の象徴であり、その武力闘争をいまだ続けている人間の愚かさに光を当てるものと解釈できないか。将来人間がそれに気づいて、一切の武力闘争がなくなったとき、役目を終えたコ・イ・ヌールは一瞬の内に灰となって人間世界から消える……などという想像はあまりにファンタジー小説めいているだろうか。

結局、どれだけ長い年月が経とうと、依然「力」の争いに明け暮れている人間どもを、コ・イ・ヌールはロンドン塔のこの一室から眺めて、静かに笑い続けるのだろう。そう考えたら、「一種陶然《とうぜん》となって」数時間立ち尽くすどころか、背筋がぞっとしてきて、早々にそこをあとにしたのだった。

ダイヤモンドの災いがもたらされるのは男性君主のみとイギリスでは信じられていたものの、昨年崩御した女王エリザベス二世は、戴冠式《たいかんしき》のとき「大事を取って、この宝石を身につけることを控えた」と本書にある。

二〇二三年五月に予定されているチャールズ三世の戴冠式で、コ・イ・ヌールは果たしてどのような扱いを受けるのか。ヴィクトリア女王が崩御した後、一九〇二年のエドワード七世の戴冠式ではアレクサンドラ王妃が、一九一一年のジョージ五世の戴冠式ではメアリー王妃、一九三七年ジョージ六世の戴冠式ではエリザベス王妃、一九五三年のエリザベス二世の戴冠式では母親のエリザベス王太后が、それぞれコ・イ・ヌールを身につけている。今回の戴冠式では果たしてどうなるか、興味は尽きない。

二〇二三年二月

本書は二〇一九年、小社から刊行された『コ・イ・ヌール――美しきダイヤモンドの血塗られた歴史』の改題・文庫化です。

創元ライブラリ

コ・イ・ヌール
なぜ英国王室はそのダイヤモンドの
呪いを恐れたのか

二〇二三年三月十七日　初版

著　者◆ウィリアム・ダルリンプル
　　　　アニタ・アナンド
訳　者◆杉田七重
発行所◆㈱東京創元社
代表者　渋谷健太郎
郵便番号　一六二－〇八一四
東京都新宿区新小川町一ノ五
電話　〇三・三二六八・八二三一　営業部
　　　〇三・三二六八・八二〇四　編集部
DTP　精興社
印刷・暁印刷　製本・本間製本

ISBN978-4-488-07087-8　C0122

豊富な解剖経験を基に語る、衝撃の事件の数々——

MORGUE：A LIFE IN DEATH

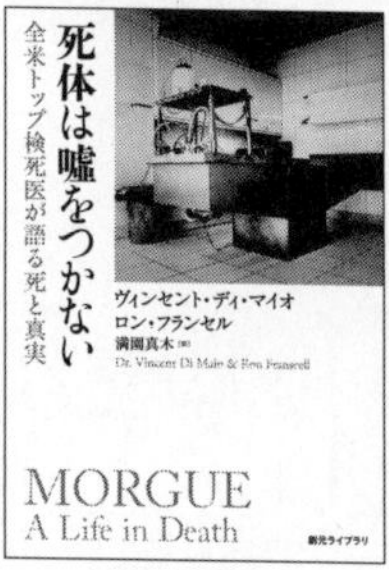

Dr. Vincent Di Maio & Ron Franscell

死体は嘘をつかない

全米トップ検死医が語る死と真実

ヴィンセント・ディ・マイオ
ロン・フランセル
満園真木 訳　創元ライブラリ

◆

男は黒人少年を射殺した犯罪者か。
それとも、正当防衛で発砲した市民か。
それは死体の傷口から一目瞭然である——。

オバマ元大統領が声明を出すほどに全米を揺るがした大事件や、悪魔崇拝者の残酷な殺人と思われた事件などを題材として、四十五年間に九千件もの解剖を行った練達の検死医が、知られざる検死の世界を語る。

法医学的に鮮やかに明かされる意外な真相の数々に、ページをめくる手が止まらない、瞠目のノンフィクション！
アメリカ探偵作家クラブ賞候補作。

全米に衝撃を与えた傑作ノンフィクション！

アメリカン・プリズン
潜入記者の見た知られざる刑務所ビジネス

AMERICAN PRISON
A Reporter's Undercover Journey into the Business of Punishment
Shane Bauer

シェーン・バウアー
満園真木 訳
四六判並製

全米150万人の受刑者のうち、約13万人を収容する民営刑務所。その実態を明らかにするため、ジャーナリストの著者は、刑務官募集に応募して潜入取材を開始することに。簡単に採用され、ウォルマート並みの時給9ドルで勤務した著者が目撃した目を疑うような民営刑務所の闇とは？